L'ART

JAPONAIS

L'ART

JAPONAIS

TOME II

L'Art

Japonais

PAR

LOUIS GONSE

Directeur de la *Gazette des Beaux-Arts.*

TOME II

PARIS

A. QUANTIN

Imprimeur-Éditeur

7, RUE SAINT-BENOIT

1883

CHAPITRE IV

L'ARCHITECTURE

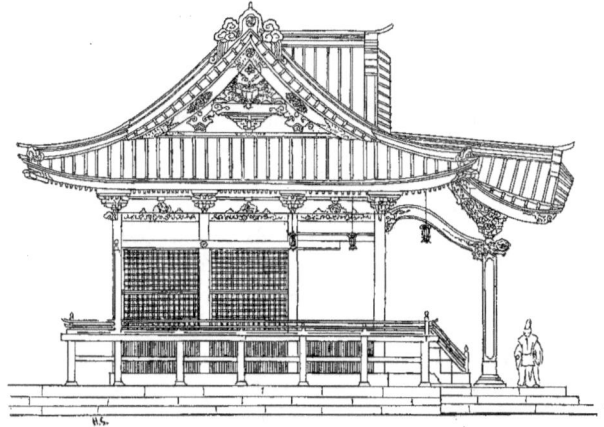

I

NOTRE vanité nous porte volontiers à croire que le génie architectural est l'apanage exclusif des peuples du bassin méditerranéen et, lorsqu'il s'agit d'une architecture exotique comme celle des Japonais, notre premier sentiment est la méfiance. J'ai vu des auteurs graves nier *à priori* la valeur et même l'existence de l'art architectural au Japon. C'est un préjugé qu'il importe de détruire.

Nous avons l'habitude routinière, en France, de vouloir tout ramener à une commune mesure; nous avons le goût des poncifs. Nous hérissons notre critique de *mais,* de *si* et de *car,* au lieu de nous demander simplement : telle chose répond-elle au génie de race, aux mœurs, au climat, à la nature même du pays qui l'a produite ? De ce qu'une construction ne ressemble ni à un temple grec, ni à une cathédrale du XIIIᵉ siècle, qui sont les expressions les plus hautes de l'art de bâtir, il n'en résulte pas nécessairement qu'elle soit indigente ou médiocre.

L'architecture japonaise est dans ce cas. Si nous la regardons en Gréco-Latins, elle nous surprend et nous déconcerte; si, au contraire, nous la prenons pour l'expression des besoins et des goûts des habitants du Nippon, elle nous apparaîtra sous un tout autre jour et ne nous semblera pas inférieure aux autres manifestations plastiques de ce grand peuple artiste.

Elle a les trois qualités maîtresses : la logique, l'unité et l'appropriation décorative. Elle remplit exactement les fonctions auxquelles elle se trouve destinée, elle s'harmonise à merveille avec le paysage japonais, dont elle est comme le complément naturel. Que faut-il de plus ?

Malgré tous les emprunts que l'art architectural du Japon a faits à l'Inde et même à la Chine, il est bien la résultante des causes contingentes qui ont présidé à sa naissance.

L'EMPEREUR SIHOUMOUN EXAMINANT LE PLAN DU CHATEAU DE TAGA.
(D'après Yosaï.)

Deux lois le régissent et lui impriment sa physionomie générale : l'emploi à peu près exclusif du bois et la prédominance des vides sur les pleins. L'architecte japonais est avant tout un charpentier; la construction japonaise est le triomphe de la mortaise. Les plus vastes comme les plus humbles édifices sont en bois. Temples et maisons, théâtres et palais, n'ont pour ainsi dire pas de murailles. Il n'y a de points d'appui que les piliers, qui sont réunis par de minces cloisons ou des châssis mobiles. Un autre caractère dominant est l'importance de la toiture; l'organisme de tout édifice japonais se concentre dans sa toiture, qui déborde en larges saillies.

L'emploi du bois remonte aux sources mêmes de l'histoire du

TOITURE D'UN ANCIEN TEMPLE JAPONAIS.
(D'après une composition de Yosaï.)

Japon. Les petits temples aïnos, avec leur toit de chaume très saillant supporté par une demi-douzaine de troncs en grume, nous donnent une image approximative de ce que pouvait être l'architecture japonaise au temps de l'empereur Zinmou. L'embryon a suivi sa voie naturelle de développement et le petit sanctuaire aïno,

qui n'est guère supérieur aux huttes polynésiennes, est devenu, en
un millier d'années à peu près, le grand temple shinto de Kassouga, à Nara.

Ce n'est pas, comme on pourrait le supposer, que la pierre
soit rare au Japon ; mais les bois de charpente y ont toujours été
tellement abondants et de si excellente qualité que leur emploi s'est
imposé de lui-même. De plus, la fréquence et l'énergie des trem-
blements de terre sur ce sol volcanique en ont fait peu à peu une
obligation ; l'élasticité et la légèreté des constructions de bois pouvaient seules résister à des secousses qui eussent infailliblement
renversé des monuments de pierre.

Ceci étant donné, les Japonais ont tiré un merveilleux parti de
l'usage du bois. Leur imagination féconde en a fait valoir toutes les
ressources et ils sont arrivés au dernier degré de l'habileté technique.

Les essences employées de préférence pour la construction
appartiennent aux conifères, qui couvrent les montagnes du Japon
et atteignent, comme on sait, sous ce climat, des dimensions
colossales ; et, parmi celles-ci, les plus estimées sont le soughi, le
tsouga, le kourobé-soughi, et surtout le hinoki (variétés de sapins
et de cryptomérias). Les colonnes du temple de Tshiôin, à Kioto, ou
du grand temple d'Assaksa, à Yédo, égalent les mâts de nos
plus gros vaisseaux et leurs jeux de perspective rappellent ceux de
nos cathédrales. Les piliers du porche du temple du Daïbouts, à
Nara, sont d'une seule pièce de bois et mesurent cent pieds de haut
sur douze de circonférence ; la construction remonte au VIIIᵉ siècle.
Les hautes pagodes à cinq étages qui ornent les enceintes de
quelques grands temples bouddhiques sont des chefs-d'œuvre d'a-
justement et de hardiesse.

Les documents relatifs à l'histoire de l'architecture au Japon
sont rares, les ouvrages indigènes sont presque muets sur cette
question. Le peu de renseignements offrant quelque garantie, qui

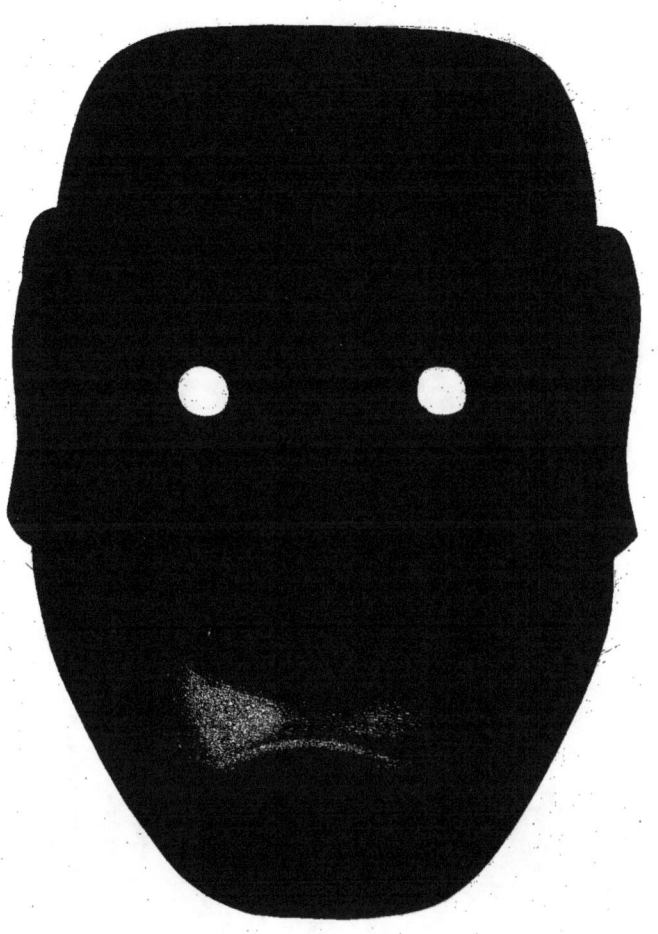

M. GUÉRARD.

Imp. A. Quantin.

ANCIEN MASQUE DE THÉÂTRE, EN BOIS LAQUÉ.
(COLLECTION DE M. LOUIS GONSE.)

nous soient parvenus, sont fournis par les recherches de quelques
auteurs européens et notamment par les notes curieuses disséminées dans les ouvrages de MM. Metchnikoff, Reed et Dresser[1]. La
meilleure source d'informations a été
pour moi les matériaux réunis par
M. Josiah Conder, membre de l'In-
stitut royal des architectes anglais,
et professeur d'architecture au Col-
lège impérial de Tokio, dont son
frère, M. Roger Conder, de Londres,
a bien voulu me communiquer les
principaux éléments. Une étude rai-
sonnée de l'architecture au Japon
présenterait autant d'intérêt et de
nouveauté qu'elle serait hérissée de
difficultés. C'est la tâche à laquelle
s'est voué M. Josiah Conder. Nous
souhaitons vivement d'en voir publier un jour prochain les résultats.
Malheureusement, les éditeurs sont

ANCIENNE LANTERNE DE TEMPLE SHINTO.
(D'après une gravure du « Nikkô Sanji ».)

oiseaux rares et prompts à effaroucher, même pour un homme du
mérite de M. Conder.

La tradition historique la plus ancienne remonte au Ier siècle
de notre ère. On attribue à l'empereur Ikoumé la fondation du
grand temple d'Icé, à Vatarayé, qui est encore de nos jours le
sanctuaire le plus vénéré de la religion shinto. Ce temple fut confié
à la garde de la princesse Yamato-Himé. Je n'ai pas besoin
d'ajouter qu'il ne reste rien de la construction primitive. Le temple
d'Assouta, sur la baie d'Ovari, fut construit au IIe siècle pour rece-

1. Léon Metchnikoff, l'*Empire japonais;* Christophe Dresser, *Japan its architecture,
art, and art manufactures;* Reed, *Japan.*

voir le Sabre sacré. Une partie du temple d'Ouji daterait, dit-on, du ve siècle.

A vrai dire, les témoignages positifs ne commencent qu'au viie siècle. C'est à cette époque que l'on fait remonter la fondation de la *miya* shintoïste de Midéra[1], et que sous l'impulsion de Shiotokou-Daïshi, le propagateur de la religion nouvelle, sont construits les premiers temples bouddhiques. On s'accorde à attribuer à celui-ci l'établissement des règles et des mesures qui depuis cette époque ont présidé à la construction de toutes les *téras*.

La téra se compose ordinairement d'une grande enceinte occupée par des jardins et par de nombreuses constructions de nature très différente, disséminées selon les accidents du sol. La végétation vigoureuse qui les entoure et dont les Japonais respectent le libre essor empêche d'en embrasser l'ensemble et fait souvent du temple bouddhique un véritable dédale. Un temple, au Japon, est avant tout un jardin, et le nom de « cité reli-

JAPONAIS SUR LA TERRASSE
D'UN TEMPLE BOUDDHIQUE.
(D'après Hokousaï.)

1. Le mot *miya* sert à dénommer les enceintes qui renferment les temples du culte shinto, tandis que le mot *téra* est appliqué au culte bouddhique. Les miyas sont caractérisées par des constructions d'un style simple, en bois naturel et non verni ; les sanctuaires ne renferment qu'un miroir de bronze, image du Soleil ; les idoles en sont proscrites ; les toits sont à pentes droites et en minces lamelles de sapin élégamment imbriquées. Le mot *téra* s'applique au contraire aux enceintes religieuses du bouddhisme ; les temples des téras sont en bois peint, presque toujours sculpté et décoré avec une grande richesse ; les toits, très saillants et concaves, couverts en tuiles, ont leurs pointes relevées suivant la mode chinoise. C'est la forme du toit qui distingue plus particulièrement la construction shintoïste de la construction bouddhique.

gieuse » lui conviendrait beaucoup mieux que celui de temple. Cette remarque est indispensable pour faire comprendre le caractère de

COLONNES DU GRAND TEMPLE D'ASSAKSA.

(D'après le « Teïkin Oraï », de Hokousaï.)

l'architecture. La poésie du paysage, la grandeur des arbres, le pittoresque des rochers et des eaux jouent un rôle capital. C'est au milieu des accidents les plus variés et les mieux choisis de la nature que le Japonais aime à voir s'échelonner les portiques à la silhouette élégante et monumentale[1], s'étager les lanternes funéraires, les vasques en bronze, les chapelles aux magnifiques toitures, s'élancer les pagodes en laque rouge dont l'éclat puissant tranche

ENCORBELLEMENTS DU TOIT A TENJÔIN.

sur la verdure des conifères. L'architecture d'un temple est en même temps l'architecture harmonieuse d'un ensemble, la plupart du temps, d'une vaste étendue. Tout architecte est un Le Nôtre. Partout éclatent l'amour et le respect de la nature.

« Pour avoir une idée du temple de Midéra, dit M. Georges Bousquet, qu'on se figure un espace comme le parc Monceau, souvent beaucoup plus grand, planté d'arbres gigantesques et très accidenté, généralement aux flancs d'une colline. Sur une plate-forme, où l'on arrive par des escaliers, il y a trois chapelles, une principale au fond, deux accessoires un peu en avant ; puis on remonte ou on redescend, suivant la disposition du terrain, le long d'une autre avenue ; de nouveaux escaliers mènent à une bonzerie ; au delà encore un autre groupe de trois chapelles, d'autres pagodes ; l'œil s'y perd, les jambes se lassent, et toujours de nouvelles avenues, de nouveaux portiques, de nouveaux étonnements ! »

---

1. Ces portiques prennent le nom de *tori* dans les temples du culte shinto. En bois laqué ou en pierre, ils en annoncent l'approche et en précèdent les avenues. Le tori, dont les formes élancées font l'admiration de tous les voyageurs, se compose, dans sa disposition la plus simple, de deux montants verticaux inclinés l'un vers l'autre, comme la porte dorique, et d'une traverse horizontale légèrement relevée aux deux bouts. Lorsqu'il est en bois, il est habituellement revêtu de laque d'un beau rouge vif. Le grand tori du temple de Yéyas, à Nikkô, qui passe pour le plus beau du Japon, est en pierre et en bronze.

Quand on contemple ces tableaux avec un œil habitué aux accents solennels et symétriques de la plate-bande, de la corniche et de l'arceau, et asservi aux alignements de nos rues et de nos parcs, on ne peut se défendre tout d'abord d'une troublante surprise. Mais si, dépouillant les souvenirs de l'éducation et les préjugés de la race, on se laisse aller à la jouissance sensuelle qui se dégage de tous ces raffinements de fantaisie et de couleur, de ce rapport parfait entre le cadre et le décor, de ce sentiment exquis et profond du secours que la nature peut prêter à l'art, l'impression devient bien différente : la loi esthétique apparaît. Toute conception architecturale est, au Japon, un tableau où la couleur a autant de vie que les lignes elles-mêmes. Dans cet ordre d'idées les Japonais ont composé de chefs-d'œuvre que le temps a parés d'une beauté sans égale. Ils ont trouvé la formule d'art qui répondait le mieux à leurs goûts et à leur tempérament.

PAGODE DE NIKKÔ.

C'est au VIIᵉ siècle que Tendzi-Tennô fit élever son palais d'Assakoura, à Siga, qui resta pendant plusieurs siècles le modèle des *yashikis* impériaux.

Le temple de Horiouji, bâti par Shiotokou-Daïshi, et quelques autres constructions de Nara datent du VIIᵉ siècle; il en est de même d'une partie du temple de l'île d'Idzoukou (Idzoukou-Shima), dans la mer intérieure, célèbre par son antique et riche trésor.

Au VIIIᵉ siècle, deux empereurs ont eu une grande influence sur les progrès de l'art architectural.

L'empereur Shioumoun (724-749) s'est rendu illustre dans l'histoire par les encouragements qu'il a prodigués à toutes les branches de l'art et sur- tout à l'industrie des laques. Il passe pour avoir donné une impul- sion féconde aux travaux de con- struction. C'est lui qui a élevé le châ- teau fort de Taga, dans la province de Moutsou, dont les ruines existent encore aujourd'hui. Yosaï l'a représenté examinant le plan de la forteresse. Les tuiles retrouvées dans les dé- combres sont parmi les plus anciens spécimens de céra- mique ayant date certaine qui soient conservés au Japon.

LE GUERRIER TADANOBOU
SE PRÉCIPITANT DU HAUT D'UN TOIT.
(D'après Yosaï.)

C'est sous le règne de Shioumoun que Nara, alors capitale de l'empire, atteignit son plus haut degré de prospérité. La porte et la plus grande partie du sanctuaire du temple de Todaïji (temple du Daïbouts), à Nara, sont de cette époque.

Peu après, l'empereur Kouanmou (782-806) construisit le palais impérial de Heïanzio, à Kioto, et fonda le grand temple d'Enria- koudzi, sur le mont Hyeïzan, qui est resté comme le Vatican du bouddhisme, au Japon. Il ne reste rien de la construction primitive de ce temple, sauf quelques objets conservés dans le trésor.

Kouanmou est le grand constructeur du VIIIᵉ siècle. C'est à lui que Nara doit le beau temple de la déesse Kouanon, le magasin

H. Guérard.

GRAND MASQUE EN BRONZE PROVENANT DE LA TOITURE D'UN TEMPLE.
(Collection de M. Henri Cernuschi.)

du trésor impérial et le temple de Hatshimàn. A la même époque appartiennent le temple de Todji, construit par Kobo-Daïshi, et quelques-uns des monuments funéraires de Koyazan.

Au ixe siècle, l'empereur Ouda construisit le palais du Gosho, qui devint la résidence ordinaire du souverain (il fut brûlé en partie et réédifié au xviie siècle); il fit décorer la grande salle d'audience par Kanaoka. C'est à peu près au même temps que remontent quelques-uns des temples de Nara, notamment le fameux temple de Kassouga, dédié à la mémoire de Kamatari, le premier des Fouzivara. Le temple de Hatshiman, à Kioto, est au moins aussi ancien. Le spécimen le mieux conservé et le plus intéressant de cette époque est le temple d'Obakou à Ouji, dans la province d'Icé, fondé par un prêtre venu de l'Annam. Le style en est, paraît-il, d'une sévérité admirable[1]; les détails, d'une exécution sans rivale, accusent une influence indoue. Ses dispositions fournissent le type le plus parfait de l'ancienne architecture.

Yoritomo éleva dans toute l'étendue de la région soumise à sa domination de nombreux châteaux forts. Les « siros » formidables de Zézé, d'Otsou, de Minakoudji témoignent de sa puissance.

Le xiie siècle est marqué par la fondation de la ville de Kamakoura et par la construction de ses édifices. J'ai dit, au chapitre de l'histoire, que le Shiogoun Yoritomo avait tiré du néant cette bourgade et en avait fait sa capitale. C'est là qu'il repose sous une colonne de granit, au milieu des ruines que la végétation recouvre peu à peu de son verdoyant linceul. Ce qui reste du grand temple d'Hatshiman, élevé par lui aux mânes de ses compagnons d'armes, et notamment la pagode, est bien digne de l'impression qu'en emportent tous les voyageurs. Le trésor du temple renferme les armes du grand capitaine, son armure, sa lance et son sabre de cérémonie.

La ville de Kamakoura, en partie détruite par les derniers Ashikaga, ne se releva jamais. Un nom illustre, un site magnifique, un gigantesque Bouddha de bronze : c'est à peu près tout ce qu'il en reste.

[1]. Dresser, *Japan its architecture, art, and art manufactures.*

A la même époque fut construit le temple shinto, encore exis-
tant, d'Ishiyama.

Au XIIIᵉ siècle, Yoritsouné construit le temple de Tokoufoudji,
à Kioto. A partir du XVᵉ, le Japon se couvre de temples et de
résidences princières. Ce n'est en réalité qu'à cette époque que
l'architecture commence à revêtir les formes luxueuses qui carac-
térisent les œuvres des temps plus modernes.

ENTRÉE DE TEMPLE OU TORI.
(D'après une esquisse de Keisaï Yeïsen.)

Un certain nombre de monuments de cette période ont été
conservés. Parmi les plus remarquables, au double point de vue de
l'histoire et de l'art, on cite le palais de Kinkakoudji, à Kioto, élevé
par Yoshimitsou dans les premières années du XVᵉ siècle, et le
pavillon de Ghinkakoudji, élevé par Yoshimasa au milieu du
XVᵉ siècle, dans la même ville. Ces deux constructions se sont
conservées à peu près intactes. Elles sont d'une grande élégance de
formes et sont considérées par les Japonais comme des spécimens

de l'architecture nationale dans sa pureté. D'après les photographies, il est facile de juger de leurs heureuses proportions. La décoration extérieure est fort simple; les toits, peu relevés, rappellent le
galbe des toitures des temples shintos; toute la décoration avait
été réservée pour l'intérieur qui était d'une extrême richesse. Les

plafonds étaient revêtus de
plaques d'argent; les boise-
ries délicatement sculptées.
Ce qui en reste suffit à plon-
ger les visiteurs dans le ra-
vissement, selon l'expression de M. Dubard[1]. Les jardins au milieu desquels se
trouvent ces deux reliques
architecturales sont des
plus pittoresques de Kioto.

PLAFOND DU TEMPLE D'OBAKOU A OUJI.

Les constructions religieuses du XVI° siècle abondent dans
cette ville. M. Georges Bousquet, qui n'est pas suspect de partia-
lité pour l'art japonais, les qualifie de « merveilles de goût et de
simplicité, qui impressionnent par leur antiquité, leur encadrement et d'heureuses proportions ».

Du XVI° siècle datent aussi, en partie, les remparts cyclopéens
de la citadelle d'Osaka[2]. Ils sont l'œuvre du prédécesseur des Toko-
gava, l'illustre Taïko-Sama (Hidéyoshi), qui avait fixé sa résidence
dans cette ville. Ils témoignent qu'à l'occasion les Japonais n'étaient
pas embarrassés pour faire un emploi magistral de la pierre. Construit en blocs posés à cru, comme dans les remparts de la Grèce
primitive, le siro d'Osaka semble défier le temps. Quelques-uns de
ces monolithes mesurent jusqu'à douze mètres de long sur six de

1. *Le Japon pittoresque.* Paris, Plon, 1879, 1 vol. in-12.
2. La citadelle proprement dite a été détruite à la révolution de 1868.

JAPONAIS BADIGEONNANT LE PIED D'UN TORI.

(D'après une gravure du « Ishinjin Gouafou » de HoKousaï.)

large et autant de haut, — plus de quatre cents mètres cubes !

Le même Hidéyoshi a fait aussi construire le palais de Him-kakou et le magnifique et célèbre temple shinto de Nishi-Ongou-andji, à Kioto, qui fut terminé en 1578.

Mais c'est le xvii⁰ siècle qui est l'âge d'or de l'architecture au Japon. L'art atteignit alors une perfection technique, une opulence d'invention, une harmonie de formes qui n'ont pas été dépassées. Le grand temple shinto de Nikkô, élevé par Yémitsou à la mémoire de Yéyas, et le temple de Tshiôin, à Kioto, tous deux construits par le célèbre sculpteur-architecte Hidari Zingoro, les grandes pagodes à cinq étages de Nikkô, d'Osaka et de Kioto sont consi-dérées, à juste titre, comme les merveilles de l'art japonais arrivé à son épanouissement.

Les dimensions colossales du sanctuaire principal de Tshiôin l'ont fait appeler par les voyageurs européens le Saint-Pierre du Japon. Quant au temple de Yéyas, à Nikkô, il n'y a qu'une voix pour lui accorder le premier rang. Comme magnificence et comme conservation il l'emporte sur tous les autres, même sur ceux de Kioto. Comme intérêt artistique, il est bien réellement le plus admirable de l'empire et la plus splendide curiosité que les étran-gers puissent y contempler.

Devant ces constructions de bois qui ont la grandeur des choses éternelles, on doit se dépouiller des vieux préjugés et se convaincre que la majesté dans l'architecture tient plus à la forme qu'à la matière et que le bois, dans certains cas, vaut la plus belle pierre et les plus beaux marbres du monde.

« Au pied du temple de Gonghen-Sama, s'écrie M. Bousquet, comme devant Notre-Dame, comme à Bourges, comme à Rome et à Athènes, l'âme humaine se sent à la fois élevée et écrasée. » Au milieu d'une nature sauvage, sous des ombrages plusieurs fois séculaires, près des cascades murmurantes, l'art et l'histoire se

sont unis pour déifier la mémoire du plus grand homme du Japon.
Les trois temples les plus remarquables 'de ¡Yédo, par leur

GRANDE FONTAINE DE TEMPLE, EN BRONZE, A KIOTO.
(D'après une photographie communiqués par M. Josiah Conder.)

beauté et leur richesse, appartenaient à la même époque : ce sont
ceux de la Shiba, d'Ouiyéno et d'Assaksa. On les doit aussi à

Yémitsou, le grand bâtisseur. Les célèbres temples de la Shiba et
d'Ouiyéno ont été en grande partie détruits, le premier par un
incendie en 1873; le second, par la guerre civile, en 1868. Celui
du faubourg d'Assaksa, dédié à la déesse Kouanon, existe encore;
il est un des beaux ornements de Yédo. Ses jardins, très fré-
quentés par le bas peuple, ont l'aspect d'une foire perpétuelle.
La téra d'Assaksa est un but d'excursion bien connu des étrangers.

Depuis deux siècles, le Japon s'inspire de l'imitation des types
créés sous le shiogounat de Yémitsou par Hidari-Zingoro. L'histoire
de l'architecture offre désormais peu d'intérêt. Les temples plus
modernes de Tokio n'ont rien à apprendre à ceux qui ont vu les
chefs-d'œuvre de Nikkô et de Kioto.

Aujourd'hui le Japon vit sur des formules appauvries. L'art
religieux est frappé à mort. Il cède la place aux usines et aux gares
de chemin de fer.

L'ART architectural du Japon a deux qualités dominantes : son association intime avec le caractère du paysage — ce que j'appellerai sa mise en scène — et sa décoration. C'est dans ces deux sens, plus encore que dans la structure elle-même, qu'éclatent les ressources du génie japonais. Ce que nous admirons dans un minuscule netzké, dans une boîte de laque ou dans n'importe quel objet usuel, nous le retrouvons dans l'ornementation d'un temple; il y a la même bonne foi d'exécution, la même loyauté de main-d'œuvre. Les plus petits détails, fussent-ils en dehors de la portée du regard, sont exécutés avec un égal scrupule.

Semblables à nos admirables maîtres de métiers du XIII* siècle, les artistes japonais des belles époques jugeaient que, dans une œuvre d'art, si compliquée qu'elle fût, rien n'était indigne de leur sollicitude.

Prenons pour exemple le grand temple de Yéyas à Nikkô. Les artistes de Yémitsou, sous la direction de Zingoro, y ont donné pleine carrière à leur débordante fantaisie et en ont fait un musée d'art qui surpasse les rêves enchantés des *Mille et une Nuits*.

Bâti sur les pentes de la montagne, environné d'une splen-

PORTE PRINCIPALE DU GRAND TEMPLE DE NIKKO SCULPTÉE PAR HIDARI ZINGORO
(XVII⁰ SIÈCLE).

dide végétation, le grand temple de Nikkô forme toute une ville au

MOINEAUX SUR LA FAITIÈRE DE TUILES D'UN TEMPLE.

(D'après une gravure de la « Description du temple d'Idzoukou-Shima ».)

milieu de laquelle l'imagination du plus intrépide reste confondue.

Les cours succèdent aux cours, les portes aux portes, les enceintes aux enceintes; et chaque enceinte, chaque porte constitue à elle seule un en-semble du plus haut intérêt; chaque cour est ornée de bâtiments de dimensions et de formes les plus différentes : kiosques élé-gants, pagodes élancées, fontaines abritées sous des toits somptueux, magasins destinés à recevoir les ornements sacerdotaux, les livres sacrés, lanternes et toris magnifiques. Les murailles sont décorées de panneaux sculptés et de frises d'une exécution mer-veilleuse; les toits, garnis de faîtières et de bordures en bois, en terre cuite et en bronze du style le plus pur, reposent sur des char-pentes dont le travail d'encorbellement rappelle les voûtes en ruche d'abeilles des Arabes. Toutes les poutres sont polies, ajus-tées, comme de l'ébénisterie de luxe; toutes les mortaises sont fixées par de grands clous à tête de bronze qui rivalisent avec les plus délicates orfèvreries, et la plupart des grandes pièces de bois sont maintenues dans des che-mises de métal d'un travail précieux; les montants, les linteaux des portes, sont en-lacés par des branches fleuries, des dragons dans les vagues; les plates-bandes des fron-tons sont ajourées de bas-reliefs où courent les motifs les plus variés, animaux ou personnages, au milieu des plantes et des fleurs; les soubassements sont décorés de grecques du plus beau

COLONNE PEINTE DU GRAND
TEMPLE DE NIKKO.

(D'après une aquarelle de
M. Josiah Conder.)

caractère; les corniches, de rinceaux et de volutes, légèrement
indiqués ou grassement refouillés suivant la place qu'elles occupent;
les plafonds, en bois naturel, sont sculptés de caissons magnifiques.
Partout la vie, l'animation, l'imprévu, la richesse du décor, s'assou-
plissant sous la maîtrise du ciseau, jaillissant dans la sève, dans

GRANDE SALLE DU TRIBUNAL, AU PALAIS DU GOSHO, A KIOTO (XVIIᵉ SIÈCLE).
(D'après une aquarelle de M. Josiah Conder.)

la force d'un dessin généreux; nulle part la surcharge ou l'enflure.
Le manque de mesure, la lourdeur ou la gaucherie ne sont jamais
à craindre avec ces admirables artistes du XVIIᵉ siècle. Chaque
organe respecte sa fonction, et au besoin l'accentue; le décor s'y
subordonne avec un tact dont on ne trouverait l'équivalent que
dans les œuvres de la Grèce ou des beaux temps de notre art
ogival; les supports restent des supports, les points d'appui con-

servent leur caractère de résistance; les détails surabondants, l'excès des parties riches, sont réservés aux panneaux, aux cloisons
et aux remplissages. Partout l'esprit est satisfait par la logique
décorative de cette merveilleuse menuiserie.

Ajoutez à cela les chaudes harmonies des bois de pin patinés
par le temps, des bronzes oxydés par la pluie, des ors amortis,
des tons puissants des laques, des rehauts de couleurs avivant
doucement les sculptures et marquant les lignes.

M. Dresser[1], en sa qualité d'architecte, a le premier essayé
une description un peu précise du temple de Nikkô. Il avoue, en
commençant, qu'en présence de tant de détails dont chacun méri-
terait, eu égard à sa perfection, une étude à part, la plume lui
tombe des mains; à chaque pas il s'arrête découragé.

« Pour construire le sanctuaire du grand temple, dit de son
côté M. Guimet dans ses *Promenades japonaises,* on a fait dans
la montagne une immense entaille rectangulaire. On a soutenu les
terrains par trois énormes murs pélasgiques avec de grands blocs
irréguliers. Et, tout en haut de ces murailles, se dresse la forêt
colossale.

« Le spectateur a donc la triple impression du temple doré,
de la hauteur des murailles qui dominent la cime des toits et
de la hauteur des arbres noirs trois fois séculaires, qui s'élan-
cent dans le bleu du ciel. »

Les dessins et aquarelles de M. Conder, les photographies et
quelques gravures permettent de se faire une idée assez exacte de
la splendeur du tableau.

La richesse des temples bouddhiques, même des plus beaux
comme ceux de Tshiôin et Nishi Ongouandji, à Kioto, est bien plus
tapageuse, et la polychromie plus violente; l'effet extérieur est peut-
être plus saisissant à distance, mais l'abus des dorures, des pein-

1. Ouvrage précité, *Japan, its architecture,* etc., p. 198 à 211.

tures vives, des vernis et des laques rouges et noirs, qui enve-
loppent jusqu'aux colonnes, fatigue assez vite; la forme ressentie,
l'amplitude excessive des toits rappelle la Chine. A Nikkô, au contraire, l'art se montre essentiellement japonais; les influences
qui prédominent dans l'ornementation sont celles de l'Inde et
même de la Perse : c'est l'apothéose du style shinto. Le grand

CITERNE AU TEMPLE DE LA SHIBA, A TOKIO.

temple de Yéyas est bien l'expression la plus haute et la plus
franche de l'art architectural du Nippon.

C'est dans les pagodes de bois, élancées et étagées, que le boud-
dhisme a donné sa note la plus personnelle et la plus heureuse. Rien
n'est plus beau dans le paysage japonais. Ce sont les hautes pagodes
en laque rouge et surtout la belle pagode de Kyomidzou, à cinq
étages, qui donnent à la vue de Kioto, prise du haut des jardins du
temple de Tshiôin, son plus ravissant caractère : une tache rouge
sombre sur un fond d'émeraude glacé de vapeurs d'argent.

Les constructions civiles sont beaucoup plus simples; de
même les théâtres. Les ponts de bois se font remarquer par leur
étendue, leur élégance et la hardiesse de leurs courbes.

Le palais du Gosho, à Kioto, aujourd'hui abandonné par l'empereur pour la résidence de Tokio, montre des parties fort belles
et fort anciennes. La salle du tribunal et les appartements impériaux

PONT A YÉDO.

(D'après une esquisse de Keisaï-Yeïsen.)

peuvent être considérés comme les spécimens les plus excellents de
ce genre d'architecture. La grande salle d'audience est d'une simplicité grandiose; les murs sont garnis de grands panneaux décoratifs représentant des fleurs et des paysages; toute la richesse a été
réservée pour le plafond de bois à caissons sculptés.

On cite encore le château de Nagoya pour la beauté de ses sculptures et de ses plafonds. Sa conservation en fait le plus remarquable édifice civil du Japon. Il fut commencé en 1610; Kiyomasa
en fut l'architecte.

VOYAGEURS JAPONAIS PASSANT DEVANT UNE CHAUMIÈRE.

(Gravure tirée du « Yamato Meïshio ».)

Les extrémités de la faîtière supérieure de la tour principale
furent décorées de deux grands poissons, formés par des lames
d'or massif. Ces poissons, dont le scintillement était magnifique
sous les rayons du soleil et se voyait à une très grande distance,
jouissaient d'une universelle célébrité au Japon. Ils étaient d'une
époque beaucoup plus ancienne que la construction du château.
L'un d'eux fut apporté, en 1873, à l'Exposition de Vienne.

Je dirai quelques mots, en terminant, de la maison japonaise ou
yashiki. A quelques détails près, les formes en sont constantes. Chau-
mières, maisons bourgeoises ou habitations aristocratiques sont
bâties suivant le même plan et reproduisent invariablement le même
type. La maison japonaise, toujours en bois naturel, a un aspect
neutre, plutôt triste que gai, surtout à côté des temples bouddhiques
peints en vermillon et ornés de sculptures polychromes.

« La partie essentielle et capitale d'une bâtisse japonaise, c'est
son toit. Il est en chaume ou en bambou dans les villages, mais toujours en tuiles dans les villes..... C'est par le toit que commence
la construction d'une maison japonaise. Lorsque cette partie principale a été achevée par terre, on enfonce de gros madriers équarris
dans le terrain à la distance d'un *ken* (six pieds) l'un de l'autre. Derrière cette première rangée, on en élève une seconde, et l'espace
entre ces deux rangées de madriers forme la véranda, large de
trois pieds qui fait le tour de l'habitation. On hisse le toit sur ces
madriers, et le travail des charpentiers est considéré comme fini.
Viennent les menuisiers qui pratiquent le long des madriers de la
rangée intérieure des fentes dans lesquelles on fait glisser des parois
assez minces en bois de sapin, qui sont les murs mobiles. La plupart de ces parois sont faites en croisées que l'on remplit, en guise
de vitres, de papier plus ou moins transparent. L'intérieur de cette
bâtisse est traversé de rangées transversales de madriers, entre

lesquels on fait glisser des coulisses en gros papier. Ces coulisses peuvent être posées ou enlevées à volonté, selon que l'on veut avoir un grand nombre de pièces dans son appartement, ou qu'on préfère

FEMME JAPONAISE DANS SON INTÉRIEUR.

(D'après une gravure tirée d'une anthologie japonaise.)

avoir des chambres spacieuses. A la hauteur de deux ou trois pieds au-dessus du sol, sur des poutres horizontales, l'on étend des planches, que l'on recouvre d'abord de paille ou de papier, et ensuite de ces belles nattes luisantes et dorées qui remplacent en même temps les tapis et les meubles. Le plafond est fait de planches encore plus minces et recouvert de papier. L'espace entre le toit et le plafond est abandonné aux rats, qui pullulent dans les maisons japonaises. L'air circule librement dans le vide qu'on laisse sous le plancher[1]. »

La décoration intérieure est des plus simples; le Japonais s'entend à merveille à mettre l'élégance la plus exquise dans la sobriété. Une ou deux paires de paravents, quelques vases de bronze avec des fleùrs, un petit panneau ou réduit, appelé *tokonoma*, où l'on accroche le kakémono, quelquefois une étagère pour mettre deux ou trois bibelots de choix, et c'est tout. Seulement, si le propriétaire de la maison est un homme de goût, le kakémono portera la signature d'un maître et les paravents seront de véritables œuvres d'art.

1. Léon Metchnikoff, l'*Empire japonais*.

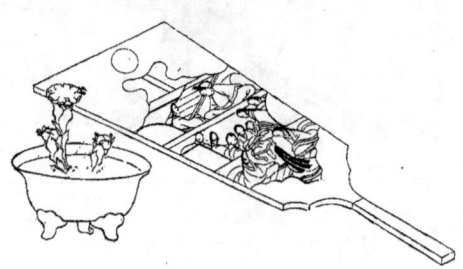

CHAPITRE V

—

LA SCULPTURE

I

Comme celles de la peinture, les origines de la sculpture sont, au Japon, essentiellement bouddhiques. Cela s'explique naturellement, la sculpture ayant été pendant longtemps réservée à la représentation des divinités et des sujets religieux. Nous avons remarqué, d'autre part, que le culte Shinto primitif n'admettait point les images et que les temples, à l'époque où les croyances étaient encore intactes, ne contenaient que des miroirs sacrés.

L'introduction de la plastique au Japon coïncide donc avec la venue du bouddhisme. Les procédés de la fonte, importés de Chine au VIᵉ siècle, ont décidé du goût des Japonais pour les ouvrages de

bronze[1]. L'usage de la pierre n'est qu'accidentel; les monuments de pierre, en dehors de quelques idoles bouddhiques placées
dans les jardins des temples, sont fort rares. La nature de cette
matière, au Japon, se prête mal aux travaux
de la sculpture; le marbre y est inconnu.
Quant au bois, son emploi a certainement
précédé celui du métal. Quelques-unes des
œuvres, dont le caractère archaïque est le
plus accusé, sont en bois.

Dès le milieu du VIIe siècle, l'empereur
Kôtokou faisait couler en bronze des statues
de Bouddha.

Le temple de Horiouji, à Nara, dont
j'ai déjà parlé à propos du portrait peint
de Shiotokou-Daïshi, renferme dans son
trésor diverses antiquités de bronze qui
remontent à cette époque reculée, et qui
ont été décrites dans un ouvrage japonais
signalé par M. de Rosny[2]. On y voit, entre
autres pièces du plus rare intérêt, une
aiguière de bronze, de forme élégante,
décorée sur la panse de chevaux ailés, ayant la figure du Pégase
antique. M. de Longpérier a consacré une notice à ce précieux
monument[3]. Il n'hésite pas à y reconnaître une aiguière persane
du temps des Sassanides, ce qui lui assigne une date antérieure
au VIIe siècle. Un autre vase, de forme cylindrique, paraît être
d'origine grecque. La présence d'objets de même style et de même
provenance, dans le trésor des Mikados, à Nara, est un indice

VASE SASSANIDE
CONSERVÉ AU TEMPLE DE HORIOUJI.

1. On accorde à certains bronzes chinois une antiquité de près de quatre mille ans.
2. *Shiouko-Djioushiou* (Collection des dix sortes d'antiquités).
3. *Œuvres*, publiées par M. Schlumberger, t. Ier, p. 301 à 306.

de plus que les sources profondes de l'art japonais sont d'une

GRAND MASQUE DE BRONZE FONDU POUR LE PRINCE TOYOHAROU-TAIRA (1480).
(Collection de M. Henri Cernuschi.)

nature complexe, et que les influences indo-européennes et même

persanes y entrent pour une part au moins aussi grande que
celles de la Chine.

Le même temple de Horiouji renferme une image en bois du

LE PRINCE GOUAÏYÔUO SCULPTANT UNE VASQUE.
(D'après Yosaï.)

fils de Shiotokou-Daïshi,
sculptée par ce grand personnage lui-même[1], qui serait la plus ancienne sculpture, de date certaine,
conservée au Japon. On y
voit encore d'autres figures
en bois d'une très haute
antiquité. Elles ont des yeux
peints. M. Reed les com-
pare aux célèbres statues,
de même matière, décou-
vertes par Mariette, en
Égypte, et conservées au
musée de Boulaq. L'étude
de ces monuments, qui n'a
encore été entreprise par
aucun Européen, jetterait
à coup sûr une vive lu-
mière sur les origines de l'art japonais.

Il y a, du reste, au Japon, pour tout ce qui touche à l'histoire
de l'art et de la civilisation, des mines d'une richesse incomparable
qui n'ont même pas été effleurées. Le trésor impérial de Nara est
du nombre. Formé par les empereurs du VIIIᵉ siècle, alors que Nara
était la capitale de l'empire, il est resté intact et tel qu'il se trouvait
au moment de la translation de leur résidence à Kioto. L'inventaire
qui en fut dressé à la fin du VIIIᵉ siècle est une preuve des soins

1. Reed, *Japan*, t. II, p. 162.

dont il a été constamment entouré et du peu de pertes qu'il a subies pendant cette longue durée de mille ans. Il occupe encore le bâti-ment où il avait été placé ori-ginairement; cette construction, que j'ai signalée dans le pré-cédent chapitre comme un des types les plus purs de la primi-tive architecture shintoïste, de-vait être restaurée au commen-cement de chaque cycle. Un rescrit impérial ordonnait d'en respecter religieusement toutes les dispositions.

LANTERNE EN BRONZE DU TEMPLE DE LA SHIBA, A TOKIO.
(D'après une photographie communiquée par M. Conder.)

Le témoignage de la puis-sance des empereurs de Nara apparaît non seulement dans ses temples, mais encore et surtout dans son colossal Bouddha de bronze. Cette œuvre de sculp-ture est sans contredit l'une des plus surprenantes qui existent au monde. C'est la plus grande figure qui ait été coulée en bronze. L'empereur Shioumoun, dont le nom est lié à tous les grands travaux d'art de cette époque, le fit exécuter peu de temps après l'arrivée de prêtres bouddhiques de grand renom, qui venaient, l'un de l'Inde méridionale, et l'autre de Siam. C'est sur leurs indications que paraît avoir été conçu le plan de la figure. Elle fut fondue à Sitaraki, province d'Oumi, en l'année 739 de notre ère,

quinzième du règne de Shioumoun, avec le produit d'une quête
faite dans tout l'empire. Le premier or venait d'être découvert dans
le Moutsou; la tradition prétend qu'une certaine quantité en fut
mêlée à l'alliage et servit à en dorer la surface. Le précieux métal
apparaît, du reste, dans la patine, et l'analyse de l'alliage en révèle
la présence dans des proportions assez notables, un demi pour
mille environ, ce qui, étant donné le poids de la statue, représente
deux à trois cents kilogrammes d'or.

Le colosse fut fondu en plusieurs morceaux. Il ne fut transporté
à Nara qu'en l'année 745. On le dressa en soudant les morceaux
au moyen d'un système ingénieux de tenons intérieurs; puis on
bâtit, en 753, pour le recevoir un grand temple qui prit le nom
de temple du Daïbouts (temple du grand Bouddha). La netteté et la
beauté du travail indiquent à quel degré de perfection était déjà parvenu l'art du fondeur. Cette merveille existe encore aujourd'hui à
peu près intacte. La tête seule, endommagée par un tremblement
de terre en 855, puis par un incendie, a été refaite au xviie siècle.

Le dieu est assis sur la fleur symbolique du lotus; il semble
abîmé dans la contemplation de l'absolu; sa main droite est ouverte
et levée, la gauche étendue et appuyée sur le genou, la paume en
dehors. Les plis tombants de la robe sont d'une ampleur et d'une
souplesse qui rappellent la Grèce; la construction du corps, par
grandes masses, est d'une magnifique ordonnance; le dessin, d'une
correction sévère; le geste, qui est presque un bénissement, exprime
le détachement des choses humaines, l'oubli de tout ce qui peut
troubler le calme de l'âme. La sérénité d'une insondable rêverie,
une majesté surhumaine revêtent toute la figure d'une inexpri-
mable grandeur. Plus encore que la taille matérielle, ce caractère de
force concentrée et de tranquillité frappe l'imagination des visiteurs.

En même temps qu'elle est la plus vénérable par la date,
cette représentation de Bouddha est la plus belle qui existe. La

GRAND VASE DE BRONZE PORTANT LES ARMOIRIES DE TAIKO-SAMA.

(Collection de M. Henri Cernuschi.)

tête, plus moderne, est un peu inférieure comme exécution; tout
le reste l'emporte sur les autres statues de Bouddha conservées au
Japon, même sur celle de Kamakoura qui, par suite de sa proxi-
mité avec Yokohama, est beaucoup plus connue des Européens.

Quelques chiffres auront leur éloquence. La hauteur totale du
colosse, sans le piédestal, est de vingt-six mètres depuis la base
de la fleur jusqu'au sommet du nimbe. Si l'on compte les rayons
qui entourent la tête, on arrive à une élévation de plus de trente
mètres. Debout, la figure seule atteindrait la hauteur formidable de
quarante-deux mètres[1]! La tête a six mètres de haut, l'œil un mètre
de diamètre; la poitrine a sept mètres d'épaisseur. Le nimbe, sans
les rayons, a environ quarante-sept mètres de circonférence et il
porte seize divinités assises qui ont chacune près de trois mètres.
Le doigt du milieu de la main a deux mètres de long. La fleur de
lotus a cinquante-six pétales de trois mètres et demi de haut chacune sur deux de large. « Cette fleur a les dimensions d'un cirque;
en faire le tour est un petit voyage, dit M. Théodore Duret[2]. » Les
amateurs de statistique ont même compté le nombre des boucles
qui ornent sa tête; il y en aurait, paraît-il, neuf cent soixante-six.

Trois mille tonnes de charbon furent employées à la fonte. Le
poids total de la statue est estimé à environ 450,000 kilogrammes.

L'analyse du métal donne à peu près en millièmes les proportions suivantes :

Or, 500; zinc, 16,800; mercure, 1,950; cuivre, 980,750.

Cette œuvre prodigieuse, qui fait l'admiration des Japonais
depuis tant de siècles, suffit, je crois, à démontrer au scepti-
cisme dédaigneux de nos aristarques que l'art du Japon n'est pas
exclusivement un art de myopes et qu'il a produit autre chose que

1. La Vierge du Puy-en-Velay n'a que 17 mètres de haut, le saint Charles-Borro-
mée d'Arona, debout, mesure à peine 21 mètres.
2. *Voyage en Asie*. Paris, Michel Lévy, 1 vol. in-12.

des netzkés. Tous ceux qui ont visité Nara sont unanimes dans leur admiration. « Les mots, dit M. Reed, sont impuissants à rendre le saisissement, presque la terreur que l'on éprouve lorsque, pénétrant dans le temple du Daïbouts, on découvre dans la pénombre le colosse de bronze. Il semble qu'un rideau se déchire et laisse apparaître

CHAT EN BRONZE REHAUSSÉ DE ZÉBRURES D'OR (XVIIᵉ SIÈCLE).
(Brûle-parfums de la collection de M. Henri Cernuschi.)

la personnification surnaturelle de la grande religion asiatique. »

Nara est bien loin; mais nous avons, à Paris même, une répétition de cette merveille de l'art du VIIᵉ siècle qui permet de s'en faire une idée. A défaut du colosse, nous pouvons nous contenter d'un diminutif qui est encore fort respectable. Le grand Bouddha de bronze rapporté de Mégouro par M. Cernuschi date, dit-on, de la fin du XVIIIᵉ siècle. Il reproduit les dispositions principales de l'œuvre du temps de Shioumoun. Le mouvement est le même; il est d'un calme et d'une élégance suprêmes; la tête est empreinte d'une suavité et d'une douceur presque tendre que l'on ne retrouve ni dans le Daïbouts de Nara ni même dans celui de Kamakoura. Il mesure 4^m,50 de la base de la fleur au sommet du disque, ce qui don-nerait au personnage debout une hauteur de près de neuf mètres. C'est certainement la plus grande sculpture de bronze possédée par un particulier, M. Cernuschi l'a fait placer sur un soubassement de bois, à jour, d'une disposition très heureuse. L'effet, au milieu du hall, est des plus grandioses; la lumière abondante qui l'enveloppe en fait valoir toute la beauté; le ton et la patine du métal oxydé par l'air sont superbes. L'héliogravure que nous publions ici (pl. X) peut suppléer à toute description.

Le temple qui abritait ce Daïbouts, à Mégouro, faubourg de Tokio, ayant été détruit, la statue était abandonnée et presque oubliée au milieu des jardins. Le récit de cette mémorable acquisi-tion se trouve tout au long dans le *Voyage en Asie* de M. Théo-dore Duret[1].

Un certain nombre de sculptures du VIIIe et du IXe siècle existent encore au Japon. Nara en a conservé plusieurs. Mais les plus importants se trouvent à Kioto dans le temple de Todji, de la secte Shingon, construit par l'empereur Kouanmou (782-805). Ils sont de la main de Kobo-Daïshi, l'infatigable missionnaire du boud-dhisme. On remarque, entre autres œuvres, quatre gardiens du ciel, dont M. Reed loue le grand caractère et une mandara à dix-neuf personnages, représentant les principaux dieux du boud-dhisme rangés autour de la figure de Shakia-Mouné. Une repro-duction de cette mandara, exécutée avec beaucoup de soin par Yamamoto, sculpteur de Kioto, appartient au musée Guimet, à Lyon. Quelques monuments funéraires de Koyazan, près d'Osaka, sont du IXe siècle. Le plus ancien est le tombeau du même Kobo-Daïshi. Koyazan est le Campo-Santo des anciens héros du Japon.

Yosaï nous montre, dans ses *Héros et savants célèbres,* le prince

1. M. Duret, compagnon de M. Cernuschi, rédigea et publia le journal du voyage.

Gouaïyôouo sculptant une vasque de bois pour son jardin, sous
l'empereur Seïva (ıxᵉ siècle).

Je possède dans ma collection une pièce de bronze qui, selon

PÈLERIN SUR UNE MULE.

(Brûle-parfums en bronze de la collection de M. Henri Cernuschi. — Réduction au 1/6ᵉ.)

toutes probabilités, remonte à cette époque. J'en ai donné une reproduction dans le premier chapitre du présent ouvrage (t. Iᵉʳ, p. 11).
C'est un vase de 0ᵐ,18 de hauteur représentant la naissance des trois
signes du zodiaque, le bœuf, le tigre et la souris, correspondant
aux trois premiers mois de l'année. Il est formé par des flots sym-

boliques qui en épousent la courbure ressentie. « Les animaux au
robuste relief, dit M. Paul Mantz, qui décorent les flancs du vase
et qui s'en dégagent comme des formes sortant du chaos, ont une
sorte de grandeur héroïque. » La patine tire sur le gris verdâtre et
dénote un bronze à alliage d'argent de la plus grande finesse. Elle est
exactement semblable à celle des bronzes grecs de travail archaïque.
Du reste, tout l'ensemble de la pièce est du plus beau style, du plus
original, du plus simple et plus vigoureux caractère; et n'étaient
le sujet et la provenance, le premier sentiment serait d'en reporter
l'origine à la Grèce elle-même. Ce rare et intéressant monument
a été découvert à Osaka, dans les décombres d'un temple brûlé.

Plus nombreux encore sont les monuments du xiiᵉ siècle. La
grande époque de Yoritomo a laissé dans toutes les branches de
l'art des traces de son activité.

A cet âge il faut rattacher la grande cloche en bronze
de Kioto, placée au sommet d'une colline non loin du temple
de Tshiôin. M. Dubard en évalue la hauteur à six mètres et la
largeur d'ouverture à trois mètres. Elle est décorée de figures
en relief d'un superbe travail. Une autre cloche du poids de
3o,ooo kilogrammes, de belles lanternes en bronze, une image de
la déesse Kouanon et des vases appartenant à l'art du xiiᵉ siècle
sont conservés dans le temple du Daïbouts à Nara. Une troisième
cloche, plus grande encore, mais de date un peu plus récente,
existe à Kioto, près du Daïbouts en bois.

J'ai hâte maintenant d'arriver à l'œuvre de sculpture la plus
importante que le siècle de Yoritomo ait produite et qui fort
heureusement subsiste intacte : le Daïbouts de Kamakoura. Ce
bloc de bronze égale presque en grandeur et en beauté le colosse
de Nara. Il est mieux conservé, quoique le temple qui l'abritait
ait été détruit. La tête n'a pas été refaite et elle n'est pas nimbée;
elle est très supérieure à celle de Nara. La pose, par contre, est

moins heureuse, le drapé moins ample et moins vivant; les formes
ont moins de noblesse, l'ensemble moins de puissance et d'originalité. Les mains, posées sur les genoux, sont jointes par les

FAUCON SUR UN ROCHER.
(Brûle-parfums en bronze de la collection de M. Henri Cernuschi.)

pouces. L'expression, réfléchie et un peu sommeillante, est plus
accusée ici qu'à Nara.

Quoi qu'il en soit, le Daïbouts de Kamakoura peut être tenu
pour un des chefs-d'œuvre de l'art dans l'extrême Orient. Il a été
fondu sous le shiogounat de Yoritomo et dressé peu de temps

après la mort de celui-ci. Il se compose, comme celui de Nara, de morceaux soudés ensemble et rattachés par des armatures intérieures.

Aujourd'hui la statue est entourée par la végétation qui peu à peu envahit son piédestal ; sa situation dans le paysage est, au dire de tous les voyageurs, d'une beauté incomparable. « Le temple du Daïbouts, dit M. Humbert[1], devait, à certains égards,

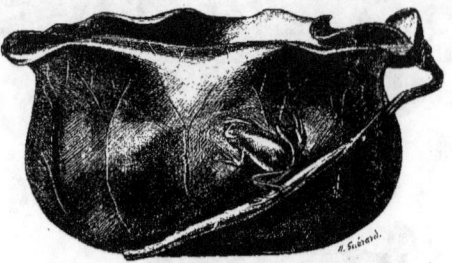

COUPE EN BRONZE.
(Collection de M. Alphonse Hirsch.)

revêtir un autre caractère que celui de Hatshiman. Au lieu des grandes dimensions, au lieu de cet espace illimité qui semble se perdre de portail en portail jusque sur la mer, il fallait une retraite solitaire, propre à disposer l'âme à quelque révélation. Le chemin s'éloigne de toute habitation et se dirige vers la montagne ; il serpente d'abord entre des haies de hauts arbustes ; ensuite l'on ne voit plus rien devant soi qu'une route toute droite, qui monte au milieu du feuillage et des fleurs ; puis elle fait un contour comme pour aller à la recherche d'un but éloigné, et tout à coup l'on voit apparaître, au fond de l'allée, une gigantesque divinité d'airain, accroupie, les mains jointes, et la

1. *Le Japon illustré.*

PL. X

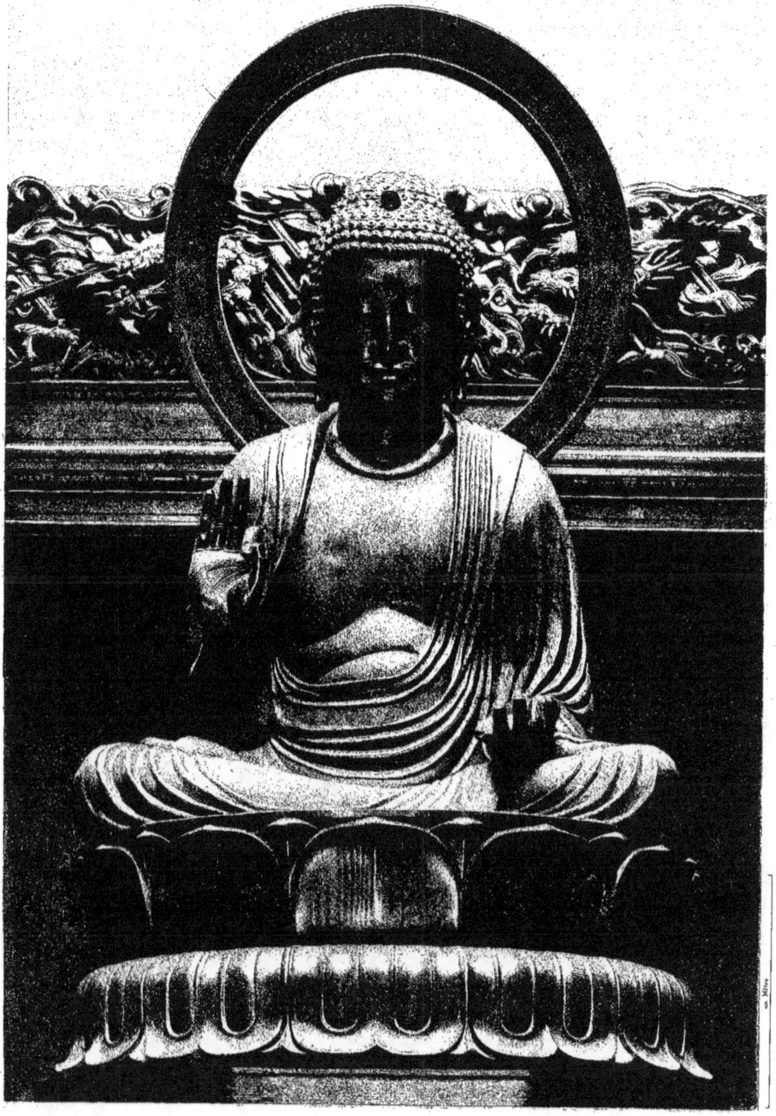

Imp. A. Quantin

STATUE COLOSSALE DE BOUDDHA EN BRONZE, ET BALUSTRADE DE TEMPLE EN BOIS SCULPTÉ

(COLLECTION DE M. HENRI CERNUSCHI)

tête légèrement inclinée, dans une attitude d'extase contempla-
tive..... Tout ce qui l'environne est en parfait rapport avec le
sentiment de sérénité que sa vue inspire.
Une épaisse charmille, surmontée de
quelques beaux groupes d'arbres, ferme
seule l'enceinte du lieu sacré dont rien
ne trouble le silence et la solitude. A peine
distingue-t-on, cachée dans
le feuillage, la modeste cel-
lule du prêtre desservant.
L'autel, où brûle un peu
d'encens aux pieds de la divinité, se compose d'une
table d'airain, ornée de deux
vases à fleurs de lotus, du
même métal et d'un travail
excellent. Les marches et le
parvis de l'autel sont revêtus de larges dalles formant
des lignes régulières. L'azur
du ciel, la grande ombre de la
statue, les tons sévères de l'airain, l'éclat des fleurs, la verdure variée des haies et des
bosquets remplissent cette
retraite des plus riches effets
de lumière et de couleur. »

SHOKI EN BOIS SCULPTÉ.
(Collection de M. Edmond Taigny.)

A partir du XIIIᵉ siècle, l'art de la sculpture suit une lente
décadence. Tandis que la peinture accomplit son évolution ascendante, la sculpture s'étiole dans les formules que lui a fournies le
Bouddhisme et descend peu à peu jusqu'au moment où la

grande renaissance des Tokougava lui donne une expansion nouvelle.

Le gigantesque Daïbouts en bois peint, de Kioto, est une
preuve manifeste de l'état de décadence où était tombée la plastique
japonaise au milieu du xvi⁰ siècle. Supérieur comme taille à celui de
Nara lui-même, il lui est très inférieur en beauté. L'exécution en
est médiocre et l'aspect, paraît-il, des moins séduisants. Il fut
endommagé par un tremblement de terre en 1596. Taïko-Sama,
le voyant fort mal en point, l'apostropha avec mépris. « Je t'ai
placé là à grands frais, s'écria le shiogoun, pour protéger mon
peuple et tu ne peux pas te protéger toi-même ! »

Les œuvres de cette période intermédiaire ne sont guère
parvenues en Europe. Je ne vois guère à citer qu'une statuette
en bois laqué d'or représentant un saint bouddhique en prière
(xiii⁰ siècle), appartenant à M. Bing; trois grands masques en
bronze (xv⁰ siècle) appartenant à M. Henri Cernuschi; une
pièce qui se trouve en ma possession : un personnage bouddhique, debout dans l'attitude de la prière, en bois sculpté et laqué
avec des yeux d'émail vert (xv⁰ siècle); un vase fort précieux, en
bronze vert décoré de gourdes et de fleurs de *kiri,* armoiries du
grand Taïko, appartenant à M. Cernuschi, et un groupe de trois
personnages jouant aux dames et buvant du saké (commencement
du xvi⁰ siècle), bronze de la collection de M. Antonin Proust.

Les masques proviennent de la décoration extérieure d'un
temple, sans doute des angles de la toiture. Leur taille varie
entre 0ᵐ,35 et 0ᵐ,45 de hauteur. Le style en est étrange et puissant;
la fonte assez grossière, mais la patine du plus beau vert de gris.
M. Guérard a fait trois superbes dessins de ces masques, qui sont
les pièces japonaises les plus anciennes de l'admirable musée de
bronzes de M. Cernuschi. L'un d'eux porte la date de 1480, un autre
porte l'indication qu'il a été fondu pour le prince Toyoharou-Taïra.

Le XVIIe siècle est l'âge d'or de la sculpture au Japon ; les grands travaux d'architecture exécutés sous le règne du troisième Tokougava, Yémitsou (1623 à 1652), coïncident avec l'apogée de cet art.

Hidari Zingoro, l'illustre architecte du grand temple de Nikkô, du temple de Tshiôin, à Kioto, et de plusieurs autres constructions exécutées par Yémitsou, fut en même temps le plus grand sculpteur du Japon. Il est né à Foushimi, province de Yamashiro, dans le dernier tiers du XVIe siècle. Son œuvre est considérable, il n'a exécuté que des travaux de bois, mais rien de sa main n'est venu, que je sache, en Europe.

BRULE-PARFUMS EN BRONZE.
(Collection de M. Alph. Hirsch.)

Qui n'a pas vu les sculptures de Zingoro à Nikkô, dit un dicton japonais, n'a rien vu. Le temple élevé à la mémoire du grand taïkoun Yéyas par son petit-fils Yémitsou est l'expression la plus complète de son génie comme sculpteur et comme architecte. Sous son ciseau, le bois s'est assoupli, ainsi qu'une cire molle; un monde de personnages, de fleurs, d'oiseaux, de motifs décoratifs a pris vie et s'est enlacé comme une végétation plantureuse, aux colonnes, aux plafonds et aux cloisons mobiles des sanctuaires, aux portes et aux murailles des enceintes et des jardins. Le catalogue descriptif des sculptures de Zingoro composerait un gros volume. Un jour viendra où quelque dessinateur européen entreprendra la publication de l'œuvre du maître charpentier. Ce jour-là, le portefeuille de nos musées d'art et d'industrie s'enrichira d'une mine d'études sans pareille. Les photographies que j'ai eues entre les mains donnent l'impression de quelque chose de tout à fait extraordinaire, comme abondance d'invention, pureté de goût et virtuosité d'exécution. La porte en bois de pin sculpté de la ferme japonaise, à l'Exposition universelle de 1878, était décorée de motifs de Zingoro empruntés au grand temple de Nikkô.

Voici la description que donne M. Dresser[1] de quelques-unes des parties principales de ce temple.

« Sur quelques-uns de ces bâtiments qui entourent la cour principale et que nous voyons de face en y entrant, se trouvent des panneaux sculptés de toute beauté. Le premier de ces panneaux à gauche représente des paons et l'oiseau sacré ou *Fô* — le phénix japonais — avec ses trois petits. Un autre est décoré de branches de pin, un autre de chrysanthèmes *(kikou)*, la plante qui compose l'armoirie des Mikados, et qui est la nourriture supposée du Fô ; d'autres encore, de fleurs et d'oiseaux variés, traités avec une maîtrise surprenante.

« En quittant cette cour, nous montons treize marches qui nous mènent à un portique, gardé par deux figures colossales à droite et à gauche. Le portique est d'une hauteur considérable ; il est couvert d'un toit massif et entouré d'une galerie. Le toit et la galerie reposent sur un système de supports assez compliqué, et qu'il faut avoir vu pour le comprendre.

« La finesse des détails de ce portique est indescriptible. Des milliers de poutres soutiennent le toit et la galerie. Nous y voyons sculptés des dragons en plein relief et dans toutes les attitudes possibles, des fleurs, des groupes de figures, des nuages, des vagues, des dessins géométriques, des compositions décoratives travaillés par le ciseau, dessinés par le pinceau ou martelés en métal. Tout

1. *Japan its architecture, art, and art manufactures.*

ceci forme un ensemble superbe de proportion et de dessin, charmant dans ses détails infinis, et d'une harmonie de tons incomparable.

CHIEN EN BRONZE.

(Brûle-parfums de la collection de M. Henri Cernuschi.)

C'est bien le monument architectural le plus merveilleux que j'aie jamais vu, et on passerait volontiers des journées entières à le contempler. »

Mais c'est sur l'entrée du sanctuaire principal que Zingoro a accumulé les miracles de son génie. Il y a là des frises à jour avec de longues théories de figures, des panneaux décorés de fleurs et d'animaux, qui semblent sortis de la main d'une fée. Le charme de la matière s'ajoute à la délicatesse de l'exécution. Le bois de pin sous l'action de l'air et du soleil a pris le poli et les beaux tons du bronze clair.

La photographie que M. Conder a fait faire de l'ensemble de la porte en donne une idée assez exacte. La richesse des détails la rend malheureusement intraduisible par le dessin. Mon habile collaborateur M. Henry Guérard, auquel j'avais confié cette photographie, me l'a rendue avec découragement. Je devrai me contenter de donner ici (voir page 22 du présent volume) le dessin abrégé qu'en a publié M. Dresser.

« En traversant ce portique, dit M. Dresser, nous arrivons dans une autre grande cour qui entoure de trois côtés l'enceinte du temple principal. Cette enceinte forme à son tour une cour qui renferme le sanctuaire lui-même. Au milieu de ce mur d'enceinte, se trouve un autre portique plus splendide encore que celui que nous venons de voir. La base du mur est composée de gros blocs de pierre, sur lesquels s'élèvent des montants dans des intervalles de douze pieds à peu près. Ceux-ci sont réunis par des poutres horizontales, dont la première est à peu de distance de la base, la seconde à cinq pieds au-dessus de la première, et une troisième assez rapprochée de la seconde. Cette disposition justifie une série de petits panneaux dans le bas et dans le haut du mur et une série de panneaux de cinq pieds de haut entre les deux autres. Le tout se trouve couronné par une toiture régulière couverte de tuiles.

« La série inférieure de ces panneaux est exclusivement sculptée de sujets avec des vagues, des plantes d'eau et des animaux aquatiques, tous variés. Les poutres horizontales sont richement décorées de dessins géométriques hexagonaux. Ensuite viennent les grands panneaux, qui sont enchâssés dans de larges marges de laque noir garnies dans les coins de plaques de métal richement ciselées. Les panneaux eux-mêmes sont sculptés à jour et peints de compositions florales. Ils sont surmontés de la seconde rangée

GRIFFON ET OISEAU DE PROIE.
(Brûle-parfums en bronze de la collection de M. Henri Cernuschi.)

de poutres horizontales, sculptée comme la première, au-dessus de laquelle se trouve la seconde rangée de petits panneaux, qui cette fois sont décorés de fleurs et d'oiseaux terrestres. Tous ces sujets sont traités avec une grande délicatesse, mais en même temps avec une fermeté et une décision de maître. Certaines parties des sculptures ainsi que les dessins géométriques sont peints dans une gamme chaude, passée, harmonieuse.

« Cette cour est entourée de cloîtres, très simplement ornés, dans un goût presque grec; mais les détails décoratifs nous prouvent de suite que nous ne sommes pas à Athènes. La *grecque* est cependant utilisée en frise sur les murs.

« Cinq marches conduisent au portique central[1] qui s'ouvre dans cette magnifique muraille; mais il est impossible de décrire une œuvre aussi pleine de détails et d'un aspect aussi splendide. Autour de ses colonnes extérieures s'enroulent des dragons, qui paraissent vivants. Les architraves sont couvertes de pêchers en fleur, sculptés, dont les branches partent des montants et s'étendent au-dessus des linteaux. Les supports sont des touffes de chrysantèmes, tandis que par-dessus nous avons une série de frises horizontales superposées et sculptées en ronde bosse à jour. La première représente une procession des divinités; la suivante, divisée en panneaux, porte des compositions charmantes de plantes et de fleurs; la dernière, qui supporte le toit, est couverte à profusion de dessins et se trouve emmanchée aux deux extrémités dans des chemises de métal d'un travail exquis. Au-dessus enfin de toutes ces décorations, et dans le creux laissé par la courbure du toit en forme d'auvent, nous voyons encore des personnages, des animaux, des arbres, des vagues, agencés

CAILLE FORMANT BRULE-PARFUMS.
(Bronze de la collection de M. de Hérédia.)

1. Celui de Zingoro.

PORTRAIT DE BANKOUROBÉ, PAR MOURATA KOUNIHISSA (1783).

(Bronze de la collection de M. Henri Cernuschi — Réduction au 1/6e.)

avec un sentiment parfait des principes de la proportion architecturale. »

C'est à l'intérieur de cette porte que se trouve le chat endormi
de Zingoro. Ce morceau est d'une telle perfection qu'on l'a
enfermé dans un grillage d'argent, pour qu'aucune main indiscrète
ne puisse le réveiller, dit-on. Je crois que l'on a pensé plutôt à le
mettre à l'abri du larcin d'un admirateur peu scrupuleux.

« En communication avec le temple principal, ajoute M. Dresser,
se trouvent deux chambres dont les colonnes sont couvertes d'or
et de décorations en couleurs, représentant des draperies relevées
près des chapiteaux[1]. Des colonnes dorées, accompagnées de divi-
sions horizontales, forment des panneaux muraux qui sont entourés
d'une large bordure vert foncé rehaussé d'or. Un cadre en laque
noir gravé d'or, dépassant cette bordure, contient une sculpture
en bois naturel, représentant un vautour tenant un lapin dans
ses griffes.

« Je croyais d'abord que cette sculpture était d'un seul morceau
de bois, ressemblant comme couleur au noisetier américain ; mais
je m'aperçus ensuite que la sculpture était d'un bois différent du
fond, mais tellement pareil d'aspect, que cela faisait l'effet de
deux nuances de la même couleur. Le mur est composé d'une série
de ces panneaux, tous sculptés de sujets différents. Au-dessus de ces
panneaux court une frise richement sculptée et surmontée d'autres
panneaux plus petits, contenant des sculptures coloriées ou des
peintures. Le plafond est divisé en caissons, qui contiennent chacun
un groupe de fleurs ou des ornements sculptés en bois naturel. »

On cite encore, parmi les œuvres les plus étonnantes de Zingoro, les plafonds sculptés du temple de Tshiôin, à Kioto, et les
grandes frises entièrement à jour du château de Nagoya.

La magnifique galerie en bois sculpté, décorée de dragons,

1. Voir ci-dessus, p. 24, le dessin d'une de ces colonnes.

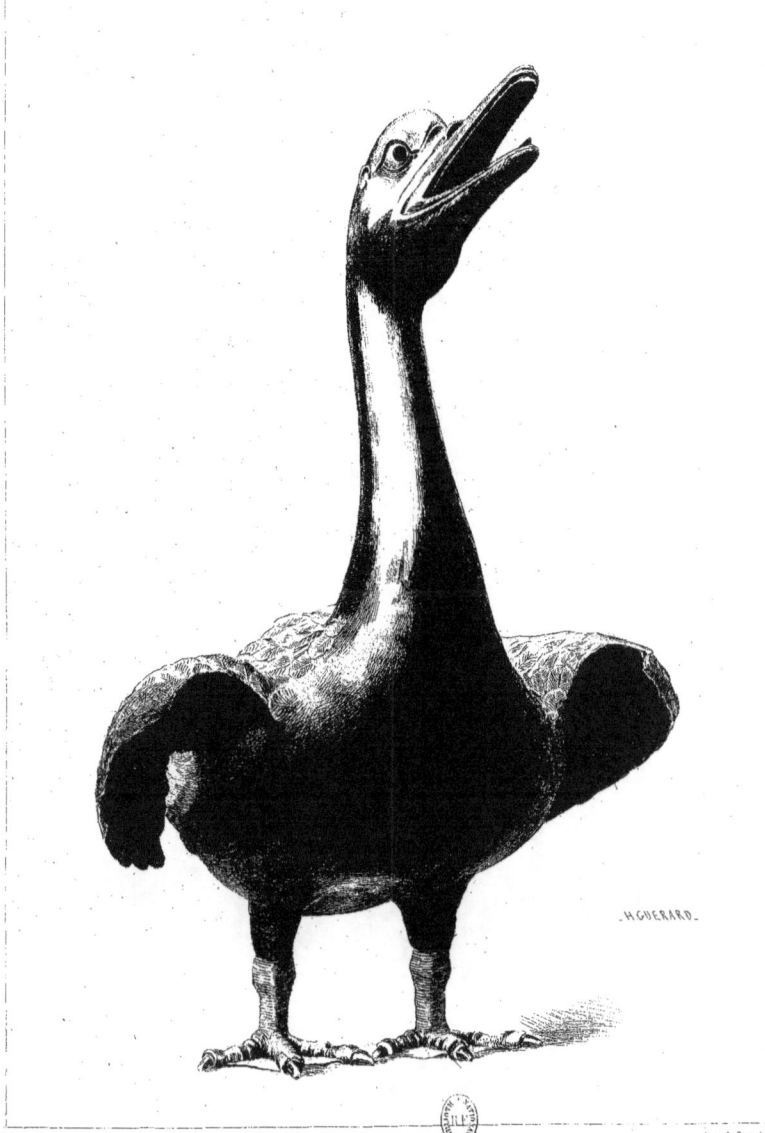

Imp. A. Quantin

GRAND BRULE-PARFUMS DE BRONZE EN FORME D'OIE (TRAVAIL DU XVII° SIECLE)

COLLECTION S. BING.

(Réduction au 1/3)

dont M. Cernuschi a fait une tribune au fond du hall de son hôtel, derrière le grand Bouddha, peut être rattachée à l'école de Zingoro. Elle est digne de lui. Elle provient d'un des temples détruits de Yédo. Nous en reproduisons un fragment avec le Bouddha (héliogravures, pl. X).

Le beau tigre en bois doré, de Mme Sarah Bernhardt, qui a figuré à l'exposition de la rue de Sèze, appartient à la même époque.

Les bronzes du xviie siècle se reconnaissent, non seulement à leur style sévère, à leur exécution saine et robuste, mais aussi à leur patine noire un peu mate. Il y en a un certain nombre de fort beaux dans les collections parisiennes. On en compterait facilement une soixantaine qui suffisent à nous faire apprécier la maîtrise des bronziers de cette époque. Je mets, pour ma part, quelques-uns de ces bronzes au premier rang des productions de l'art japonais.

J'ai à peine besoin de dire que c'est dans la collection de M. Cernuschi, dans ce musée de bronzes chinois et japonais unique au monde [1], que se trouvent le plus grand nombre de pièces du xviie siècle. Les beaux dessins de M. Guérard reproduisent ici les plus importantes. Deux brûle-parfums de temple à quatre pieds et en bronze doré, aux armoiries des Tokougava (les trois feuilles de mauve), portent la date de la fonte, 1681. Je citerai encore : un Sennin monté sur un tigre, dont le caractère puissant se retrouve dans l'eau-forte (pl. II) que je donne ici; un chat accroupi avec rehauts de dorure sur le pelage; un pèlerin monté sur un mulet; un crabe monumental; les deux philosophes Hanzan et Jittokou, d'un modelé si gras, si vivant, d'une expression si plaisante; un corbeau, des

<hr />

1. Notre honorable ami M. Cernuschi, dont tout le monde connaît, en France, la haute intelligence et les sentiments généreux, a légué, de son vivant, à la ville de Paris l'ensemble de ses collections avec l'immeuble qui les contient. Les bronzes en constituent la partie principale; mais elle renferme, en outre, des peintures de la Chine et du Japon et des séries céramiques d'un haut intérêt.

coqs, des oiseaux de proie, un canard d'un mouvement admirable, un chien, surprenant d'expression et d'une patine merveilleuse[1].

   Du reste, c'est dans la représentation des animaux que les

STATUETTE DE BONZE, PAR HISSATAMA OUKOUSOU.

(Bois sculpté de la collection de M. Ph. Burty.)

bronziers japonais sont sans rivaux. Si l'on peut parfois leur
reprocher quelques insuffisances dans le traitement de la figure
humaine, notamment pour le dessin des pieds et des mains, que
les artistes du Nippon ont rarement poussé très loin, il n'en est
plus de même du rendu des animaux où la sincérité de l'obser-
vation les conduit à la perfection même.

   M. le comte Abraham Camondo possède une pièce de la plus

   1. Voir, pour diverses reproductions des pièces que je viens de citer, le premier volume
de cet ouvrage.

grande beauté. C'est un brûle-parfums, à patine noire frottée
de touches d'or, figurant une sphère soutenue par deux chimères

PORTRAIT D'UN PRÉSIDENT DE « TSHIAJIN ».
(Statuette en bois de la collection de M. Ph. Burty.)

affrontées et dressées sur leurs pattes. Sa hauteur est d'un mètre
environ. Le dessin de ce bronze est d'une harmonie sobre, d'une

décision et en même temps d'une élégance robuste qui fait penser
aux beaux ouvrages français du temps de Louis XIV ; il est cependant de pur style japonais. Ainsi que le relate l'inscription gravée

VASES ET THÉIÈRE EN BRONZE.
(D'après un dessin de l'école de Tosa, xviiiᵉ siècle.)

sur la base, il provient du temple de Riouzen et a été fondu
à Hikoné en 1673.

MM. les comtes Isaac et Nissim Camondo possèdent aussi
quelques belles pièces de même époque. Je noterai chez ce

dernier amateur deux morceaux particulièrement remarquables :
un vase de bronze en forme de gourde à deux anses, et un

VASE A QUATRE LOBES, PAR SEÏMIN.
(Bronze de la collection de M. Henri Cernuschi.)

vase en bronze vert, décoré de feuilles de chêne en relief.
M. Ph. Burty a trop le sentiment des hautes époques de l'art
au Japon pour n'avoir pas retenu dans sa collection toutes les

pièces du xviiᵉ siècle qu'il lui a été loisible d'acquérir. Il a quelques bronzes d'un choix excellent.

La collection de M. Alphonse Hirsch, formée avec un goût
très sûr, nous offre deux bronzes du xviiᵉ siècle. L'un d'eux, un
brûle-parfums, à patine sombre toute réchauffée par les coulures
rouges de la cire perdue et enrichie d'épaisses oxydations, figure

JARDINIÈRE EN BRONZE.
(Collection de M. Alphonse Hirsch.)

deux feuilles de lotus retournées et emboîtées sur lesquelles est
posé un martin-pêcheur.

Un autre amateur dont le raffinement n'est pas moindre,
M. Charles Haviland, montre avec orgueil dans ses vitrines un
cerf accroupi dont l'élégance rappelle la grâce allongée de Jean
Goujon. C'est une pièce superlative que je crois japonaise.

Dans la collection particulière de M. S. Bing, je relève une
grande oie en bronze d'une beauté monumentale, dont M. Guérard a fait une eau-forte (pl. V), et un ravissant Bouddha en bois
laqué d'or et de couleurs.

Moi-même je possède quelques pièces de bronze du temps
des premiers Tokougava, pour lesquelles j'ai une affection toute

GRAND TABLEAU DU TEMPLE D'ENOSHIMA.

SERPENT EN BRONZE, PAR TOMONOBOU (1809); CADRE EN BOIS, PAR TOKOSAI.

(Collection de M. Henri Cernuschi.)

particulière. Ce sont, entre autres, un brûle-parfums à jour, en forme de maison, en bronze doré et incrusté de shakoudo;

un groupe de deux figures de guerriers sur un rocher, semblant guetter un ennemi lointain, d'un mouvement désinvolte, attentif et bien vivant, et drapées avec la souplesse et l'élégance de petits Tanagras; un porte-bouquet appliqué en forme de vieille nasse de pêcheur, trouée, bossuée, d'où sort un crabe qui semble y avoir établi sa retraite habituelle. Ce dernier bronze, que M. Guérard a reproduit d'une pointe si magistrale dans une eauforte à deux tons, est, à mes yeux, d'une qualité exceptionnelle. Le crabe est en cuivre revêtu d'une couverte rouge sombre laquée au feu. On ne peut aller plus loin ni plus naïvement dans le rendu de la nature. Une vieille nasse abandonnée dans la mer, un crabe qui en fait sa demeure : cela suffit au modeleur japonais

SCARABÉE

GRIMPANT SUR UNE MÉDUSE.

(Porte-bouquet en bronze
de la collection de M. Louis Gonse;
travail de la fin du xviiie siècle.)

pour créer une œuvre émouvante, disons le mot, un chef-d'œuvre.

Le prêtre accroupi appartenant à M. Henri Bouilhet et son grand réchaud à feuilles de pampre sont des morceaux de haut style. La tête du bonze peut servir d'argument contre ceux qui prétendent que les Japonais n'ont su faire que des figures grima-

- H. GOERRY -

GRAND DRAGON DE BRONZE FORMANT BRÛLE-PARFUMS, PAR TÔOUN (COMMENCEMENT DU XIXᵉ SIÈCLE)

COLLECTION DE M. HENRI CERNUSCHI

(Réduction au 1/5)

Imp. A. Quantin

çantes. On ne peut refuser au type choisi par l'artiste toutes les qualités de symétrie et de noblesse que nous sommes habitués à estimer. Le modelé a la tenue et la plénitude de la plastique grecque. C'est de la statuaire au sens européen du mot.

Je noterai encore, appartenant à M. Lansyer, un petit brûle-parfums décoré de feuilles de houx qui est une merveille de grâce et d'ingéniosité décorative.

Le xviii° siècle continue le xvii°. Il en assouplit les formes; le sentiment est moins sévère; l'expression de la vie devient prépondérante; la virtuosité de l'outil acquiert une grande liberté sans être encore excessive. C'est l'époque des cires perdues inimitables.

Il n'est pas un des visiteurs de l'exposition rétrospective de la rue de Sèze qui n'ait admiré la grande carpe en bronze de M. Alphonse Hirsch. Quand on parle de la plastique japonaise au xviii° siècle, c'est le morceau de maîtrise qui se présente au souvenir. L'interprétation large, savante de la nature atteint ici à la suprême beauté; le gras du travail rend l'apparence même de la vie. On peut supposer ce bronze au Bargello de Florence entre une statue du Verocchio et un bas-relief de Cellini. En se gardant bien de dire qu'il est japonais, j'entends d'ici les exclamations des quat-trocentistes. « Ce bronze serait digne, dit M. Mantz[1], de figurer dans le musée le plus glorieux. Il s'agit simplement d'une modeste carpe qui s'agite et se replie sur elle-même en remuant ses nageoires. C'est la vérité dans le mouvement avec l'ampleur dans le style. » L'œuvre, malheureusement anonyme, appartient au com-mencement du xviii° siècle plutôt qu'à la fin. La patine est d'un beau poli et d'un ton clair.

Dans un autre ordre d'idées, le pèlerin de M. Cernuschi est une pièce d'une extrême importance. C'est un des rares spécimens

1. *Le Temps*, numéro du 26 avril 1883.

de statuaire civile qui nous soient venus du Japon, où l'on n'en compte, du reste, qu'un très petit nombre. Le personnage repré-

senté en grandeur naturelle est Ban-kourobé, bienfaiteur du peuple, à l'âge de soixante-quatre ans. Il est assis, une jambe pendante, l'autre ramenée sous lui; il tient le bâton de voyage à la main, les yeux sont en émail. La physionomie a une expression calme, sévère, presque triste; le modelé est traité par grandes masses; l'exécution est très mâle. L'artiste a signé son œuvre : *Mourata Kounihissa, de Kioto, 1783.*

Le seul autre exemple d'une figure ayant le caractère iconogra-phique appartient à la collection de M. Ph. Burty. Celui-ci nous la donne comme le portrait d'un *tshiajin* ou président d'une réunion de buveurs de thé. « Il est assis, les jambes repliées, vêtu d'une robe à plis am-ples et tombants; la tête, complète-ment rasée, est un peu tournée vers la droite; la physionomie est celle d'un vieillard grave qui écoute; les

PERSONNAGE CHINOIS, PAR MASSAYOUKI.
(Statuette en bois de la collection de M. L. Gonse.)

pupilles sont laquées. La main droite, à demi fermée, devait tenir un éven-tail. » Cette statuette en bois mesure 0^m,30 de haut. Le travail est d'une précision et d'une sincérité extrêmes; l'expression forte, tranchante de la tête ferait honneur au plus habile portraitiste.

Parmi les bronzes japonais remarquables qui se trouvent à Paris et qui ont été fondus dans la seconde moitié du xviiie siècle, il est impossible de ne pas citer le grand brûle-parfums représen-

tant Djiou-Rôdjin monté sur sa biche, appartenant à M. le comte Nissim Camondo. Cette grande pièce, en bronze noir incrusté d'argent, a figuré à l'exposition rétrospective de la rue de Sèze dont elle occupait le centre, au-dessus du divan; elle est en bronze noir décoré d'incrustations d'argent; elle mesure 1^m,90 de hauteur et porte les armoiries des To-kougava.

Les grands ciseleurs-fondeurs de la fin du xviiie siècle et des périodes Bounka et Boun-seï pendant lesquelles le Japon atteint son maximum de production artistique sont beau-coup plus connus en Europe que leurs devanciers. Leur in-comparable habileté technique

CORNET EN BRONZE, PAR TEÏJIO.
(Collection de M. H. Cernuschi.)

leur a assuré dès le premier jour de l'ouverture de nos relations commerciales, après la révolution de 1868, une vogue amplement méritée.

Les Seïmin, les Tôoun, les Teijïo, les Keïsaï, les Jiouguio-kou, les Sômin, les Seïfou, les Tokousaï, les Nakoshi, pour ne citer que les plus célèbres, apparaissaient sur le marché européen

avec des œuvres d'une supériorité écrasante pour nos praticiens;
le commerce en obtenait sans difficulté de gros prix alors que des
pièces plus anciennes, quelques-unes véritablement rares, trouvaient à grand'peine de modestes collectionneurs, hommes de
lettres ou artistes, pour les recueillir. C'était le moment où M. Cernuschi venait de donner le branle à la curiosité japonaise, en reve-
nant à Paris avec sa magnifique cargaison de bronzes qu'il exposait
au palais des Champs-Élysées. C'était le moment où M. Philippe
Sichel arrivait du Japon après avoir donné un vaste et fructueux
coup de filet chez les marchands de Tokio et de Yokohama.

Quelle ne fut pas la surprise du public en voyant ces patines
si diverses des bronzes japonais, ces tours de force de ciselure
et de fonte! M. le comte Abraham Camondo s'emparait de cette
étonnante fonte de Sômin, un élève de Seïmin : un Génie tenant
dans ses mains une coupe d'or et sortant des eaux de la mer, dont
les vagues semées de gouttelettes d'argent étaient obtenues à cire
perdue sans reprise. M. Barbedienne, M. Christophle, étudiaient
avidement ces brillantes nouveautés et cherchaient à surprendre
les secrets de fabrication des bronziers de l'extrême Orient.

Le premier en date, puisqu'il produisait déjà à la fin du
xviiie siècle, et le plus habile de ces artistes est Seïmin, le Benvenuto Cellini des tortues[1]. Faire l'éloge de ces merveilleux fac-similés
de la nature vivante que Seïmin a signés de son cachet serait bien
inutile; tous ceux qui s'intéressent de près ou de loin à l'art japonais ont eu occasion d'admirer quelque tortue, chef-d'œuvre de ce
grand maître. Qui n'a pas vu une tortue de Seïmin ne sait jusqu'où
peut aller le rendu de la vérité. On a prétendu qu'une telle perfection de détails ne pouvait être obtenue qu'à l'aide du moulage
sur nature. Cette assertion ne résiste pas à l'examen; du reste, les

---

[1]. On peut citer comme exemple de ses premiers travaux un vase à quatre lobes
décoré d'un dragon en creux, de la collection Cernuschi.

Japonais ignoraient absolument, il y a encore peu de temps, les
procédés du moulage. Ces bronzes, dans lesquels Seïmin a fixé,
avec la sûreté de main la plus étonnante, les mouvements, les attitudes, les expressions de ces innocentes bêtes, sont bel et bien

BRULE-PARFUMS, PAR TÔOUN.
(Bronze de la collection de M. S. Bing.)

obtenus par le pouce, le stylet et l'ébauchoir modelant la cire.

Seïmin a composé aussi des vases, des brûle-parfums. Je dirai
en passant que les bronzes de Seïmin sont devenus fort rares sur
le marché. Les tortues qui nous arrivent aujourd'hui ne sont que
de médiocres et frauduleuses copies ou même de simples surmoulés.

La grande collection de M. Cernuschi, à laquelle il faut toujours revenir lorsqu'il s'agit de bronzes, nous offre un chef-d'œuvre
de Tôoun, « le créateur du bronze mou », comme le qualifie fort

heureusement M. Edmond de Goncourt; c'est un brûle-parfums de
forme sphérique, enlacé d'un gigantesque dragon dressé sur ses
pattes, la gueule ouverte, le corps tout vibrant d'une torsion
superbe. M. Guérard s'est mesuré avec le monstre; sa pointe enfié-
vrée en a bien traduit l'énergie épique. Tôoun s'est illustré par ses
dragons et ses animaux fantastiques, comme Seïmin par ses tortues.

D'autres pièces de grande valeur, appartenant à la même
époque, se rencontrent dans la même collection. Je me contenterai
de noter le grand tableau décoré d'un serpent de bronze qui déco-
rait autrefois le sanctuaire du temple de l'île d'Enoshima, dans la
baie de Yédo. Le cadre de bois a été sculpté par Tokosaï; le serpent, fondu par Tomonobou, porte la date de 1809. Un grand
brûle-parfums, dont j'ai donné un dessin dans le premier volume
de cet ouvrage (p. 77), provient d'un temple de Kioto. Il a été
modelé par Taoutshi et fondu par Yakiyatshiro; il est daté de 1824.
Deux manzaï souhaitant la nouvelle année, signés Jiouguiokou,
nous fournissent un exemple de figures mouvementées, d'une correction et d'une souplesse irréprochables. Un cornet, décoré de
cerfs en relief, est signé Teïjio, et une petite jardinière, du même,
porte la date de 1820.

Ah! le merveilleux musée! C'est là, s'écrie M. L. Falize, entraîné
par son enthousiasme d'homme du métier, que se révèlent, dans
ces fontes du commencement du siècle, « tous ces caprices si
variés et si étonnants qui multiplient par cent le thème d'un vase,
qui assouplissent la matière la plus dure, donnent des mollesses
d'argile à l'airain et des sveltesses de verre à la fonte : bronzes
marbrés, piqués, striés ou unis, polis ou rugueux, damasquinés
ou gravés, fondus ou repoussés, ressemblant au granit, à l'aventurine, au porphyre, à l'agate et au jaspe[1] ».

1. *Revue des Arts décoratifs,* mai et juin 1883, l'Art japonais à propos de l'exposition organisée par M. Louis Gonse (Lettre de M. Jossc).

MANZAÏ OU SOUHAITEURS DE NOUVELLE ANNÉE, PAR JIOUGUIOKOU.

(Groupe en bronze de la collection de M. Henri Cernuschi. — Réduction de moitié.)

Disons en passant que, comme destination ou usage domestique, les bronzes se réduisent, à peu de chose près, aux jardinières, aux brûle-parfums et aux porte-bouquets.

Une des séries les plus étonnantes est celle des vases de temple. On a maintes fois parlé de cette fertilité d'invention, de cette richesse de formes, qui ne tombe jamais ni dans la lourdeur ni dans le mauvais goût; on a décrit ces merveilleuses patines, ces courbes, ces lignes qui caressent le regard avec la suavité des rythmes d'Ionie.

Les procédés de la fonte sont les mêmes au Japon que chez nous; ils reposent sur les mêmes principes : un modèle en cire, un moule en terre glaise. Les Japonais n'ont ni secrets ni trucs que nous n'ayons déjà utilisés. Ce qui les met hors pair, c'est la conscience dans le travail, c'est le respect et l'amour de leur œuvre, c'est l'adresse même de leur main.

Notre ami M. Falize l'affirme avec toute son autorité en pareille matière, « il n'y a pas au monde d'ouvrier comparable à l'ouvrier du métal au Japon ».

« Ce n'est pas seulement un graveur, un damasquineur, dit-il, dont l'outil précieux décore de minuscules objets; ce n'est pas *l'ouvrier myope* dont un critique de nos amis a voulu définir ainsi la manière en un mot plus spirituel que juste; c'est un puissant artiste qui modèle avec fermeté les plus grandes figures et les jette en bronze plus sûrement qu'un Cellini, qu'un Keller ou qu'un Thiébault. Avons-nous un fondeur capable de mouler des pièces comme les brûle-parfums du comte Abraham Camondo? Ce sont là, dira-t-on, petits tours de métier, et Garnier, le maître fondeur de Barbedienne, les a surpassés. Non; ce que j'admire, ce n'est pas la difficulté de détail vaincue, les arêtes des vagues, les griffes des monstres et toutes les fines délicatesses du bronze; c'est le respect du modèle, c'est l'absence de retouches, la fidélité du bronze à reproduire la cire.

« Nous connaissons la fonte à cire perdue bien plus en théorie qu'en pratique, et ce n'est que par l'entente parfaite du sculpteur qui modèle et du fondeur qui moule qu'on en pourrait ressusciter le savant emploi. C'est ainsi que peut être conservée inaltérée l'expression que l'artiste donne à la matière molle, le doigté, qui est à la cire ce qu'est au papier le trait de crayon. Le ciseau qui taille le marbre, le ciselet qui reprend le bronze sont des outils de seconde main qui détruisent ou altèrent la pensée du maître. N'eussent-ils que le mérite de savoir remplacer par le métal fluide la cire qu'ils ont modelée, les bronziers du Japon seraient bien supérieurs aux nôtres. »

Restons sur ces paroles. L'art du Japon contemporain motiverait de ma part une appréciation beaucoup moins favorable. Toute cette belle adresse de main me laisse insensible si elle ne s'applique qu'à traduire des conceptions sans vie et sans originalité. Mon admiration pour la sculpture japonaise s'arrête aux alentours de 1850, au moment où disparaissent les derniers représentants du grand art du métal, tel que le comprenaient les maîtres fondeurs du XVIIIᵉ siècle.

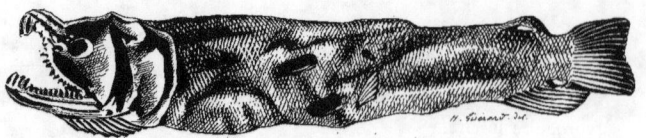

II

LES MASQUES.

UNE des formes les plus caractéristiques et les plus remarquables de
l'art japonais est certainement la sculpture des masques.

L'usage des masques dans les cérémonies religieuses, dans les fêtes de
la cour et dans les représentations
théâtrales, remonte à la plus haute
antiquité. Le trésor du temple d'Idzoukou-Shima, si riche en objets d'art de
toute sorte, montre encore des masques
en bois sculpté et laqué des IXe, XIe
et XIIe siècles; nous en reproduisons
quelques-uns d'après les gravures de la *Description du temple
d'Idzoukou-Shima,* grand ouvrage publié à Osaka, en dix volumes,
au commencement de ce siècle[1]. L'un d'eux porte la date de 1173.
Ces masques, d'un caractère étrange et énergique, nous montrent
à quel degré d'habileté dans le rendu de la figure humaine étaient
parvenus les sculpteurs au temps de Yoritomo. Il faut être un
maître pour résumer ainsi dans ses traits essentiels et simplifiés

---

1. Cet ouvrage est le plus curieux et le plus important de tous ceux du même genre,
et ils sont nombreux, qui ont été publiés au Japon. Il contient de nombreux renseignements sur l'histoire des laques et des travaux de métal.

la vie d'une physionomie. Le graveur a rendu, avec une conscience toute japonaise les trous de vers qui ont perforé ces vénérables morceaux de bois. Les masques de ces époques reculées sont précieusement conservés au Japon, dans les temples. Il y en a d'admirables à Kioto et à Nara. Je n'ai pas connaissance qu'il en soit venu en Europe.

Un trait commun à la Grèce et au Japon est cet emploi du masque au théâtre. Comme les Grecs, les Japonais ont accentué l'expression tragique ou comique du personnage en scène par un masque placé sur la figure. Les masques étaient en bois laqué ou peint, simulant les couleurs naturelles pour les rôles d'hommes ou de femmes; la barbe et

DANSEUR DE NÔ.

les sourcils étaient souvent imités avec du crin. Les masques de dieux, de génies ou de diables étaient revêtus de couleurs conventionnelles, le plus ordinairement noires, rouges, vertes ou or. Des trous étaient ménagés à la place des pupilles, de la bouche et des narines. Des cordonnets de soie attachaient le masque derrière la tête de l'acteur et le vêtement en dissimulait les bords, de façon qu'à distance l'illusion était complète. La sculpture des masques parvint à son apogée au commencement du XVIIᵉ siècle. Un artiste

MASQUE DU TRÉSOR D'IDZOUKOU-SHIMA (1173).

du nom de Démé-Jioman, de la famille des Démé, sculpteurs de

masques, s'y est rendu particulièrement célèbre. Les types qu'il a créés
sont restés populaires. Lorsque l'usage
des masques au théâtre est tombé en
désuétude à la fin du xviie siècle, ses
œuvres ont servi de modèles aux
sculpteurs de netzkés. Les masques de
théâtre les plus modernes remontent
au moins à cette époque. Il n'y en a
pas de postérieurs. Ceux qui arrivent
aujourd'hui du Japon ne sont, pour
la plupart, que d'affreuses copies faites
pour l'exportation.

De bons exemplaires anciens
sont venus

TRÈS ANCIEN MASQUE
DU TRÉSOR D'IDZOUKOU-SHIMA.

en assez

grand nombre, il y a quelques années à Paris, et ils
se sont vendus à vil prix. On
ignorait alors que la source
de ces vieux masques passés
de mode se tarirait rapidement, et qu'ils avaient à plus
d'un titre la valeur de véritables objets d'art. Aujour-
d'hui, ils sont des plus rares; ils deviendront bientôt
introuvables. M. Wakaï en

avait apporté deux ou trois

TRÈS ANCIEN MASQUE DU TRÉSOR D'IDZOUKOU-SHIMA.

à son dernier voyage, dont un du xve siècle. C'était la fin.

Il en existe à Paris quelques collections importantes. Celles

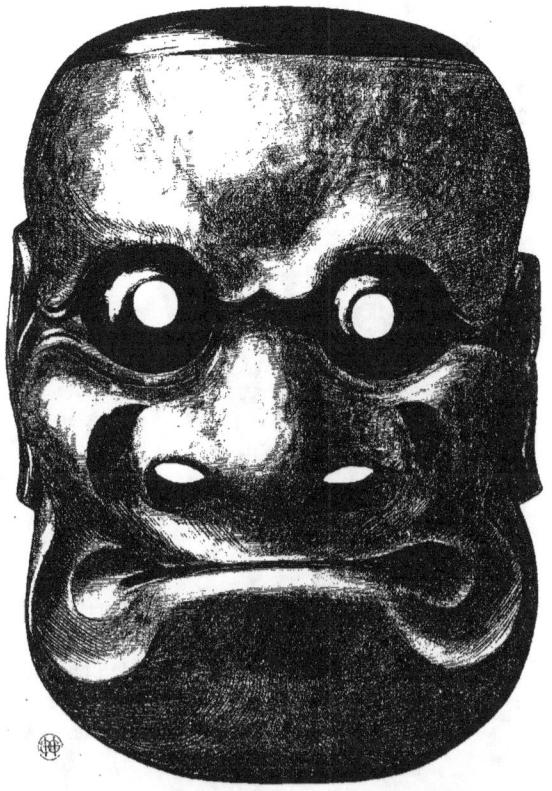

ANCIEN MASQUE DE THÉATRE.
(Collection de M. Antonin Proust.)

de MM. Antonin Proust, Vibert et Gérôme sont les plus nom-

breuses et les mieux choisies. M. Gérôme en a fait, autour de
sa salle à manger,
une frise d'un aspect
neuf et décoratif.

ANCIEN MASQUE DE THÉATRE.
(Collection de M. Antonin Proust.)

Ces masques du
XVIIe siècle, quoiqu'ils
évoluent autour de
certaines expressions
consacrées, traduisent
les mouvements de
l'âme les plus divers.
Le rire et la colère
sont rendus parfois
avec une intensité ex-
traordinaire; la série
des vices est des plus
amusantes. Les nez
formidables, les yeux
louches, les bouches
déformées, les rides
et les grimaces truicu-
lentes, expriment la fé-
rocité et la bestialité
de l'homme. Oudzou-
mé nous montre ses
grosses joues, son éter-
nelle bonne humeur;
le noble daïmio, ses
traits pâles et alanguis; la jeune fille, « son sourire de prunier
en fleurs », selon l'expression charmante de l'anthologie japonaise;
la vieille poétesse Komati, qui mourut de faim et de misère au

ANCIEN MASQUE DE THÉATRE.

(Collection de M. Antonin Proust.)

milieu d'un marais, après avoir été la femme la plus belle et la plus enviée du Japon, étale à nos yeux les hideurs de son visage

décharné, momifié. Et quelle largeur de coup de ciseau dans ces sculptures, quelle science de modelé! Prenez un de ces masques, donnez-le à un Japonais, et dites-lui de le mettre sur sa figure en se drapant dans les plis du costume national, vous serez émerveillé, comme je l'ai été maintes fois, de sa réalité humaine. Ajoutez par la pensée l'illusion de la scène, la distance, le geste et le mouvement des acteurs, et vous ne pourrez vous empêcher d'admirer quel instinct général de l'effet ont eu ces tailleurs de masques.

APPUI-MAIN EN BAMBOU SCULPTÉ.
(Collection de M. Louis Gonse.)

J'en possède un dans ma collection qui exprime la souffrance, la souffrance calme, concentrée, résignée. Il est beau comme une tête de Christ, douloureux comme un Mantègne. Il porte la signature de Démé-Jioman. Je pourrais citer bien d'autres exemples où ce genre de sculpture atteint au plus grand art. Nous ne connaissons les masques grecs que par certaines reproductions qui se trouvent sur les bas-reliefs ou sur les vases, mais il est certain que personne n'a été plus loin que les Japonais dans l'expression théâtrale des passions et de la vie.

出目上満

DÉMÉ-
JIOMAN.

La place considérable qu'occupent les masques dans la plas-

Heliog Dujardin

Imp A. Quantin

ÉTUI À PIPE EN CORNE DE CERF ET NETZKES EN IVOIRE
(COLLECTION DE M. LOUIS GONSE)

tique du Nippon m'a engagé à en faire reproduire ici un certain
nombre.

J'ajouterai que les beaux masques de théâtre étaient soignés
par leurs possesseurs comme le sont ici
des violons de Stradivarius. Ils étaient en-
fermés dans des boîtes de laque et enve-
loppés dans des chemises doublées et ca-
pitonnées de soie, souvent d'une grande
richesse. Et, comme le raffinement des Japonais s'étend aux plus
petits détails, les soies employées étaient en harmonie de tons
avec les masques eux-mêmes.

C'est dans les enveloppes de masques, dans les chemises de
boîtes de laque, dans les gaines de sabres et dans les encadrements
de kakémonos, que l'on rencontre les spécimens les plus précieux
et les plus rares des anciennes soieries japonaises.

III

Les netzkés sont de petites breloques qui, attachées à un cordonnet de soie, servaient à retenir à la ceinture la boîte à médecine, la blague à tabac, l'étui à pipe.

Il n'est pas d'objets d'art dans lesquels les Japonais aient donné plus libre carrière à leur goût inventif, à leur fantaisie. Parmi les bibelots importés en Europe après la révolution de 1868, ils ont été les premiers à conquérir la faveur du public; en peu de temps, les netzkés japonais devenaient célèbres parmi nous. L'engouement était naturel. Rien n'est plus charmant, délicat et imprévu. C'est un monde d'infiniment petits dont la variété dépasse tout ce que l'on peut imaginer.

Des collections plus ou moins importantes se trouvent chez plusieurs amateurs de Paris. La plus nombreuse est celle de M. Auguste Dreyfus, qui a acquis en bloc la collection bien connue de M. Vibert. Ce dernier avait réuni, lors des premiers arrivages, près de quatre cents netzkés. Quoique tout n'y soit pas d'égale beauté et que bien des pièces soient modernes, on y compte encore une centaine de netzkés de la meilleure qualité, dont une trentaine au moins de premier ordre. On cite celle de M. de Goncourt parmi les mieux choisies.

M. Montefiore en a d'excellents. M. Bing en possède une soixantaine d'un goût vraiment irré-
prochable; quelques-uns sont au
nombre des meilleurs que le Japon
nous ait envoyés. Moi-même, j'ai
réuni une série de cent cinquante
netzkés tant en bois qu'en ivoire,
que je crois être l'une des parties
les plus intéressantes de ma collection.

Aujourd'hui il ne vient plus
de bons netzkés du Japon, et il
n'en viendra plus. C'est, avec les
masques, les foukousas[1], les impressions en couleurs, les belles
ciselures ancien-
nes, l'article le
plus épuisé. Les
marchands euro-
péens, en vrais
marchands qu'ils
étaient, ont d'a-

BOITE A MÉDECINE EN BOIS INCRUSTÉ
AVEC SON NETZKÉ EN IVOIRE.
(Collection de M. Louis Gonse.)

bord donné sur tout ce qui flattait ou amusait leur
œil, sur tout ce qui les étonnait par la difficulté
vaincue. Les foukousas et les netzkés, arrivés les
premiers, ont disparu les premiers.

NETSKÉ DE NARA EN BOIS
PEINT, PAR SHIOUZAN.

Les artistes du Nippon ont fait des netzkés
de toutes matières et de toutes formes. Il y a des
netzkés en laque, en corail, en terre émaillée, en porcelaine, en
métal ciselé; le plus souvent, ils sont sculptés dans l'ivoire ou le

1. Carrés de soie brodés.

bois. Lorsqu'ils sont en métal, ils affectent habituellement la forme

de boutons enchâssés dans une monture de corne ou d'ivoire. Les plus grands artistes n'ont pas dédaigné, à l'occasion, de signer un netzké. J'en ai vu de Ritsouô et de Kôrin. Cependant, au plus fort de la

CHASSEUR A L'AFFUT, PAR MIVA.
(Collection de M. L. Gonse.)

vogue de ces petits objets, leur exécution était le monopole d'une catégorie d'artisans qui comptait dans ses rangs de véritables maîtres. On cite des familles qui se sont adonnées, de génération en génération, à la sculpture des netz- kés. J'aurai tout à l'heure à relever quelques noms de spécialistes qui ont acquis une grande et légitime réputation. Il y a eu les Michel-Ange du netzké.

DJIOU-RÔDJIN, PAR MIVA.
(Collection de M. L. Gonse.)

Je m'occuperai particulièrement des bois et des ivoires.

Le goût des netzkés artistiques ne paraît avoir pris naissance que vers la fin du XVIIe siècle ou à l'extrême com-

KOMATI VIEILLE, PAR MIVA.
(Collection de M. A. Dreyfus.)

mencement du XVIIIe. Jusque-là, les objets de ceinture étaient attachés à des boutons de forme plus ou moins grossière. Les pre- miers essais de netzkés ayant un caractère d'art datent donc d'une époque relativement moderne. Ils furent d'abord en bois sculpté, peint ou laqué. Ils se faisaient tous à Nara, qui est resté longtemps le centre de cette pro-duction. Les ouvriers d'Ouji, près de Nara, étaient renommés. Cette province eut de toute antiquité le monopole des ouvrages de bois.

Le plus ancien netzké que je connaisse est en bois peint; il porte la signature d'un tail-leur de bois du nom de Shiouzan. Il m'a été apporté de Kioto avec quatre autres netzkés de même travail et de même date, mesurant envi-

PERSONNAGE EFFRAYÉ
PAR UN RAT.
(Collection de M. L. Gonse.)

ron huit à neuf centimètres de long et représentant des sennins, le guerrier Kouanghou et Shoki. M. Wakaï n'a pas hésité, en les voyant, à leur assigner une ancienneté de deux cents ans. Ils sont d'une rudesse un peu sauvage, mais d'un style puissant et original, que l'on ren-contrerait difficilement dans les œuvres plus modernes. Je repro-duis ici cette pièce de Shiouzan.

DIABLE EMPORTANT LA MAIN
COUPÉE DE HANNIA.
(Collection de M. A. Drey'us.)

Les netzkés de bois ont précédé les netzkés d'ivoire et leur ont tou-jours été supérieurs com-me exécution. Le travail dans le bois est plus gras, plus souple, plus caressé. Les essences ligneuses que les Japonais choisissent à cet effet ont un grain serré et homogène qui leur permet d'ar-river au fini du métal. Le cœur de cerisier, notam-ment, a les qualités du bronze le plus dense. Les

FIGURANT DE THÉÂTRE.
(Collection de M. S. Bing.)

bons vieux netzkés d'origine authentique, ces petits chefs-d'œuvre

polis *ad unguem* que les collectionneurs d'Amérique, d'Europe et
du Japon s'arrachent aujourd'hui à prix d'or, sont presque tous
en bois de tsoughé, patiné par le temps
d'une chaude couleur brune. Je mets certains de ces netzkés de bois au nombre
des plus délicates merveilles que l'art japonais ait produites. Quelques-uns,
dans leurs dimensions minuscules,
appartiennent au grand art. Notre
confrère et ami M. O. Rayet n'a
pas craint de comparer telle de ces
figurines expressives aux terres
cuites de Tanagra. J'interprète sa
pensée dans ce sens que le rendu
naïf, sincère de la nature lui paraît
avoir été poussé au même degré
d'énergie chez les deux peuples. En
suivant des chemins

GROUPE DE LUTTEURS, PAR SENSAÏ.   différents, mais
(Grand netzké en bois de la collection de M. S. Bing.)   grâce au lien com-

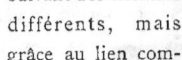

mun qui les unit, le respect de la vérité, les Grecs
et les Japonais se sont rencontrés parfois dans des
analogies très frappantes. Le drapé, le geste, le
mouvement des membres, le jeu de physionomie de
quelques netzkés japonais, représentant des personnages, auraient été certainement admirés des exquis
artisans de l'Attique. M. Rayet avait dans sa col-   H.G.
lection de Tanagra cinq ou six figures comiques   BUVEUR DE SAKÉ.
de marchands forains et de mendiants modelées avec (Collection de M. Gonse.)
un entrain digne du Nippon. On pourrait, à plus forte raison, et
sans aucun paradoxe, étendre la comparaison aux ivoires, aux

bois sculptés et à toute la plastique familière de notre moyen âge.
Ici la similitude est parfois complète. Rien ne ressemble plus à
l'imagerie de nos cathédrales que
certaines sculptures japonaises. Il
y a parfois un air de famille singulier qui ne saurait échapper à
ceux qui regardent au fond des
choses. Je pourrais citer maints
petits bonshommes taillés en netzkés qui, grandis, feraient de superbes gargouilles. Et si, de la
représentation humaine on descend à celle des animaux et des
plantes, les similitudes deviennent
bien plus saisissantes. En réalité,
les deux arts découlent des mêmes
sources : l'amour passionné de la
nature, la subordination constante
du détail à la logique de l'en-

GROUPE DE LUTTEURS, PAR SENSAÏ.
(Grand netzké en bois de la collection de M. S. Bing.)

semble. Ce serait une étude des plus
intéressantes à tenter que celle des rapports intimes qui existent entre notre art
français du XIIIᵉ siècle et l'art japonais des
bonnes époques.

Mais je reviens aux sculpteurs de
netzkés.

CHANTEUR, PAR RIÔMIN.
(Collection de M. L. Gonse.)

Un des artistes du commencement
du XVIIIᵉ siècle, les plus appréciés au Japon, est Rioukeï, dont les œuvres sont
malheureusement fort rares en Europe. A peine pourrait-on citer
trois ou quatre pièces signées de lui. Son exécution est des plus

habiles; son goût trahit un peu l'influence chinoise. M. Wakaï lui attribuait le grand netzké représentant un pèlerin, dont j'ai donné un dessin dans le premier volume (p. 125). Je possède un étui à pipe et deux netzkés en bois portant sa signature.

Vers le milieu du XVIIIᵉ, les ateliers de Nara étaient en pleine prospérité. Ceux de Kioto et de Yédo avaient pris naissance et s'apprêtaient à lutter avec avantage avec ceux de l'antique cité. A ce moment, apparaît à Nara un maître dont l'action a été considérable sur l'industrie des netzkés : Miva Iᵉʳ. Ses œuvres sont estimées entre

DANSEUR DU CAMBODGE, PAR BOKOUSAÏ.
(Grand netzké de la collection de M. L. Gonse.)

toutes, et ce n'est que justice, car s'il y a eu des praticiens aussi adroits, il n'en est aucun qui ait allié comme lui l'originalité de l'invention, la largeur et la sobriété du style à la force concentrée de l'expression. Il faudrait accumuler les épithètes pour

MIVA.

rendre par les mots le plaisir que vous cause un beau netzké de Miva. C'est presque une jouissance du toucher, tant les accents en sont fondus et assouplis.

A ma connaissance, celui-ci n'a sculpté que des bois : personnages ou animaux. On

MOUCHE, PAR TOMIHAROU (1789).
(Collection de M. L. Gonse.)

en compte une demi-douzaine disséminés dans les collections de Paris. J'en possède trois, signés : un Acteur jouant la danse du lion; un dieu de longévité, en bois laqué et doré portant un enfant sur sa tête; un paysan couvert d'un vêtement de paille et d'un grand chapeau, accroupi, à l'affût, et semblant guetter une proie invisible. M. Wakaï

COQ, PAR MASANAO.
(Collection de M. L. Gonse.)

déclarait ce dernier netzké le plus beau qu'il ait vu en Europe et au Japon. C'est, en effet, un chef-d'œuvre de vie, une merveille d'expression dramatique. La maîtrise du ciseau y défie toute comparaison. Le masque du paysan, animé d'une sourde colère, la souplesse du corps, qui s'efface et rampe à terre, sont prodigieux. Un dessin de Guérard reproduit ici cette superbe pièce.

J'attribuerais aussi à Miva Ier un admirable netzké de la collection de M. Auguste Dreyfus; il est en bois peint et représente la vieille Komati, assise, son bissac au côté. La peinture, usée par

ACTEUR,
PAR JIOUGUIOKOU.
(Coll. de M. L. Gonse.)

le frottement, a pris des tons d'une douceur charmante; le modelé de cette figurine, haute de six centimètres, a l'ampleur de la nature même. Il est impossible de mettre plus de grandeur de style et plus de science de dessin dans un plus petit espace. Cette vieille édentée, image sublimée de la misère et de la décrépitude, pourrait tenter le burin de M. Gaillard. De

HOMME AUX LONGUES
JAMBES, PAR MASANAO.
(Coll. de M. Montefiore.)

Miva encore me paraît être ce personnage, effrayé par un rat, dont l'expression d'horreur est rendue avec tant de puissance, et cet acteur sous un costume de jeune fille, qui se trouve reproduit en couleur dans la planche III (chromolithographie).

C'est de l'atelier de Miva que sont sortis la plupart des sculp-

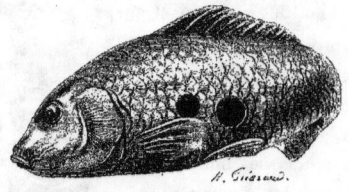

POISSON.

(Netzké en bois de la collection de M. L. Gonse.)

teurs de netzkés en bois et en ivoire. Miva II et Miva III ont eu un grand talent. En relevant les si-gnatures des pièces qui se trouvent à Paris, chez MM. Bing, Auguste Drey-fus, Alph. Hirsch, de Gon-court, Montefiore et dans

ma propre collection, je puis citer les artistes les plus distingués de la fin du XVIIIe siècle, appartenant aux ateliers de Yédo et de Kioto : Minkô, Nori-kadzou, Ikkô, Gamboun, Bokousaï, Minko-kou, Masatoshi, Tomiharou, Sensaï, Masanao, Shiômin, Tomoïtshi, Tadatoshi, Rioshiô, Riômin (qu'il ne faut pas confondre avec le célèbre ciseleur du XIXe siècle) et Mitsoushi-ghé, qui ont surtout travaillé le bois; Kouaï-guiokou, qui a travaillé également bien

SERPENT, COLIMAÇON ET GRENOUILLE

PAR TADATOSHI.

(Collection de M. S. Bing.)

l'ambre, l'ébène, le corail; Sessaï, Kisoui, Tôoun, Hidémasa, Tomo-

BŒUF COUCHÉ, PAR ITSHIMIN.

(Collection de M. S. Bing.)

tada, Masatsané, Masafoussa, Tomo-tshika, Jiouguiokou, Masakadzou, qui ont, de préférence, employé l'ivoire. Ikkô, Gamboun et Kisoui se sont distin-gués par leurs admirables travaux d'in-crustation.

Dans la période plus moderne, qui s'étend de 1800 à 1850, brillent les noms de Ikkouan, Norisané, Ittan, Anrakousaï, Masatsougou, Shibayama, — célèbre pour ses

travaux de marqueterie et d'incrustation sur bois dur, qui a fondé
l'école de Shibayama, — Noboyouki, Guiokouhô, Hômin, Masahiro,
Rakouyeïsaï, Masayouki, Kômin, Itshi-
min, Masatami, Shiôitshi, Norioki et
Noritami. Je donne la transcription, en
caractères japonais, de la plupart de
ces noms.

COLIMAÇON, PAR TADATOSHI.
(Collection de M. S. Bing.)

Il faudrait tout un chapitre et très
étendu pour entrer dans le détail des
œuvres signées par ces excellents maî-
tres. Chacun d'eux est représenté par un, quelquefois deux et
trois spécimens, dans l'ensemble des collec-
tions précitées. Quelques mots pour viser
les reproductions données ici suffiront à marquer la valeur des principales pièces.

GROUPE DE SOURIS, PAR IKKOUAN.
(Collection de M. L. Gonse.)

Bokousaï a signé ce Danseur du Cambodge si bien campé sur ses hanches et qui
fait mouvoir avec des ficelles la mâchoire de
son masque grotesque; Norikadzou, ce
Shoki en bois laqué rouge et or, à masque d'ivoire (chromolithographies, pl. IV), et Riômin, ce chanteur accroupi, d'une expression si vivante; Tomiharou a gravé sur
cette étonnante mouche, en bois noir veiné
de kaki, dont les élytres semblent prêtes à
s'ouvrir, une légende d'un centimètre carré
où l'on découvre, à la loupe, le nom de l'artiste avec son âge, la date, même le quan-
tième du mois[1]; Sensaï a taillé d'un ciseau

LAPIN, PAR MASATAMI.
(Collection de M. S. Bing.)

puissant ce groupe de lutteurs où la science anatomique riva-

---

1. « Tomiharou, de Kavaïgava de la province d'Ivami, l'a sculpté à l'âge de cinquante-
sept ans, la première année de Kouanseï (1789), au mois de décembre. »

lise avec la vérité du mouvement; Masanao a dressé sur ses ergots ce coq dont on compterait toutes les plumes; Jiouguiokou, cet acteur déguisé en renard; Its-himin, Tomoïtshi, Tadatoshi, Ma-satami et Ikkouan, les incompa-rables animaliers, ont ciselé ce bœuf, ce colimaçon, ce lapin, ces souris, ces tortues minuscules;

SHOKI AIGUISANT SON SABRE, PAR TADATOSHI.
(Collection de M. L. Gonse.)

Tôoun a sculpté en ivoire ce su-perbe groupe de deux per-sonnages lut-

ACTEUR, PAR MASATSANÉ.
(Collection de M. L. Gonse.)

tant avec un poisson (héliogravures, pl. XIII, n° 6) et Nobouyoki, ce cavalier volant son cheval, à un paysan (*Ibid.*, n° 2); Shibayama Ier, par une exception fort rare à ses travaux habi-atuels, s'est musé à composer ce groupe de singes jouant avec un jeune garçon qui tient une pêche (*Ibid.*, n° 9), et Guiokouhô a détaillé avec élégance cette jeune Japonaise portant un de ses enfants sur ses bras pendant que l'autre joue à ses pieds avec un chat (*Ibid.*, n° 7).

DANSEUR, PAR MASANAO.
(Collection de M. L. Gonse.)

Chacun de ces délicieux artistes a mon-tré une spécialité où ils se surpassent. Itshimin est l'homme des ruminants; Anrakousaï, celui des sennins; Tadatoshi, celui des escargots; Ikkouan, celui des souris; Nobouyoki excelle dans les scènes à plusieurs personnages et dans les groupes; Noriaki et Noritami sculptent, en bois et en ivoire, de petits masques

NETZKES EN IVOIRE.
(COLLECTION DE M. AUGUSTE DREYFUS)

pleins d'esprit et de sel satirique, qui luttent avec les meilleures
créations des Démé. Parmi les artistes secondaires, qui ne sont
que de simples ouvriers, les spécialités sont
bien plus frappantes. Certains manœuvres
se sont adonnés à l'exécution d'un sujet
unique ou à la copie d'un netzké célèbre.
Ces répétitions se reconnaissent facilement
à la sécheresse de l'outil. Beaucoup de
netzkés des quarante dernières années
sont empruntés aux albums de Hokousaï.

GROUPE DE TORTUES,
PAR SHIÔITSHI.
(Collection de M. S. Bing.)

    Les plus humbles motifs sont de bonne prise pour le sculp-
teur de netzkés. Les dieux, les philosophes, les
scènes de l'histoire, l'anecdote comique, la
fleur, la plante, l'oiseau, l'insecte, le reptile,
tout l'intéresse, tout est prétexte pour créer
une composition neuve et piquante. Son imagination et sa verve ne semblent jamais en
défaut, sa main est d'une docilité et d'une
patience à toute épreuve; le
temps n'est rien pour lui; il
mettra six mois, un an, s'il le
faut, à parfaire amoureusement son œuvre. Pas de
nerfs, une persévérance tranquille que rien ne vient
troubler, des organes d'une sensibilité extraordinaire, aucun souci ni du temps ni de l'argent :
voilà le secret de ces miracles de l'art japonais qui
étonnent si fort notre civilisation à la vapeur.

PETIT MASQUE,
PAR NORIAKI.
(Collection de M. L. Gonse.)

JEUNE FILLE PORTANT
TROIS BAQUETS SUR LA
TÊTE, PAR KÔMIN.
(Collection de M. S. Bing.)

    Ajoutez à cela la conscience et l'honnêteté de
l'artisan d'autrefois, attaché le plus souvent au service d'une maison princière, logé, lui et sa famille, dans une
maisonnette, ayant un petit jardin qu'il cultivait dans ses loisirs,

n'ayant ni besoins ni ambition, vivant dans le culte de son art et dans la contemplation de la nature. Cette condition sociale suffit à tout expliquer. Le nombre des artistes vraiment indépendants, s'élevant au-dessus de leur classe, voyageant, créant des écoles, étendant au delà de leur province la renommée de leur talent, n'a toujours été qu'une infime mino-

SENNIN, PAR KOUAÏGUIOKOU.
(Ivoire de la coll. de M. Montefiore.)

rité, en dehors de l'art noble de la peinture qui était cultivé par les hautes classes. C'est pourquoi l'histoire est muette sur tous ces obscurs desservants des arts secondaires. Les renseignements biographiques sont nuls sur les brodeurs, les ciseleurs, les sculpteurs de netzkés, voire même sur les laqueurs, qui étaient de rang plus élevé. A peine connaîtrions-nous leurs noms, si l'artiste japonais n'avait pris soin de signer presque constamment son œuvre, quelquefois de la dater, en marquant l'année du nengo

H.G.

CACHET
FORMANT NETZKÉ.
(Coll. de M. L. Gonse.)

dans lequel elle a été terminée. La lecture des signatures, des inscriptions, des cachets est, dans bien des cas, la source d'informations la plus sûre, pour ne pas dire la seule.

J'ai dit que les netzkés en bois étaient plus estimés

GRENOUILLE SUR UNE FEUILLE DE LOTUS.
(Ivoire de la collection de M. Montefiore.)

au Japon que les ivoires, parce que, grâce à la matière, ils sont

plus fins et plus souples de travail. Il y a cependant des ivoires
qui sont aussi précieux que les bois, témoin la série de netzkés de

SHIOUZAN.   RIOUKEÏ.   IKKÔ.   GAMBOUN.   BOKOUSAÏ.   TOMIHAOR.

la collection Dreyfus que nous avons groupés dans la planche XII
(héliogravures). D'affreux groupes, vieillis artificiellement à l'infusion de thé, ont inondé le marché dans ces derniers temps. Ce

MINKOKOU.   RIÓMIN.   MASANAO.   NORISANÉ.   HÓMIN.   TADADOSHI.

sont des œuvres toutes modernes et destinées au commerce de
bazar. Les amateurs néophytes devront s'en méfier et ne pas se
laisser prendre à leurs charmes trompeurs. Cependant les bons

ITTAN.   MASATAMI.   JIOUGUIOKOU.   IKKOUAN.   TOMOÍTSHI.   ITSHIMIN.

artistes anciens ont fait, *pour les Japonais,* quelques groupes qui
sont de véritables et parfois d'admirables netzkés; mais ils sont
rares. J'en ai réuni quelques-uns de ce genre dans la planche XIII
(héliogravures).

II.   13

« Comme le dit fort justement M. Ed. de Goncourt[1], à l'époque de la fabrication soignée des netzkés, les ivoiriers japo-nais employaient le plus bel ivoire, cet ivoire laiteusement transparent qui prend avec le temps cette belle patine, ce doux jaunissement, cette chaude pâleur qu'il ne faut pas confondre avec le saucement des netzkés modernes, fabriqués avec les qualités les plus inférieures de la dent d'élé-phant, de la dent de morse, d'os même de poissons, — netzkés

HIDÉMASA.   NOBOUYOKI.   SHIBAYAMA.   MASATOSHI.   MASAYOUSSA.   TOMOTADA.

ayant quelque chose, dans les sébiles où ils sont amoncelés, de vieilles molaires dans un crachoir de dentiste. »

Les Japonais ne sculptent plus de netzkés pour leur usage, l'européanisation ayant fait tomber en désuétude cette charmante mode. Tous ceux qu'on exécute encore sont à notre destination. Le travail, même lorsqu'il est fini, reste médiocre et sec. L'inven-tion en est toujours d'une pauvreté révoltante.

Les bons ivoires anciens se reconnaissent donc non seulement au charme de leur exécution, mais à leur belle couleur d'ivoire jauni par le temps et aux usures légères produites sur les saillies par le frottement de la ceinture.

1. *La Maison d'un artiste*, t. Ier, p. 206.

IV

LES ÉTUIS A PIPE.

LES OBJETS DIVERS.

La mode des étuis à pipe ouvragés a suivi de près celle des netzkés. Il est peu d'objets dans lesquels les artistes japonais aient dépensé plus de recherche et de goût. Ils affectent la forme d'un tuyau muni à son extrémité supérieure d'un anneau ou crochet dans lequel passe le cordon de soie du netzké. Ils sont en bois, souvent en bambou incrusté, gravé ou sculpté, en corne de cerf, en ivoire, en ébène, en laque, quelquefois, mais rarement, en métal.

Les plus anciens portent la signature de Rioukeï, de Hanzan et de Ikkô. Je n'en ai jamais vu de Ritsouô; on m'en a signalé deux ou trois dans les collections américaines. Ceux de Rioukeï sont peu communs; je ne vois guère à citer, portant sa signature que celui qui m'a été rapporté par M. Wakaï et qui est décoré, en relief,

ÉTUI, PAR IKKÔ.
(Coll. de M. L. Gonse.)

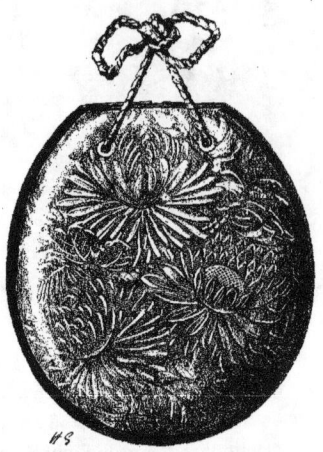

de personnages bouddhiques se chauffant devant
un feu près d'une cascade. Le travail en est fort intéressant.

Ikkô, dont
M. de Gon-
court, dans
sa *Maison
d'un artiste,*
a célébré le
talent, est,
avec Hanzan,

FERMETURE DE BLAGUE EN BOIS SCULPTÉ,
PAR IKKÔ.
(Collection de M. Louis Gonse.)

le meilleur élève de Ritsouô. Je connais une dizaine
d'étuis à pipe signés de son nom. Ils sont tous en

bambou gravé et
incrusté d'ivoire
blanc ou teinté,
de nacre, de co-
rail et d'ébène.
Les effets de dé-
coration poly-
chrome sur la
blonde écorce
du bambou sont
ravissants et
bien à lui; il tire
un parti surpre-
nant du mélange
des creux et des
reliefs. L'incrus-

ÉTUI A PIPE, PAR IKKÔ.
(Coll. de M. L. Gonse.)

BOURSE EN BOIS DE BINROJI, PAR MASAFOUSSA.
(Collection de M. L. Gonse.)

tation est son triomphe. La col-
lection de M. de Goncourt montre précisément un fourreau en bam-

bou, à la rondeur aplatie, couvert d'un vol de libellules, qui est le roi des étuis à pipe passés, présents et futurs. On n'imagine
rien de plus merveilleusement cha-
toyant, de plus somptueux que cette
décoration, moitié en relief, moitié en
creux, enrichie d'émail, de nacre et d'i-
voire colorié, « avec des dégradations,
des éloignements de second plan, obtenus par l'opposition des libellules
seulement sculptées et des libellules
d'émail et de nacre du premier plan ».
Je possède le frère cadet de cet étui; le
parti pris est le même, mais le vol de
libellules est moins épais, les incrustations moins variées. Le dessin de
M. Guérard en donne une idée exacte.
Sur un autre, que je tiens de la collection Marquis, Ikkô a semé des acteurs
à figures grotesques; l'ivoire verdi et
poli y jette des reliefs et des colorations d'une gaieté charmante. Ailleurs, ce sont des lapins dans les
ajoncs, au clair de lune, puis un singe
grimpant dans un arbre pour manger
des fruits de kaki, ou des tortues
jouant sur le sable, ou une file de
carpes nageant dans l'eau. Ikkô est un
poète; ses compositions ont la fraî-
cheur des choses observées sur nature. Il a conservé
un reflet de la puissance de son maître Ritsouô. Voyez cette ferme-

H. Guérard.

ÉTUI EN ÉBÈNE INCRUSTÉ
D'OR, PAR GAMBOUN.
(Coll. de M. L. Gonse.)

ÉTUI EN CORNE,
PAR JOSÔ.
(Coll. de M. L. Gonse.)

ture de blague en bois clair, incrustée d'un aigle dévorant un singe.

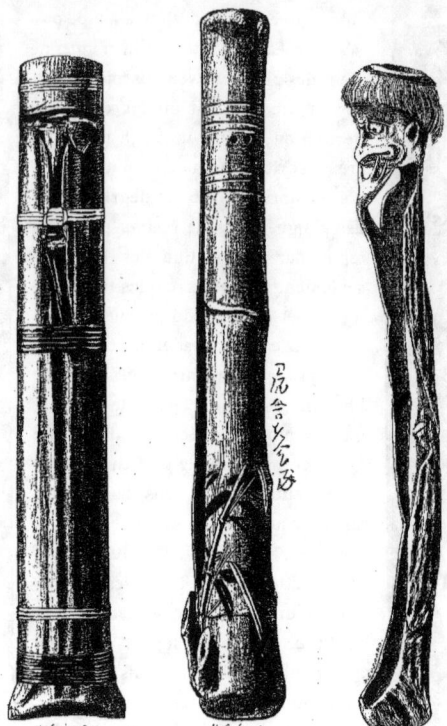

ÉTUIS EN BOIS INCRUSTÉ ET EN BAMBOU, PAR GAMBOUN.
(Collection de M. Alph. Hirsch.)

ÉTUI EN CORNE, IMITANT UN TRONC D'ARBRE TERMINÉ PAR UNE FIGURE GROTESQUE.
(Collection de M. Louis Gonse.)

Guiokouiyeï, élève de Kôrin, rivalise avec Ikkô. L'étui, en bambou décoré d'une procession de pèlerins gravés en creux, que j'ai

CRABE, PAR KOUNISADA (TOYOKOUNI II)

Gravure en couleurs de la collection de M. Ph. Burty

reproduit dans le premier volume, est de lui. On ne peut rien voir de plus original et de plus trouvé. A Kôrin lui-même j'attribuerais volontiers un étui de ma collection, en laque rouge, à garniture d'argent, décoré de langoustes en laque noir dont les longues antennes se retournent pour décorer l'intérieur de l'étui.

Gamboun a sculpté cet étui en ébène imitant une natte sur laquelle un lézard en or poursuit des fourmis en argent. Ce chef-d'œuvre d'ingéniosité et

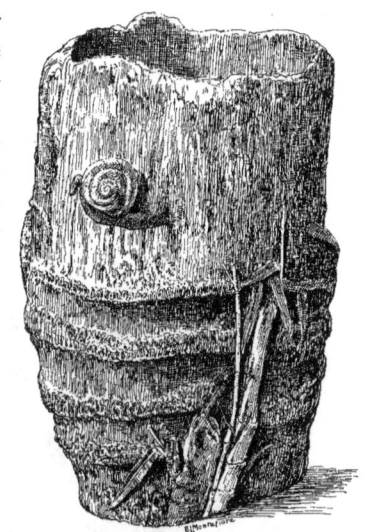

PORTE-BOUQUET EN RACINE DE BAMBOU DÉCORÉE D'INCRUSTATIONS
(Collection de M. Montefiore.)

d'adresse nous fait faire la connaissance d'un artiste des plus fameux.

POCHE A TABAC EN BOIS INCRUSTÉ.
(Collection de M. Alph. Hirsch.)

Par le soin qu'il a pris de dater quelques-unes de ses productions, nous savons qu'il vivait dans la seconde moitié du XVIIIe siècle. Gamboun est le chantre de la gent fourmilière; il nous en décrit tous les exploits, il en connaît les mœurs et la structure comme personne. Les pièces de Gamboun sont très recherchées par les

amateurs. Le haut prix qu'elles atteignent est justifié par les tours
de force d'exécution que l'artiste s'est plu à y accumuler. Ses

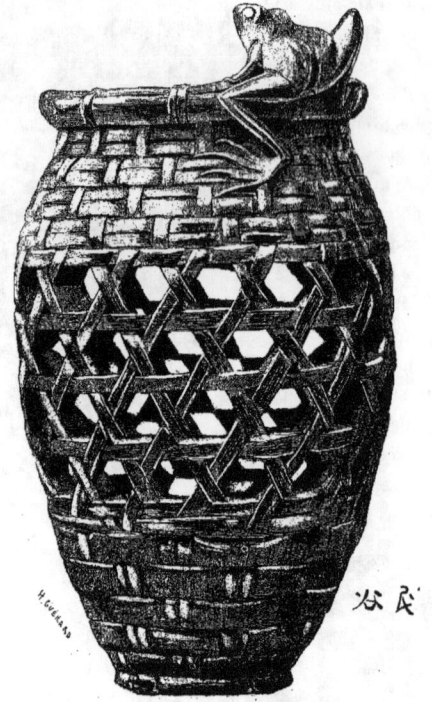

PORTE-BOUQUET EN BOIS BRUN, PAR MINKOKOU.
(Collection de M. Louis Gonse.)

trompe-l'œil sont prodigieux. Dans un netzké de la collection
Hirsch, il nous montre un groupe de champignons moisis, des-
séchés, rongés par les vers et les fourmis sur lesquels coule la

bave visqueuse d'un colimaçon. C'est d'une vérité à n'y pas croire;
les fourmis, de deux millimètres de long, semblent vivantes. Il

BOUTEILLE A SAKÉ EN PIED DE BAMBOU SCULPTÉ (TRAVAIL DU XVIIᵉ SIÈCLE).

(Collection de M. Louis Gonse.)

imitera une vieille planche vermoulue, les infirmités d'une écorce
habitée par les insectes, d'un fruit livré aux termites; et ses imi-

tations microscopiques auront la bonne foi, le sérieux que n'ont pas habituellement les travaux de ce genre.

Nous retrouvons dans beaucoup d'étuis à pipe en ivoire et en corne les signatures des bons sculpteurs de netzkés. Jiouguiokou a marqué de son cachet cette feuille de bananier à jour et enroulée que nous avons reproduite dans le premier volume; Riouhô a ciselé dans le plus bel ivoire cette cigale, plongeant dans le cœur d'une rose; Hokousaï a fait saillir, d'une corne de cerf bien polie, Fouten, le dieu des vents; Hômin, l'excellent sculpteur de netzkés, nous montre un voyageur regardant avec envie une branche de fruits de kaki qu'il ne peut atteindre. J'en possède un qui est sculpté par Kiosaï, le célèbre caricaturiste moderne. Il représente un paysan renversé par terre et riant devant l'apparition d'une grande tête grotesque de Dharma tirant la langue. Le dessin est taillé en creux, dans l'ivoire, d'un burin leste et incisif. Il est dessiné dans le premier volume.

ÉTUI EN CORNE.
(Coll. de M. L. Gonse.)

Les artistes du Nippon ont fait preuve de la plus grande souplesse dans la décoration de ces objets d'une forme ingrate. Je n'en connais pas où leur verve d'invention se soit exercée avec plus de bonheur et de fantaisie.

Quelle variété de sujets! Ici, c'est le cône du Fouziyama se détachant sur le noir profond de l'ébène, ou un dragon

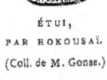

ÉTUI,
PAR HOKOUSAÏ.
(Coll. de M. Gonse.)

GROUPES ET NETZKÉS EN IVOIRE
(COLLECTION DE M. LOUIS GONSE.)

en argent enroulé autour de l'ivoire verdi (chromolithographie,
pl. III); là, c'est un tigre menaçant caché derrière les bambous (héliogravure, pl. XI), Shoki
contemplant avec désespoir le reflet dans l'eau
d'une tête de diable formant l'anneau de l'étui;
ailleurs, c'est une libellule accrochée à une
ligne de pêcheur, un tronc de saule taillé en
personnage grotesque, un oiseau mort tom-
bant devant le disque du soleil, des pilotis
au bord de la mer, un crabe sortant d'un
trou de rocher ou un aigle perché
sur une branche de pin et s'apprê-
tant à fondre sur des oiseaux cachés
dans le creux de l'arbre.

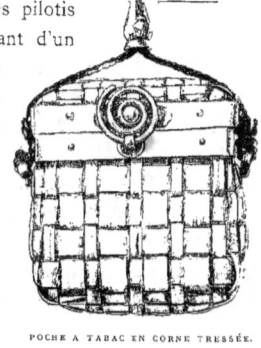

D'autres objets d'usage domestique appartiennent à l'art noble de
la sculpture. Les cabinets, les chapelles portatives, les plateaux, les
boîtes à thé ou à parfums, les panneaux d'applique, les appareils de

POCHE A TABAC EN CORNE TRESSÉE.
(Collection de M. L. Gonse.)

fumeurs, les boîtes à écrire, les encriers de ceinture, les porte-pinceaux, les bouteilles à saké, les poches à tabac, les appuis-main, les
attributs de médecin, les porte-bouquets, ont été parfois travaillés
par des mains de maîtres. L'étude de ces diverses séries nous entraînerait trop loin; à peine pouvons-nous y faire allusion en passant.

Sans parler de Ritsouô, que je range dans la catégorie des
laqueurs, Gamboun s'y montre souvent avec ses fourmis.

Les dessins de M. Guérard reproduisent ici une poche à tabac
en bois dur de Binroji, signée *Masafoussa*, une curieuse bouteille
à saké (travail du XVIIᵉ siècle), imitant une gourde entourée de

feuillage et sculptée dans un nœud de bambou; un porte-bouquet en racine de histan, représentant un tronc de pin nain, avec la légende : *Pin de mille ans*, et la signature *Gamboun;* un autre porte-bouquet en bois brun figurant un panier à jour sur lequel monte une grenouille, pièce admirable signée *Minkokou* (fin du XVIIIe siècle); un appui-main en bambou sculpté figurant un masque comique ; la fermeture de blague de Ikkô dont j'ai dit un mot plus haut; une boîte de fumeur en bois incrusté d'un escargot en relief.

Il y aurait enfin à envisager l'une des manifestations les plus remarquables de la sculpture japonaise, celle où le génie du Nippon, surtout au point de vue de l'expression humaine, a dépensé le plus de vie et d'humour : la céramique. Les « rustiques figulines » de Dôhatshi, de Koémon, d'Ogata Shiyouheï, de Rakou, de Shinnô, certains grès de Bizen et de Takatori, certaines terres émaillées de Haghi et d'Owari, appartiennent au grand art de la plastique, par les qualités les plus essentielles. Nous renvoyons le lecteur au chapitre de la Céramique. Les nombreux spécimens que nous avons reproduits pourront donner une idée de l'importance de cette série d'objets. La collection de M. Edmond Taigny est, en ce genre, la plus nombreuse et la plus intéressante qu'il y ait en Europe.

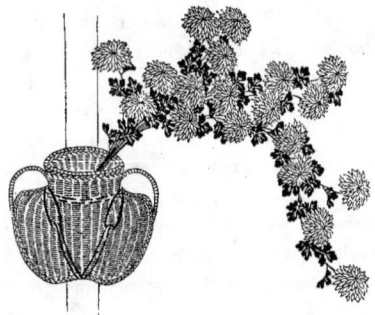

CHAPITRE VI

LA CISELURE

ET LE TRAVAIL DES MÉTAUX

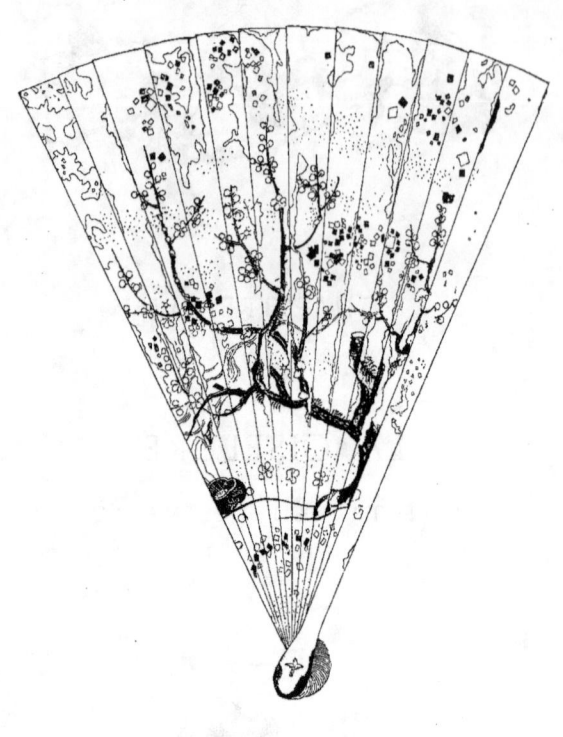

I

LES ARMURES.

Le travail et la ciselure des métaux est
une des branches de l'art dans lesquelles
les Japonais ont affirmé avec le plus d'éclat
leur supériorité de main-d'œuvre. C'est in-
contestablement celle, avec la céramique, où
les Européens ont le plus à apprendre.

La ciselure, la forge et le martelage du
fer ont précédé ceux des autres métaux. Le
travail artistique du fer a été pendant de
longs siècles à peu près exclusivement réservé aux armes et aux
armures. Un peuple aussi belliqueux, aussi chevaleresque, devait
attribuer un caractère presque divin à l'emploi du fer, qui est resté
aux yeux des Japonais le métal noble par excellence.

Le sabre sacré donné par la déesse du Soleil à son petit-fils
Ninighi est conservé au temple d'Assouta. Cette vieille ferraille est
le palladium de la nationalité japonaise.

Les trésors du temple et notamment le trésor impérial de
Todaïji, à Nara, contiennent certainement des armures datant de

la période de Shioumoun; mais les renseignements sont trop vagues pour qu'on puisse rien préciser à ce sujet. Tout au plus serait-il possible de rattacher à ces temps reculés certaines formes de casques, très simples, dans le genre de celles qui sont conservées au Musée d'artillerie, à Paris. Quelques-uns de ces casques ont été apportés en France au XVIIIe siècle et offrent un grand intérêt. Le galbe piriforme de plusieurs d'entre eux est certainement de source indo-européenne. Ils sont en tôle laquée et l'absence d'ornements fait valoir leurs lignes. En les voyant, on ne peut se défendre d'un rapprochement avec les casques archaïques de la Grèce. Il est fâcheux que nous n'ayons aucun renseignement sur leur origine et sur leur date. L'un d'eux, en tôle recouverte de laque d'or aventuriné, provenant de l'ancien Cabinet du roi, remonte au moins au XIIIe siècle. La description du trésor du temple d'Idzoukou-Shima mentionne et reproduit des armures et des casques des XIe, XIIe et XIIIe siècles.

GUERRIER DU TEMPS DE YORITOMO.

(D'après Yosaï.)

En réalité, l'histoire du costume de guerre ne commence guère qu'à Yoritomo. Les grandes luttes et l'esprit guerrier des Taïra et des Minamoto lui ont fait faire des progrès importants.

Le développement de la caste militaire entraîna le développement des engins de défense et d'attaque. A cette époque l'armement de l'homme de guerre est fixé dans ses lignes essentielles; il ne variera plus que dans les détails. Le casque seul conserve une certaine indépendance de formes.

L'un des plus beaux casques que je puisse citer se trouve dans la collection de M. Bing et date du XIIᵉ siècle. Il est en fer et orné de dragons en relief, d'un travail fruste, mais d'un style puissant.

CUIRASSE DE FER, PAR YOSHIYÉ (XVIᵉ SIÈCLE).

(Trésor du temple d'Idzoukou-Shima.)

Quelques-unes des armes ayant appartenu au grand Shiogoun sont conservées dans le trésor du temple de Hatshiman, à Kamakoura.

C'est sous le règne de Yoritomo que s'est fondée, à Kamakoura, la célèbre maison des Miotshin qui a duré jusqu'au XVIIIᵉ siècle et a produit les plus habiles et les plus renommés artistes pour le tra-

CUIRASSE DE FER (ATELIER DES MIOTSHIN, XVIIIᵉ SIÈCLE).
(Collection de M. E.-L. Montefiore.)

vail des armures de fer. Les plus belles cuirasses sortent de cet atelier. Les œuvres des premiers Miotshin sont précieusement conservées au Japon, soit chez l'empereur, soit dans les grandes familles princières. Cette maison s'est uniquement adonnée aux travaux de fer. Les pièces articulées ont été dans la suite une des spécialités dans lesquelles elle a déployé une adresse inimitable.

CAVALIER EN COSTUME DE GUERRE DU XVIᵉ SIÈCLE.
(D'après Yosaï.)

Entièrement faites au marteau et sans soudures, elles tiennent parfois du prodige. M. Haviland possède un crabe articulé formant brûle-parfums, signé *Miotshin Mounéfoussa* (xviiᵉ siècle); la Compagnie Kosgo-Kaïsha avait envoyé à Paris deux petites poupées en fer, à jambes, têtes et bras MIOTSHIN. mobiles, du caractère le plus vivant et le plus original, qui étaient

de *Miotshin Nobouiyé* (xvie siècle); enfin la collection de M. Montefiore renferme, entre autres armes d'un haut intérêt, une cuirasse en

PORTE-ÉTENDARD.
(D'après Hokusaï.)

fer repoussé, décorée de figures
en relief et signée du nom d'un
des Miotshin du xviiie siècle (le
Musée d'artillerie en expose une
autre du même genre, mais inférieure), et un beau casque, en
forme de bonnet phrygien, signé
Mounémitsou, huitième Miotshin
(xive siècle). Mais l'œuvre la plus
remarquable à tous égards qui
soit venue en Europe et l'une
des plus importantes qu'ait produites cette famille d'artistes est
l'aigle en fer martelé, de grandeur
naturelle, qui se trouve au Kensington Museum de Londres. Il
est posé sur un rocher, les ailes
déployées, les plumes hérissées,
et comme prêt à s'élancer sur sa
proie. Toutes les plumes sont
séparées et articulées les unes

sur les autres. Cette œuvre de fer est pleine de fierté et de caractère. Comme difficulté vaincue on n'en pourrait citer une plus surprenante. M. Mitford, qui l'avait achetée au Japon peu de temps
après la révolution de 1868, l'a cédée au Kensington, pour le
prix, en somme, assez modéré de 25,000 francs. Cet aigle, de la
fin du xvie siècle ou du commencement du xviie, porte la signature
de *Miotshin Mounéharou.*

Pendant le cours des xie, xiie, xiiie, xive et xve siècles, les armes restèrent robustes et austères, comme celles de notre moyen âge.

Les armures les plus fines, les cuirasses incrustées des plus élégantes damasquines appartiennent au temps de Taïko-Sama. Tout ce qui touchait à l'art de la guerre intéressait cet homme de forte trempe. Le constructeur des remparts d'Osaka était le plus grand amateur de belles armes qui fut de son temps.

Nous avons précisément en Europe deux pièces infiniment rares qui proviennent de lui. Ce sont deux armures conservées à l'Armeria royale de Madrid. Elles appartiennent au type qui a pré-cédé l'armure légère dont je par-lerai plus loin. Le travail en est superbe, le style sévère et gran-diose. Une eau-forte de M. Gué-

GRAVURE DU « YEHON SOUÏKODEN »,
DE HOKOUSAÏ.

rard reproduit ici la plus intéressante de ces armures. Le plastron de fer, le masque, les brassards, les gantelets et les jambières épou-sent la forme et imitent avec un singulier naturalisme le modelé du corps. Les lames du hausse-col, des épaulières et des cuissards sont décorées des armoiries de kiri à sept branches et de chry-santhèmes à seize pétales, régulièrement alternées, dont l'asso-ciation forme le blason impérial à l'époque de Taïko-Sama. Les chrysanthèmes, d'après les renseignements que me fournit M. le comte de Valencia, conservateur de l'Armeria, seraient en or sur fond d'émail aventuriné. Le bouclier et la lance ont été ajoutés et se trouvaient sur la photographie qui a servi au graveur. Il

est probable qu'il existe une inscription ou une signature à l'intérieur de l'armure ; la doublure qui garnit la cuirasse empêche de
s'en rendre compte.

On peut considérer ces magnifiques pièces comme les plus

GUERRIER JAPONAIS LUTTANT CONTRE UN OISEAU FANTASTIQUE.
Gravure tirée du « Saki Gaké », de Hokousaï.

anciens objets japonais qui soient venus en Europe. Elles figu-
raient déjà dans l'inventaire de Philippe IV. Une tradition, que
rien ne dément, veut qu'elles aient été offertes à Philippe II par
l'ambassade japonaise, qui, partie du Japon le 22 février 1583,
arriva à Lisbonne le 10 août 1584 d'où elle gagna Madrid, puis
Rome. Cette ambassade apportait avec elle de riches présents et fut
reçue par Philippe II lui-même. Ces armures de provenance impériale étaient un souvenir digne de Hidéyoshi. Je ne vois pas autre-

N. GUERARD sc.

Imp. A. Quantin.

ANCIENNE ARMURE IMPÉRIALE EN FER FORGÉ ET DAMASQUINÉ.
(ARMERIA REAL DE MADRID)

ment de quelle façon des objets de cette nature et de cette valeur auraient pu sortir du Japon [1].

La forme classique de l'armure, avec sa cuirasse en fer battu, ses épaulières carrées, ses jambières et ses brassards, existait dès le XIe siècle; mais l'armure perfectionnée, en fine tôle laquée, ne remonte guère au delà de la fin du XVIe.

La cuirasse des daïmios était quelquefois d'une grande richesse. Des ornements damas-

FER DE LANCE.
(Travail du XVIIe siècle.)

quinés et gravés; des figures et sujets décoratifs, en ronde bosse, forgés et ciselés, faisaient de certaines armures des œuvres d'art du plus haut prix. Les épaulières, imbriquées, laissaient une grande liberté aux mouvements du bras. Des appendices analogues et im-

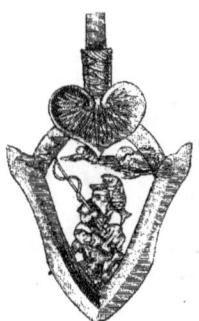

FER DE LANCE.
(Travail du XVIIe siècle.)

FER DE LANCE.
(Travail du XVIIe siècle.)

briqués de même manière, avec des lamelles de fer et des tresses de soie, couvraient les hanches, comme une sorte de crinoline. Dès Yoritomo la plupart des casques étaient accompagnés d'un large couvre-nuque mobile de même nature. Les jambes et les bras

1. Voir la relation de cette ambassade publiée à Rome, en 1586, par le Père jésuite Gualtieri.

étaient protégés par des parties pleines, qui pouvaient être également damasquinées et ciselées, et par des parties de cotte de
mailles. Le tout formait un ensemble souple et résistant, sur lequel
les damas japonais avaient moins de prise que sur des cuirasses
massives. La valeur d'une armure de combat résidait surtout dans

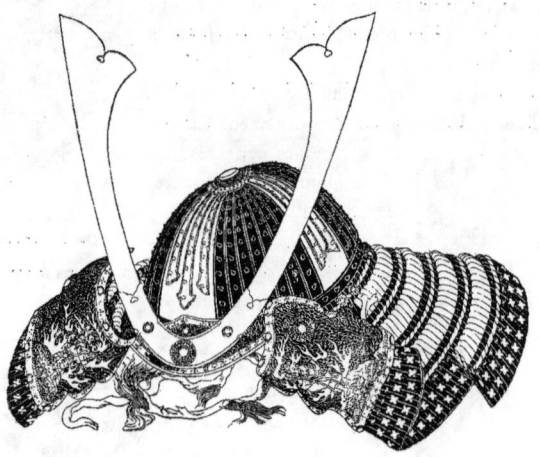

CASQUE, PAR YOSHIYÉ (XIᵉ SIÈCLE).

(Trésor du temple d'Idzoukou-Shima.)

la qualité du fer, qui, aminci par le martelage, acquérait en même
temps une dureté merveilleuse. Le jeu des lamelles, des lacis de la
maille, des attaches de soie, des doublures d'étoffe, était combiné
de façon à neutraliser, plus sûrement que n'auraient pu le faire nos
plus fortes cuirasses, l'action redoutable des armes offensives. Le
visage était garanti par un masque de fer sur lequel retombait la
visière du casque.

Hidéyoshi, à la fin de sa vie, avait mis à la mode les armures commodes et légères inventées par Matsounaga Hissahidé. Ces armures en tôle laquée très mince furent, à partir de Yéyas, presque seules en usage.

Les armes de main étaient la lance, la pique, la hache, la flèche et le sabre, dont la trempe a été de tout temps d'une qualité sans égale.

De belles armures du XVII² siècle appartiennent à notre musée d'artillerie et proviennent du Cabinet du roi. Le même établissement possède quelques sabres intéressants. Une collection très nombreuse de casques japonais se trouve en la possession de M. le comte de Monbel, ancien attaché à l'ambassade française de Yokohama. Celui-ci l'avait acquise en bloc . d'un vieux résident européen. Cette précieuse collection , formée avec méthode, à une époque où le Japon n'était pas encore ouvert aux étrangers, renferme de très belles pièces, notamment deux casques de Miotshin et une série de casques coréens, trophées de la grande

CASQUE A TÊTE DE LION (XVIII² SIÈCLE).
(Collection de M. E.-L. Montefiore.)

CASQUE
A FEUILLES DE MAUVE,
PAR NAGATSANÉ MASANORI (XVII² SIÈCLE).
(Collection de M. E.-L. Montefiore.)

expédition de Corée, dirigée par Taïko-Sama lui-même, à la fin
du xvie siècle (1592).

Un des casques de la collection de M. Montefiore compte
certainement parmi les plus belles pièces du temps de Yéyas que

CASQUE JAPONAIS ET CASQUE CORÉEN DU XVIe SIÈCLE.
(Collection de M. le comte de Monbel.)

j'ai pu admirer. Il est formé par trois grandes feuilles de mauve
adossées (armoiries des Tokougava) et est signé : *Nagatsané
Masanori, d'Etshizen*. La province d'Etshizen, riche, comme celle
de Bizen, en mines de fer, a toujours été réputée pour ses excellents forgerons. Un autre casque de la même
collection est décoré de six arêtes réunies formant flammèches; il est un peu plus ancien
et pourrait remonter à la fin du xvie siècle.
La forme de ces deux casques est des plus
heureuses; elle nous fournit deux exemples
remarquables de l'ingéniosité du goût japonais à cette grande époque. M. Montefiore

FABRICANT D'ARCS
EN BAMBOU.
(D'après Hokousaï.)

a eu l'amabilité de les dessiner lui-même. Du reste, il est peu de
branches de l'art où les Japonais aient dépensé plus d'imagination que dans le dessin des casques. Il existe un ancien traité

de la forme des casques, imprimé au Japon à la fin du xvıₑ siècle, qui peut donner une idée approximative de l'extraordinaire fantaisie des armuriers japonais.

Je puis citer encore les brassards en mailles de fer décorés de médaillons à niellures d'or et d'argent, appartenant au même amateur; les magnifiques gantelets de M. Burty, damasquinés de dragons en or; et enfin une série de dix-sept fers de lance ciselés et travaillés à jour, provenant des Tokougava du xvııₑ siècle et rapportés du Japon par M. Ph. Sichel. Ces fers merveilleux sont, CASQUE EN FER (xvıₑ siècle.) (Collection de M. E.-L. Montefiore.) je crois, aujourd'hui en Amérique. Nous donnons le dessin de trois d'entre eux d'après une photographie.

Nous reproduisons aussi un cavalier tout équipé d'après Yosaï et des fragments d'armures de la plus grande richesse conservés dans le temple d'Idzoukou-Shima : une armure avec son casque, chef-d'œuvre de Yoshiyé (xıₑ siècle), et un casque de Yoshimitsou (xıııₑ siècle).

II

LES LAMES.

Le plus bel objet d'art aux yeux d'un vrai Japonais a été, jusqu'à la révolution de 1868, la lame de son sabre. J'ai dit que le sabre sacré d'Amatérassou, conservé au temple d'Assouta, était l'emblème parlant de l'histoire du Japon. De tout temps, les Japonais ont attaché la plus extrême importance à la qualité et à la perfection de cette arme. Par contre-coup, aucune profession n'était plus estimée et plus respectée que celle de forgeron de lames et il n'était pas rare de voir des nobles s'adonner à ce métier et y acquérir une grande habileté.

Les lames japonaises sont incomparablement les plus belles qui se soient faites au monde; les damas et les lames de Tolède ne sont, au point de vue de la trempe de l'acier, si on les compare à certaines lames exceptionnelles du Japon, que des jouets d'enfant.

Le sabre japonais est, en effet, une arme terrible. Une lame de moyenne grandeur, bien trempée, doit pouvoir trancher d'un seul coup la tête d'un homme; une lame ancienne, exécutée par un maître en renom, coupera sans difficulté celle d'un de nos « coupe-choux » d'infanterie.

Certaines lames ont été payées des prix fabuleux, ce qui s'explique par les longs mois, d'un travail souvent incertain, qui sont nécessaires pour mener à perfection le martelage et la trempe d'une lame de marque. On a vu des pièces portant la signature d'un forgeron célèbre atteindre la somme de mille *yen*, cinq mille francs. Le dernier Taïkoun, dit M. Dubard, offrit à notre ministre plénipotentiaire une lame conservée dans un simple fourreau de bois blanc qui fut estimée par un marchand de Yokohama plus de sept mille francs.

ANCIEN DAÏMIO
(D'après Hokkeï.)

Le sabre japonais personnifie le sentiment du point d'honneur et le courage. Il sert aux nobles usages de la guerre, mais aussi à l'exécution des sentences capitales; il venge l'injure reçue et efface, dans le sang du *harakiri*, les remords de la conscience troublée.

L'étiquette du sabre est aussi complexe que solennelle.

Frapper le fourreau de son sabre contre celui d'une autre personne est une grave faute contre l'étiquette. Tourner le fourreau dans sa ceinture comme si l'on se préparait à tirer son sabre équivaut à une provocation. Poser son arme par terre dans une chambre et en pousser avec le pied la garde dans la direction de son interlocuteur est une insulte mortelle. Il n'est pas poli de sortir son sabre du fourreau, en la présence d'autres personnes, sans en demander d'avance la permission à chacun. Entrer dans la maison d'un ami avec son sabre est une rupture de l'amitié. Ceux à qui leur position permet d'avoir un serviteur qui les suit doivent laisser leur arme à la charge de celui-ci, à l'entrée de la maison, ou, s'ils sont seuls, doivent la déposer à l'entrée. Les serviteurs de l'hôte doivent ensuite la prendre, non avec la main, mais avec un mouchoir de soie, qui ne sert qu'à cette cérémonie et placer l'arme sur un porte-sabre, qui doit se trouver

GRAVURE DU « YEHON SOUIKODEN »,
DE HOKOUSAÏ.

à la place d'honneur, près de l'invité, et la traiter avec tout l'honneur et la politesse dus au propriétaire du sabre lui-même.

Le grand sabre, si toutefois on en porte deux, doit être sorti de la ceinture avec son fourreau, et posé à droite du possesseur, parce que, de cette façon, on ne peut pas tirer le sabre et s'en servir; il ne doit jamais être posé à gauche, excepté lors d'un danger immédiat d'attaque.

Montrer un sabre nu est une grave offense, à moins qu'il ne s'agisse de faire admirer une belle lame à ses amis. Il n'est pas d'usage de demander à voir un sabre, excepté s'il s'agit d'une lame de valeur, et que la demande puisse flatter l'amour-propre du possesseur. Dans ce cas, on présente l'arme par le dos, le cou-

pant tourné en dedans, la poignée à gauche; l'interlocuteur ne doit toucher le manche qu'avec une soie, que
chacun a l'habitude de porter dans sa poche, ou avec

un morceau de papier
propre. La lame doit être
sortie du fourreau peu
à peu et admirée mor-
ceau par morceau. Elle
ne peut jamais être sor-
tie entièrement à moins
que le possesseur n'in-
siste auprès du visiteur.
Dans ce cas il faut la tirer avec beaucoup d'em-
barras et la tenir loin
des autres personnes
présentes. Après l'avoir
admirée, il convient de
l'essuyer soigneusement

GRAVURE DU « YEHON SOUIKODEN »,
DE HOKOUSAI.

avec un linge spécial. On la remet ensuite dans le fourreau et on la rend ainsi à son possesseur. Le petit sabre
se garde dans la ceinture, et ce n'est que dans le cours
d'une visite prolongée que l'hôte et le visiteur les posent
à côté d'eux. Les femmes n'ont ni le droit ni l'habitude
de porter de sabres, à moins qu'elles ne soient seules
en voyage. En cas d'incendie, les dames du palais
mettent souvent des armes à leur ceinture.

Un Japonais bien élevé doit pouvoir discerner l'âge
et la qualité d'une lame à la simple inspection de la
trempe. Les trempes affectent les aspects les plus variés; elles sont droites ou ondulées. Les ondulations un

明
車
鸞

KODZOUKA
Par Oumetada
Miojiu.

peu larges et régulières sont très estimées; mais la trempe droite, lorsque le fil de l'acier est marqué par une ligne bien pure d'un ton sourd et mat, est la plus belle aux yeux d'un connaisseur.

Il faut reconnaître que, même pour l'œil profane d'un Européen, certaines lames, par leur courbure harmonieuse, leur poli, leur pureté, ont le charme d'une véritable œuvre d'art. Les soins dont sont entourées les belles lames leur conservent à travers les siècles l'éclat immaculé d'un miroir. On voit d'antiques lames dont la fusée (la soie) est toute mangée par la rouille, perforée de trous, traces des montures successives, mais dont le tranchant, de la poignée à la pointe, est aussi net que s'il sortait de la forge.

Presque toutes les lames de valeur sont signées; souvent même elles sont datées. La signature se trouve toujours gravée à chaud sur la fusée. Quelquefois l'artiste a ajouté une légende, pièce de poésie ou sentence :

Il n'y a rien entre le ciel et la terre que l'homme puisse craindre qui porte à sa ceinture cette lame unique.

Notre destinée est entre les mains du ciel, mais un guerrier adroit ne rencontre pas la mort.

Dans nos derniers jours notre sabre devient la richesse de nos enfants.

Les lames exceptionnelles sont ornées de gravures en creux exécutées au burin et à froid. On se demande comment, dans une matière telle que l'acier des lames japonaises, on est parvenu à ciseler, souvent même à ajourer des motifs qui ont le gras et la souplesse de la cire. Ce sont généralement des dragons enlacés ou mordant une lance, des devises, des armoiries, ou même de simples cannelures; mais j'ai vu des figures de divinités, Foudo, Kouanon ou Dharma intaillées avec une liberté et une vigueur surprenantes, qui décoraient la lame d'une façon princière. Sur quelques pièces de grand luxe le sujet était non seulement ciselé, mais encore damasquiné d'or et d'argent. Je citerai, dans ce genre,

une admirable lame signée *Oumétada Miojiu,* de la collection de
M. Bing, et incrustée de métaux précieux représentant une bataille
navale (xvi⁰ siècle), et, dans ma propre collection une lame signée
Taïkeï Naotané (xviii⁰ siècle), décorée d'une figure de Bishamon
cis elée en creux et incrustée d'or de différentes couleurs. Ces deux

CISELEURS JAPONAIS.
(D'après Hokousaï.)

lames ont été reproduites dans les héliogravures nᵒˢ XIV et XV.

La forme antique des sabres de guerre était droite, lancéolée
et à deux tranchants. Pendant les grandes luttes féodales, on se
servit beaucoup de sabres à deux mains. Avec l'adoucissement
des mœurs les armes blanches ont été peu à peu en s'allégeant et
en se rapetissant.

Le sabre en usage dans la cérémonie du *harakiri* est de taille
moyenne, intermédiaire entre le grand sabre et le poignard. Le
harakiri est le mode de suicide national, adopté par les gens de

classe noble qui avaient volontairement résolu de mettre fin à leurs jours ou avaient été condamnés à mort pour une faute n'ayant pas le caractère infamant et n'entraînant ni la perte du rang ni la dégradation militaire. Le *harakiri* était dans l'ancienne société une institution moralisatrice dont la pratique, quoique singulièrement cruelle, a contribué plus que tout le reste au maintien des vertus militaires. Au Japon, sous l'ancien régime,

PRÉPARATIFS DU HARAKIRI.

(D'après Yosaï.)

tout homme portant un sabre devait être prêt à chaque instant à faire le sacrifice de sa vie en s'ouvrant le ventre. Aujourd'hui, cette coutume, comme tant d'autres, est tombée en désuétude. Du reste, le port et l'usage des sabres est interdit depuis 1868. L'armée est équipée à l'européenne et porte la baïonnette et le fusil.

Lorsque le *harakiri* était l'exécution d'une sentence, il était accompagné d'un cérémonial imposant. On en trouvera les détails dans les *Tales of old Japan*, de Mitford[1], dans le *Japon pittoresque* (p. 107 à 114) de M. Dubard ou encore dans l'émouvante et véridique nouvelle publiée par M. Lindau, en 1870, dans la *Revue des Deux Mondes*, et intitulée *Simidjo Sedji*.

1. Londres, Macmillan, 1 vol. in-12, p. 329 et suiv.

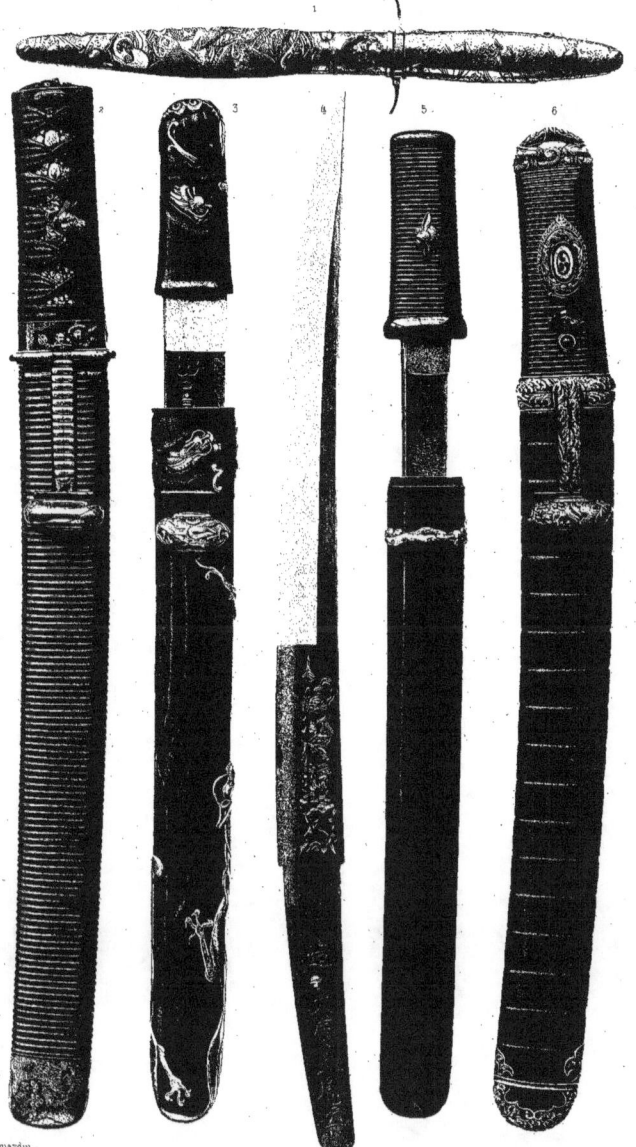

PETIT POIGNARD DE DAME À FOURREAU D'ARGENT; POIGNARDS À MONTURES D'OR ET D'ARGENT CISELÉ,
LAME DÉCORÉE D'UNE FIGURE DE BISHAMON GRAVÉE EN CREUX ET INCRUSTÉE D'OR
(ARMES ANCIENNES DE LA COLLECTION DE M. LOUIS GONSE)

Au moment final, alors que la sentence était lue par le daïmio assistant, le condamné, assis sur ses talons, à la japonaise, saisit d'une main ferme le sabre placé devant lui sur un petit tabouret, s'en plonge sans hésitation la pointe dans le ventre à une profondeur de deux ou trois pouces, la promène lentement de gauche à droite et de haut en bas; un flot de sang jaillit sur la natte; le patient étend le bras du côté des censeurs et incline légèrement la tête en avant, alors le serviteur chargé de l'exécution brandit

son sabre, un éclair brille, et un seul coup sec fait rouler la tête du malheureux sur le plan·cher.

Les lames de la province de Bizen ont toujours joui d'une réputation méritée. Cette province est la plus riche du Japon en mines de fer et de houille. Le Yamato, le Yamashiro et l'Etshizen ont, avec le Bizen, produit les artistes les plus renommés.

Dès l'époque de Shioumoun la forge des lames avait atteint un haut degré de perfection. Amakouni, de Yamato, qui vivait au VIIIe siècle, a laissé un nom des plus illustres.

LAME
D'AMAKOUNI.
(Trésor d'Idzou-
kou-Shima.)

LAME
D'ANAKOUNI.
(Trésor
d'Idzoukou-Shima.)

Je reproduis ici sa signature d'après les fusées de deux lames conservées dans le temple d'Idzoukou·Shima. Shinsokou, de Bizen, a forgé des lames pour l'empereur Heïzeï (commencement du IXe siècle). Quelques-unes de ses lames ont figuré à l'exposition rétrospective de Tokio. Ohara Sanémori vivait au milieu du IXe siècle; ses œuvres sont parmi les plus célèbres;

leur perfection ne fut jamais dépassée. Mounétshika, de Kioto, est
le grand maître du x°. Au xi° vivait Yoshiyé, de la même province, qui a fait aussi des armures d'une grande beauté. L'empereur Gotoba, à la fin du xii° siècle, était si grand amateur de lames de sabre qu'il attacha à sa personne
douze forgerons renommés, pour chacun des douze
mois de l'année. Leurs noms ont été conservés; ce sont : Norimouné, Sadatsougou,
Noboufoussa, Kouniyasou, Tsounétsougou,
Kounitomo, Mounéyoshi, Tsougouiyé, Sou-
kémouné, Youkikouni, Soukénari et Soukénobou.

Au xiii° siècle nous relevons les noms de Yoshimitsou, dont nous avons reproduit un casque
dans le paragraphe précédent, Kouniyouki
et surtout Kounitoshi, dont une des plus
précieuses lames du temple d'Idzoukou-
Shima porte la signature; pendant le cours
du xiv° siècle, ceux de Masamouné, artiste célèbre entre tous; Kaniouji, Oka-
némitsou; au xv° et au xvi° siècle, ceux de
Kanésada, de Kanésané, de Foujivara Oujifoussa, trois maîtres très renommés, et
enfin d'Oumétada Miojiu, que le Shiogoun Ashikaga
Yoshiharou appelait en 1546 à Kioto pour l'attacher
à sa personne.

LAME
DE SANÉMORI.
(Coll. Montefiore.)

LAME
DE KOUNITOSHI.
(Trésor d'Idzoukou-
Shima.)

A partir du xvi° siècle, la ville d'Ossafouné, de
la province de Bizen, devient le centre le plus important de la fabrication des lames; Haroumitsou, Soukésada, Kiyomidzou et d'autres également appréciés y ont exercé leurs talents.
Yasoutsougou a laissé une grande réputation comme fournisseur

attitré du Sandaï Shiogoun (Yémitsou). Au XVIIIe siècle, les forgerons n'ont plus d'histoire; au milieu de la tranquillité de cette période les lames ne sont qu'un objet de luxe, mais quelquefois de grand luxe, comme le prouvent les belles lames de Naotané.

Les sabres les plus précieux sont conservés dans les temples, au Japon. Le temple d'Idzoukou-Shima en possède une collection admirable. Les sabres de Yoritomo sont au temple de Hatshiman, à Kamakoura, et ceux de Yéyas au grand temple de Nikkô. On trouve de belles armes dans les collections parisiennes et quelques lames de choix. Oumétada Miojiu, Kanésada, Kanésané, Foujivara Oujifoussa, Soukésada, Haroumitsou, Kiyomidzou, Yasoutsougou, Naotané y sont représentés. La lame la plus remarquable appartient à M. Montefiore et porte la signature illustre de Sanémori. Cette lame de mille ans est d'une conservation irréprochable. La monture en or et shakoudo est de Gôto Itijio.

III

MONTURE DES SABRES.

LES GARDES, LES KODZOUKAS, LES MÉNOUKIS, LES KOGHAI,
LES RONDS ET LES BOUTS DE SABRE.

La lame est le principal d'un sabre aux yeux d'un Japonais. Il est facile de comprendre que la monture en soit la partie essentielle pour un amateur européen.

De tout temps la monture des sabres a été traitée avec le plus grand soin au Japon. Sous le règne de Yoritomo qui est l'âge d'or de l'arme de guerre, elle était encore sévère et simple; elle ne commença à devenir vraiment artistique qu'à la fin du xvᵉ siècle et suivit pas à pas lès progrès de la ciselure. Avec l'introduction des métaux de couleur, des incrustations et des patines dans le travail des petits objets, coïncide l'usage des montures luxueuses.

Ce n'est qu'à la fin du xviiiᵉ siècle et au commencement du xixᵉ qu'on voit apparaître ces garnitures de sabres, de poignards, dont l'élégance et la recherche sont pour nous un sujet d'étonnément. L'ornementation des armes devient peu à peu une véritable orfèvrerie. Jusqu'à la fin du xv° siècle le fer et le bronze doré dominent à peu près exclusivement dans les montures; les ciselures sur fer, les incrustations, les damasquinures d'or ne se développent qu'aux xvi° et xvii° siècles. L'argent et l'or sont employés dans quelques cas exceptionnels, mais c'est le fer qui reste en honneur tant que l'esprit militaire et féodal régit le Japon. Les métaux mous n'ont été à la mode qu'assez récemment; ils ont été longtemps dédaignés et même méprisés par les hommes de classe noble.

Lorsque la révolution de 1868 survint, l'efféminement était complet. Aucune monture n'était trop riche, aucun travail trop élégant.

Il est très rare de rencontrer une belle arme dans sa monture primitive. Presque toutes les lames anciennes ont été remontées dans le cours des cent cinquante dernières années et mises au goût du jour. Souvent même elles ont été remontées plusieurs fois; les trous nombreux qu'on aperçoit dans la fusée des lames et qui ont servi à la fixer dans le manche en sont une preuve. Ce n'est guère que dans les armes sans valeur que l'on a chance de rencontrer une garniture intacte remontant au delà de la fin du xvi° siècle. La plupart de celles qui subsistent au Japon sont conservées dans les temples.

Voici comment se décompose, à quelques variations près, la monture d'un sabre japonais :

Un pommeau en métal, que nous appelons bout de sabre, en langage de collectionneur. On peut en voir quatre spécimens reproduits dans la planche XIX des héliogravures.

Une poignée droite dans laquelle se trouve insérée la fusée de la lame. Cette poignée est généralement en bois recouvert de galuchat à gros grains et de tresses de soie entre-croisées. Elle

FOURREAU DE SABRE.
(Coll. de M. Montefiore.)

est souvent décorée de petites appliques de métal ciselé appelées *ménoukis*.

Un rond de métal qui termine la poignée (voir les reproductions données dans la planche XVI des héliogravures).

Une garde en forme de rondelle plus ou moins saillante.

Un fourreau, le plus ordinairement en bois laqué (le laque noir uni, sans ornements, est très apprécié); l'extrémité en est souvent garnie d'une petite chemise de métal qui fait pendant au pommeau; sur l'un des côtés se trouve un anneau de métal ou crochet de ceinturon qui sert à passer les bélières de soie.

La fusée de la lame est fixée et très strictement ajustée dans la poignée par une petite mortaise de bois. C'est le talon de la lame qui, par sa pression, maintient toutes les pièces de la poignée. Celles-ci se séparent d'elles-mêmes lorsqu'on enlève cette mortaise.

L'intérieur du fourreau est en bois blanc et la lame s'y trouve maintenue comme dans une rainure. Le coupant de la lame glisse dans la rainure, mais ne porte pas; c'est ce qui explique que le fil en soit toujours en si parfait état de conservation.

L'ensemble est léger à la main, très maniable et très gracieux de forme. Le sabre japonais, qui a l'air d'un joujou, est une arme terrible et d'une solidité remarquable.

Les poignards ne diffèrent des sabres que par l'absence de garde. C'est dans la monture des poi-

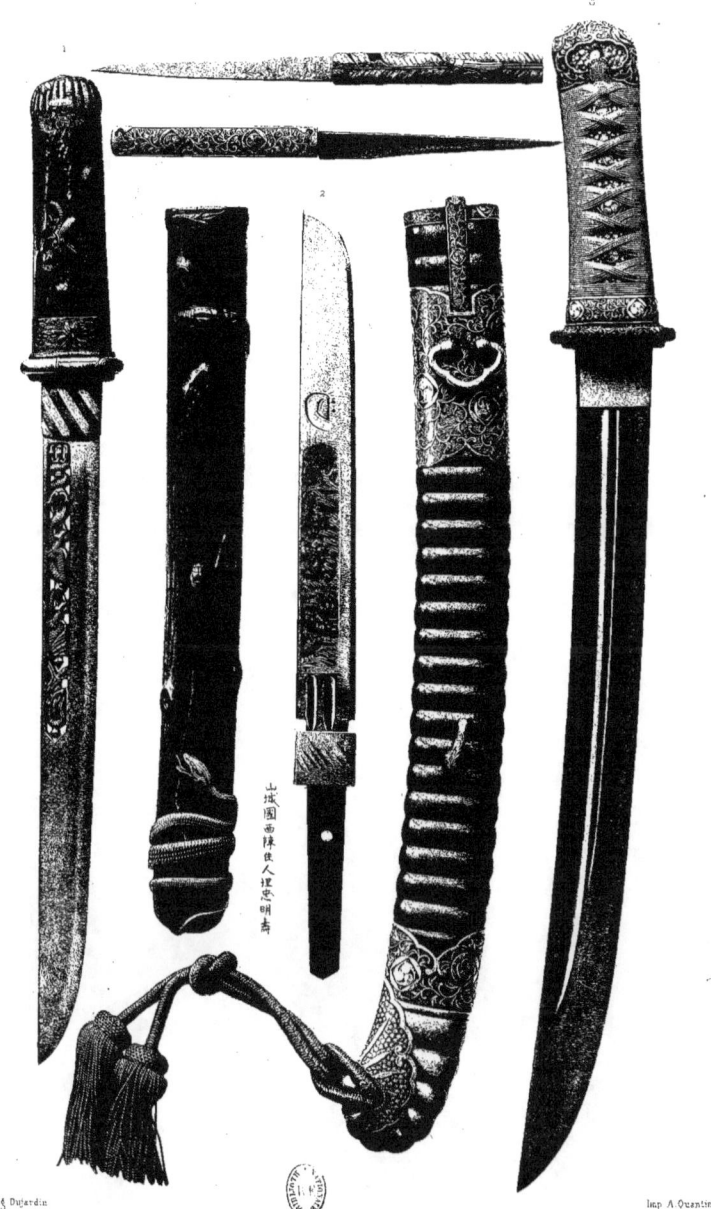

山城國西陣住人埋忠明壽

POIGNARD À FOURREAU DE LAQUE IMITANT LE BOIS NATUREL ET À LAME AJOURÉE, LAME GRAVÉE ET INCRUSTÉE.
PAR OUMÉTADA MIOJIU, PETIT SABRE À FOURREAU DE LAQUE ROUGE ET A GARNITURE D'ARGENT CISELÉ.
(ARMES ANCIENNES DE LA COLLECTION DE M.S.BING)

Héliog Dujardin   Imp A.Quantin.

gnards que les artistes japonais ont déployé le plus de goût et
d'invention.

La variété des matières et des colorations employées dans la
confection des fourreaux méri-
terait une étude à part. Qu'ils
soient en laque, en bois naturel
ou en métal, la composition
en est toujours intéressante. Je
donne la reproduction de quelques pièces de choix dans les
planches héliographiques XIV et
XV, et un dessin de l'admirable
fragment de fourreau appartenant à M. Montefiore, — un serpent en argent incrusté dans du
bois naturel, par Toshimitsou

GARDE EN FER INCRUSTÉ, PAR NAGAYOSHI (FIN DU XVᵉ SIÈCLE).
(Collection de M. E.-L. Montefiore.)

(fin du xviiiᵉ siècle). — Les numéros 2, 3, 5 et 6 de la planche XIV
nous montrent des types différents et bien caractérisés en laque et
en bois naturel. On remarquera dans les numéros 2 et 6 une sorte
de baguette de métal engagée dans le fourreau sur le côté; ce sont
les *koghaï,* deux petites épingles accolées ensemble, qui sont plutôt un ornement qu'autre chose ; leur usage est assez mal défini
par les Japonais eux-mêmes. Suivant les circonstances, les koghaï
pouvaient être plantés dans le corps d'un ennemi mort pour en
prendre possession ou servaient à manger du riz. Ils sont dans
tous les cas le souvenir d'un appendice, certainement très ancien,
de la monture des lames. Il en est de même des *kodzoukas,* sortes
de petits couteaux à lame d'acier, dont la trempe et le travail
égalent souvent celles des grandes lames, et à manches aussi
richement ciselés que les gardes. Les kodzoukas sont engagés
dans les côtes du fourreau. Un sabre peut en porter deux. Dans

la planche XIX, j'ai groupé un certain nombre de kodzoukas et deux koghaï.

Au point de vue de l'art, la garde est la pièce la plus importante de la garniture des sabres. Son histoire serait celle de la ciselure elle-même au Japon. C'est dans la série des gardes que l'on rencontre les œuvres les plus parfaites, les plus précieuses des ciseleurs les plus renommés.

GARDE EN FER INCRUSTÉ D'OR, PAR TOSHIHAROU
(FIN DU XVᵉ SIÈCLE).
(Collection de M. E.-L. Montefiore.)

Jusqu'à la fin du XIVᵉ siècle, l'art de la ciselure reste rudimentaire. Ses progrès sont plus tardifs que ceux des autres industries. Les spécimens de gardes que j'ai vus, antérieurs à cette époque, m'ont paru grossiers. Ce sont des travaux de forge de fer, dont tous les reliefs sont obtenus au marteau. Si l'exécution en est fruste, le dessin en est quelquefois original et puissant. La collection de M. Ph. Burty renferme quelque très vieilles gardes en fer qui ont un fort beau caractère et qui rappellent les reliefs robustes des médailles du temps de Pisanello. Il est certain que l'époque où les premiers Miotshin ont fait leurs cuirasses de fer a dû produire déjà des gardes qui n'étaient pas sans mérite. Mais je ne connais rien qui remonte authentiquement à Yoritomo. A vrai dire, les ciseleurs n'ont été tout d'abord que des forgerons de lames.

Le plus ancien nom d'artiste ciseleur que je puisse relever est celui de Kanaïyé qui travaillait à la fin du xive siècle. Son nom s'est conservé dans l'estime des amateurs japonais. C'est Kanaïyé qui le premier a tenté les incrustations de fils d'or et d'argent dans le fer. On rencontre quelquefois des copies de ses œuvres faites au xviie et au xviiie siècle.

M. Wakaï a rapporté une garde originale de Kanaïyé portant sa signature. C'est une rondelle de fer décorée d'une touffe de primevères à nervures d'or.

Les méthodes inaugurées par Kanaïyé se poursuivent à travers le xve siècle. Le bronze rouge et le bronze jaune sont employés avec l'or et l'argent en incrustations et en cloisonnages qui ne manquent pas d'adresse. Les ajourages du métal deviennent plus fréquents.

FAGOTS À JOUR, GARDE EN FER DU XVe SIÈCLE.
(Collection de M. L. Gonse.)

Quelques exemples nous sont fournis par les collections de MM. Burty et Montefiore. J'ai reproduit trois gardes du xve siècle qui m'ont paru particulièrement intéressantes. L'une d'elles figure un dessin de trois fagots à jour. L'autre, incrustée de bronze et d'ors de différents tons, représente des singes et un vase de fleurs posé sur une petite table; elle est signée *Nagayoshi,* de la province de Yamashiro, et porte la date de 1498. Le travail, dans sa naïveté, est déjà assez élégant. Cette garde et une autre de même date qui se trouve dans ma collection portent les signes irrécusables de l'influence persane que l'on retrouve à chaque pas dans l'art primitif du Japon. Je remarquerai à ce propos que le meilleur fer ancien portait le nom de *nanban,* qui veut dire originaire de la Perse.

Sous Taïko-Sama, à la fin du xvɪᵉ siècle, l'art qui nous occupe réalise des progrès importants ; les ateliers d'Osaka prennent

GARDE EN FER, A JOUR (XVIᵉ SIÈCLE).
(Collection de M. Ph. Burty.)

un grand développement. On voit apparaître simultanément les fines damasquinures d'or dans le fer et les applications d'émaux translucides. Un artiste du nom de Kounishiro a été un des premiers à se distinguer dans ce dernier genre de travail qui, au xvɪɪᵉ siècle et au xvɪɪɪᵉ, a produit, au Japon, de véritables merveilles. Les gens du métier connaissent les difficultés que présente l'incrustation des émaux translucides. Le cloisonnage direct de l'émail sur le fer a été maintes fois tenté ; mais les artistes japonais, pas plus que les artistes européens, n'ont pu le réussir. On a toujours dû interposer entre le fer et l'émail une mince cloison d'or, et même dans ces conditions l'opération présente les plus extrêmes difficultés. Les Chinois, qui sont les plus grands cloisonneurs du monde, ont rarement essayé le cloisonné sur fer. Les Japonais sont les seuls qui aient obtenu une intégrité et une translucidité parfaites de l'émail. La sertissure d'or atteint sous leur main une telle finesse qu'elle disparaît presque à l'œil ; la surface de l'émail reste égale et nette ; l'intensité des tons rivalise avec celle des pierres précieuses. Les gardes de fer à émaux translucides ont toujours été rares, même au Japon. J'en possède deux ; l'une est signée *Kounishiro;* l'autre, *Hiratanari* (fin du

xviiᵉ siècle). Cette dernière re-présente des nénuphars fleuris qui se détachent en brillantes couleurs sur le fond mat du fer. M. Burty est parvenu à réu-nir une demi-douzaine de ces gardes et c'est une des gloires de sa collection. Je me sou-viens notamment de deux ca-nards mandarins voguant au fil de l'eau qui sont une pure merveille. La même collection renferme une grande garde en fer martelé, carrée, de dimen-sion inusitée. Elle est décorée

GARDE EN FER DÉCORÉE DE GOURDES,
PAR YOYOUSAÏ.
(Collection de M. Montefiore.)

des emblèmes de Taïko-Sama auquel elle a appartenu. Elle pro-vient d'un temple de Yédo.

Trois ciseleurs-forgerons paraissent avoir eu, à la fin du xviᵉ siècle, une influence particulière sur le progrès de ces travaux délicats destinés à la monture des sabres, ce sont : Kinaï d'Etshizen, Shinkodo et Nobouiyé. Leurs œuvres sont, avec raison, très recherchées des amateurs japonais. Personne, sauf Oumé-tada, dont je vais parler, n'a apporté dans le travail du fer une exécution plus grasse, plus libre, un sentiment plus original. Les gardes de Kinaï ont une souplesse qui donne la sensation de fontes à cire perdue. Les langoustes à jour, que je reproduis ici, sont tellement vivantes et naturelles qu'elles ne laissent pas soupçonner l'effroyable difficulté vaincue par l'artiste.

記
内

KINAÏ.

Car la difficulté pour la main patiente d'un Japonais n'est pas de

produire ces ajourages, ces détails microscopiques de modelé
dont la finesse nous confond,
mais bien de conserver, dans un
métal qui ne se travaille que lentement et à petits coups, l'apparence de l'esquisse librement
exécutée, d'atteindre par des
moyens patients à l'ampleur et
à la puissance de l'effet. On
peut agrandir par la pensée ces
langoustes. Elles sont par elles-
mêmes monumentales; les accents en sont si justes, qu'on

LANGOUSTES A JOUR, GARDE EN FER REHAUSSÉ D'OR,
PAR KINAÏ (XVIᵉ SIÈCLE).

(Collection de M. L. Gonse.)

les voit, pour ainsi dire, dans leur taille naturelle; on y sent comme
le coup de pouce modelant
une terre malléable. On remarquera, en outre, de
quelle manière heu-
reuse le champ cir-
culaire de la garde
est occupé par l'en-
lacement des deux
crustacés. C'est bien
SHINKODO. là qu'on reconnaît le
goût incomparable des Japonais. M. Haviland possède une
superbe garde représentant
des orchidées à jour et por-

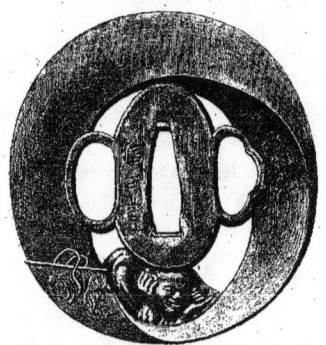

GARDE EN FER, PAR SHINKODO (XVIᵉ SIÈCLE).

(Collection de M. L. Gonse.)

tant la signature *Kinaï, d'Etshizen*. Shinkodo a signé une garde

PL. XVI.

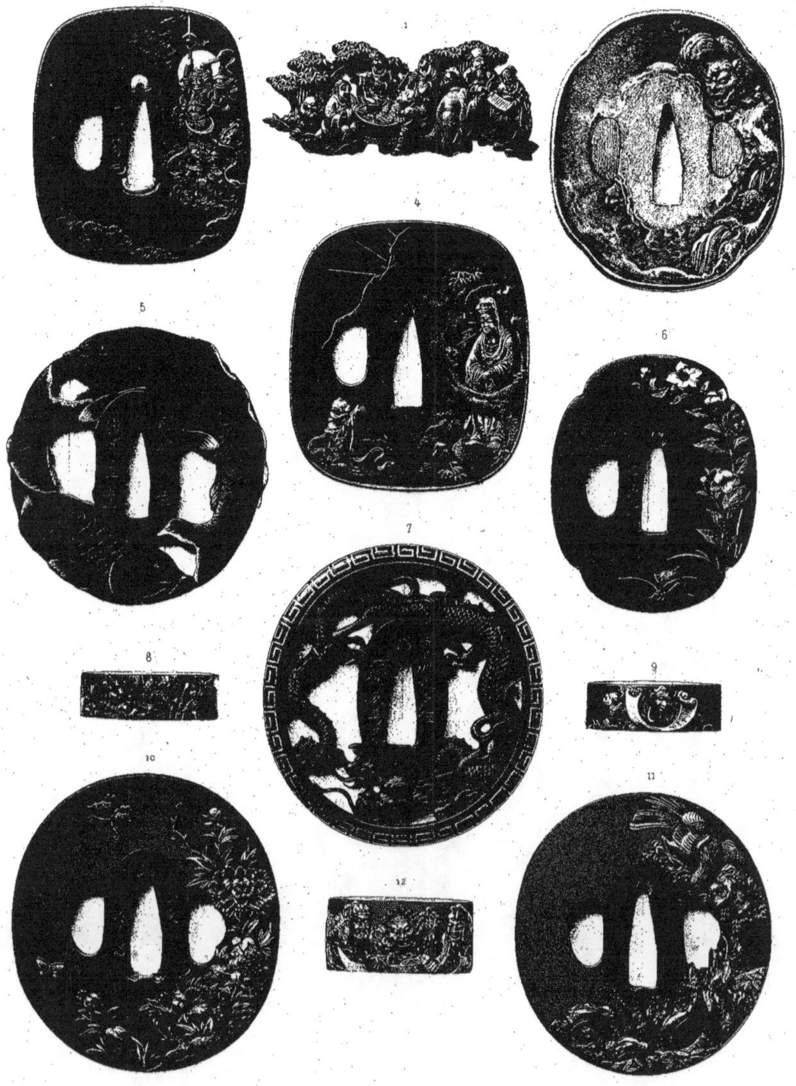

Héliog. Dujardin. Imp. A. Quantin.

APPLIQUE FIGURANT LES SEPT SAGES DU BAMBOU; GARDES DE SABRE EN FER, ARGENT, SHAKOUDO ET SHIBOUITSHI INCRUSTÉS, CISELÉS ET GRAVÉS; RONDS DE SABRE.

(COLLECTION DE M. LOUIS GONSE)

non moins remarquable, dont je donne aussi le dessin. Elle représente un Japonais accroupi et qui
semble absorbé dans la lecture
d'un makimono déroulé
dont la volute forme le
tour même de la garde.
M. Wakaï estimait ce mo-
tif une des compositions
les plus frappantes, au
point de vue purement
japonais, qu'il ait encore rencon-
trées. Nobouiyé a signé la belle
garde de la collection Vial représentant les flots de la mer, avec

信
家
NOBOUIYÉ.

GARDE EN FER INCRUSTÉ D'ARGENT,
PAR NOBOUIYÉ (XVIᵉ SIÈCLE).
(Collection de M. L. Gonse.)

incrustations d'argent, et le serpent enlacé, de la collection de
M. Montefiore, que nous repro-
duisons ici. De Nobouiyé est également cette garde de forme con-
cave, incrustée, par un procédé
des plus curieux, de gouttelettes
d'argent imitant la peau de cra-
paud. M. Wakaï attribuait encore
à Nobouiyé cette garde décorée
d'un criquet en or, tout gorgé de
nourriture et s'accrochant à des
feuilles de roseau.

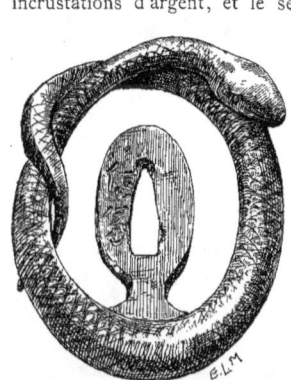

GARDE EN FER, PAR NOBOUIYÉ.
(Collection de M. E.-L. Montefiore.)

Ma collection me fournit encore les noms de Toshimitsou
et de Kadzoutsouné; dans celle de
M. Burty, très riche en travaux de fer, je relève, sur une garde en
fer de la fin du XVIᵉ siècle, le nom de Yasoutsouné. Cette pièce

intéressante représente le guerrier chinois Tio-Fi, défiant les enne-
mis. L'envers est des plus remarquables; M. Burty l'a surnommé
la « Bataille d'Eylau ».

Nous voici parvenus au XVIIᵉ siècle, qui marque l'apogée du
travail du fer, comme il marque celle de beaucoup d'autres

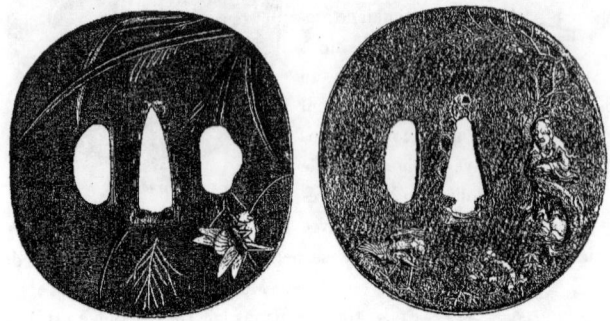

GARDES EN FER INCRUSTÉ D'OR (XVIᵉ SIÈCLE).
(Collection de M. L. Gonse.)

branches de l'art. Le nom d'Oumétada y rayonne dans toute la
splendeur de son talent génial.

Il ne faut pas confondre cet Oumétada, qui était de la
province d'Owari, avec l'Oumétada Miojiu, de Yamashiro, qui
était forgeron de lames. L'Oumétada ciseleur signait
d'une fleur de prunier (oumé), et du caractère tada. 忠
Parmi les travaux de métal, ses œuvres sont les plus recherchées
des Japonais. Il est né dans le dernier tiers du XVIᵉ siècle et travaillait encore pendant le nengo Kouanyeï (1624-1643). Cinq pièces
portant sa signature se trouvent dans les collections de Paris : un
kodzouka chez M. Alph. Hirsch, une garde chez M. Haviland, et

trois gardes dans ma propre collection. La garde de M. Haviland
est en fer et décorée d'une
libellule à jour. L'une des
miennes est en bronze,
de forme carrée et ornée,
aux angles, de gourdes
et de fleurs de *kikou*.

La gourde est l'em-
blème adopté par Taïko-
Sama. Cette pièce, d'une
exécution très soignée,
mais assez timide, pour-
rait être de la jeunesse
d'Oumétada. Les deux
autres, dont nous don-
nons le dessin, sont des
types accomplis de la ma-
nière de ce grandissime
artiste. Dans l'une, des
libellules, à l'aspect fa-
rouche et nocturne, sont
intaillées en creux ; elles
décorent les deux faces et
chevauchent sur le bord
extérieur qui est lui-mê-
me gravé d'une grecque
d'un très beau caractère.
La fleur de prunier est
incrustée en or au-dessus

LE GUERRIER TIO-FI, GARDE EN FER (FACE ET REVERS),
PAR YASOUTSOUNÉ.
(Collection de M. Ph. Burty.)

de la signature. Dans l'autre, Oumétada a exprimé, avec un art
prodigieux, une esquisse au pinceau traitée à la façon des *yémas* :

ii.   19

un cheval en liberté, dans la prairie, la crinière au vent. L'aspect

LIBELLULES EN CREUX, GARDE EN FER,
PAR OUMÉTADA.
(Collection de M. L. Gonse.)

du coup de pinceau est exprimé par des à jour et des
amincissements du métal que
le dessin de M. Guérard a fort
bien rendus. Cette garde en
fer, très simple, est, parmi
toutes celles que je possède,
la plus admirée par les Japonais. De même que pour la
boîte de pharmacie de M. Montefiore, M. Wakaï m'avait offert le dépôt d'une garantie
importante pour pouvoir l'em-
porter au Japon et la montrer

aux connaisseurs, prétendant que l'équivalent d'une telle pièce
d'Oumétada était introuvable.

Deux qualités se trouvent
réunies chez Oumétada : l'habileté consommée de l'exécution et la personnalité du style.
Ses œuvres sont tellement originales qu'il est facile de les
reconnaître entre toutes. Son
goût le portait à des travaux
d'un caractère sobre et mâle.
La ciselure du fer sans aucune
incrustation était son triomphe. Le métal qu'il employait
était d'une dureté extraordinaire ; lorsqu'on frappe une

CHEVAL EN LIBERTÉ, GARDE EN FER,
PAR OUMÉTADA.
(Collection de M. L. Gonse.)

garde d'Oumétada, en la tenant sur

l'extrémité du doigt, elle sonne comme une cloche de cristal.

Je remarquerai, à ce propos, que les belles gardes en fer se distinguent par la pureté de leur son. Plus une garde est ancienne, plus le son est net et élevé. Cette qualité du son résulte de la parfaite homogénéité du métal et de la densité qu'il a prise sous le martelage avant de subir le travail de la ciselure. Les ciseleurs forgerons des xvɪᵉ et xvɪɪᵉ siècles estimaient ce surcroît de difficulté. On comprend tout ce qu'il fallait d'adresse de main et d'aisance d'outil

GARDE EN FER DAMASQUINÉ D'OR,
PAR OSSAHIRO.
(Collection de M. L. Gonse.)

pour tailler, dans une matière souvent plus dure que l'acier, ces creux et ces reliefs dont la souplesse tient du miracle. Le travail de ciselure était obtenu *à froid,* à petits coups de burin, de pointe ou de ciselet, et au marteau.

Nos ouvriers européens restent bouche béante lorsqu'on leur parle de ces tours de force de pratique. Mais il convient de remarquer que les outils des Japonais sont d'une trempe exceptionnelle

GARDE EN FER MARTELÉ ET INCRUSTÉ D'ARGENT,
PAR YOUSAN.
(Collection de M. L. Gonse.)

et que leurs ciselets peuvent détacher de véritables copeaux de métal dans le fer le plus dur.

H. Guérard

GRANDE GARDE EN FER INCRUSTÉ D'OR, PAR NITSITOSHI.
(Collection de M. L. Gonse.)

On peut donc dire, d'une façon générale, que l'âge d'une garde se reconnaît à la qualité du son. Les gardes du XVIIIᵉ siècle ont un son moins pur et moins cristallin que celles du XVIIᵉ; les procédés étaient déjà plus hâtifs. Je n'ai pas besoin de remarquer que cette petite expérience n'a de valeur que si la garde est pleine, sans incrustations et sans soudures qui pourraient en altérer la résonnance.

La garde de fer reste à la mode pendant tout le cours du XVIIᵉ siècle et le commencement du XVIIIᵉ. Les incrustations, en niellures ou en reliefs, deviennent seulement plus fréquentes. Elles sont presque toujours d'or ou d'argent. C'est à la fin du XVIIᵉ qu'il faut rattacher le développement de ces charmants travaux de damasquinage sur fer qui, la plupart, étaient exécutés à Aétsou, sur les bords

SHOKI A LA RECHERCHE DU DIABLE,
GARDE EN FER INCRUSTÉ D'OR, PAR TSOHIHISSA.
(Collection de M. S. Bing.)

du lac de Biva, tandis que les incrustations d'émaux translucides se

MOUCHE SUR UNE PLANCHE,
GARDE EN FER INCRUSTÉ D'OR, PAR KADZOUTSOUNÉ.
(Collection de M. L. Gonse.)

PAPILLONS DAMASQUINÉS EN OR SUR FER,
PAR YASOUYOUKI.
(Collection de M. Alph. Hirsch.)

REINES-MARGUERITES A JOUR, GARDE EN FER,
PAR YEÏIU.
(Collection de M. L. Gonse.)

CARPES ENLACÉES, GARDE EN FER,
PAR YEÏJIU.
(Collection de M. Montefiore.)

faisaient à Yédo. Il y a de ces gardes ornées de dessins en véritable

damasquine qui éga-
lent en perfection les
travaux des Arabes;
les plus belles portent
la signature d'*Ossa-
hiro*. L'incrustation
des fils d'or de diffé-
rents tons dans le fer
est de la plus grande
netteté. M. Burty pos-
sède une série pré-
cieuse de ces travaux,
dont l'aspect est d'une
distinction princière.
J'en recommanderai
l'étude aux collection-

POISSON REMONTANT UNE CASCADE, GARDE EN FER,
PAR TOMOYOUKI.
(Collection de M. Alph. Hirsch.)

neurs d'armes européennes. L'une des gardes à damasquinures de
la collection Burty représente les
rives du lac de Biva et est signée
Atsouiyé.

A la même époque étaient exécutées ces gardes à jour, d'un travail rude, qui représentent des épi-
sodes des guerres des Taïra et des
Minamoto et dont il est venu de
nombreux spécimens en Europe.
Elles sortent presque toutes des
ateliers de Hikoné.

Parmi les maîtres de talent re-

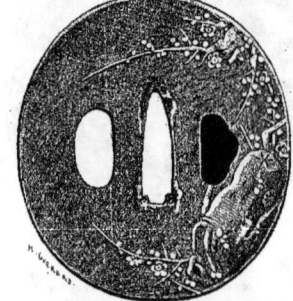

GARDE EN FER INCRUSTÉ D'UN TRONC DE PÊCHER
A FLEURS D'OR.
(Collection de M. Ph. Burty.)

nommés qui se sont adonnés à la ciselure du fer, à la fin du

PL. XVII

Heliog. Dujardin

Imp. A. Quantin

GARDES DE SABRE, EN MÉTAUX CISELÉS, GRAVÉS ET INCRUSTÉS,
KODZOUKAS, BOUTS ET RONDS DE SABRE
(COLLECTION DE M. S. BING)

xviie siècle et au commencement du xviiie, je citerai Yousan, qui a signé cette étonnante figure de diable tenant à la main une fleur de lotus en argent, et Mitsitoshi, cette grande garde carrée décorée d'un dragon d'or massif en haut relief qui provient d'un trésor de temple; Takouti, qui a ciselé ces admirables poissons enlacés de la planche XVI (héliogravures); Tomokata à qui M. Hirsch doit son admirable libellule prise dans une toile d'araignée; Yeïjiu, qui a creusé, ajouré

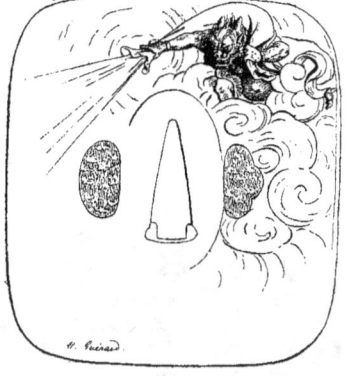

GARDE EN FER DÉCORÉE DU DIEU DES VENTS.
(Collection de M. Ph. Burty.)

et assoupli le fer au point de lui donner les apparences de la cire; Masayoshi, qu'il ne faut pas confondre avec le Masayoshi du xixe siècle; Mototaka, Tsounéiyo, Hidékouni, Tomoyoshi, l'auteur de ce dragon à jour dans une bordure décorée d'une grecque damasquinée en argent, dont l'exécution surpasse, sans contredit, tout ce qui a été fait en Europe (héliogravures, pl. XVI, n° 8); Nori Jiomeï, Kanénori, dont le haut mérite nous est révélé par la garde somptueuse (collection Bing) représentant

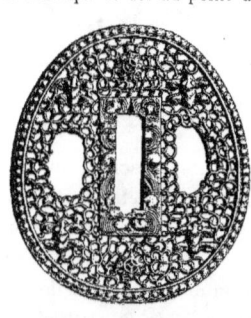

GARDE EN FER CISELÉ A JOUR.
(Collection de M. E.-L. Montefiore.)

des oiseaux de Fô, à jour, incrustés d'or et d'argent (héliogravures, pl. XVII, n° 9); Tomoyouki, qui a fait cette garde monumentale de la collection Hirsch, où l'on voit une carpe remontant le courant d'une cascade.

Mais le plus illustre artiste de cette époque est certainement Sômin, dont les ciselures sur argent sont recherchées à l'égal des ciselures sur fer d'Oumétada. Sômin, qu'il ne faut pas confondre avec le Sômin ciseleur-fondeur du XIXᵉ siècle, a surtout travaillé

GARDE EN BRONZE ROUGE INCRUSTÉ D'ARGENT, PAR TÉROUTSOUGOU;
LANGOUSTE A JOUR, GARDE EN FER, PAR MOUNÉNORI.
(Collection de M. Montefiore.)

pour la cour impériale. Ses œuvres ne sont pas sorties du Japon. A peine pourrait-on citer deux ou trois petites pièces dans les collections de Paris. Le kodzouka en argent, décoré d'un griffon, qui se trouve reproduit (héliogravures, pl. XIX, nº 3), porte sa signature; un autre kodzouka, d'un carac-tère très remarquable, se trouve dans la collection de M. Alph. Hirsch. M. Wakaï lui attribuait le pommeau du poignard qui figure dans la planche XIV, sous le numéro 6.

SÔMIN.

Sômin est mort en 1717.

Dès le début du XVIIIᵉ siècle apparaissent dans la monture des

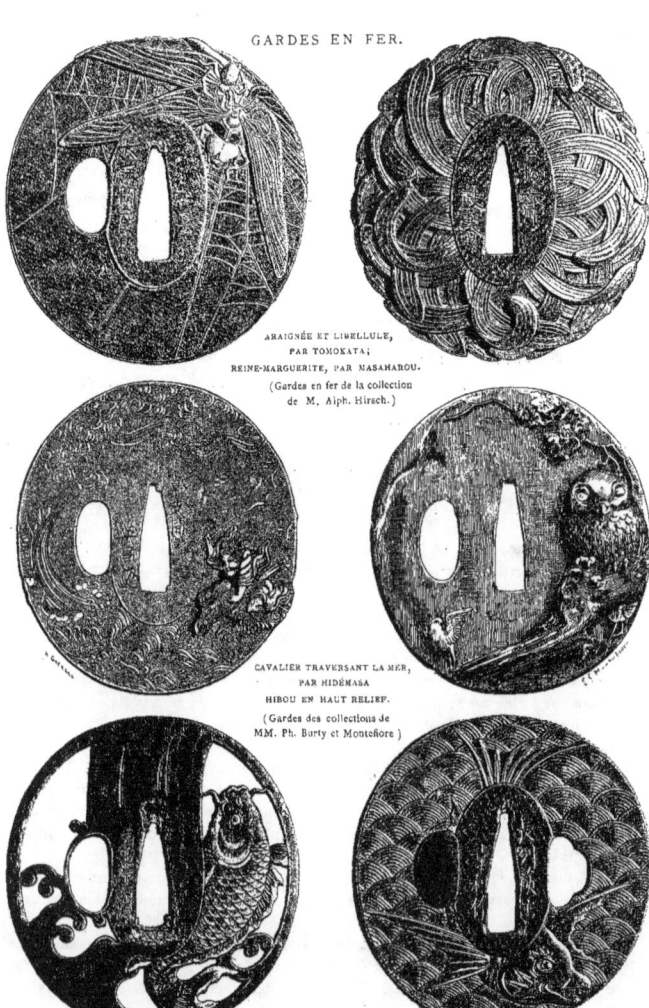

ARAIGNÉE ET LIBELLULE,
PAR TOMOKATA;
REINE-MARGUERITE, PAR NASAHAROU.
(Gardes en fer de la collection
de M. Alph. Hirsch.)

CAVALIER TRAVERSANT LA MER,
PAR HIDÉMASA
HIBOU EN HAUT RELIEF.
(Gardes des collections de
MM. Ph. Burty et Montefiore)

CARPE REMONTANT LE COURANT, GARDE INACHEVÉE, PAR YOKOKOU;
POISSON VOLANT, PAR YOUKITOSHI.
(Gardes des collections de MM. Montefiore et Louis Gonse.)

sabres les alliages et les métaux mous : le shibouitshi, le shakoudo, les bronzes rouge et jaune[1]. Nous devons dire que les Japonais ont toujours eu plus d'estime pour les travaux de fer ; à leurs yeux, l'emploi de ces métaux constitue une décadence, en raison des facilités de travail que ceux-ci donnent à l'outil du ciseleur. Je partage cette opinion, en ajoutant toutefois que ces alliages, ces patines, convenaient mieux que le fer à des armes de luxe et de parade et qu'ils offraient à l'ingéniosité des ciseleurs du Nippon et en particulier de Yédo des ressources dont ils ont tiré les effets les plus nouveaux, les plus délicats, tant au point de vue des colorations qu'à celui du pittoresque des sujets.

Les ciseleurs de gardes de la fin du XVIIIe siècle et du commencement du XIXe ont poussé le travail des incrustations et le jeu des mé-

---

1. Le shakoudo est un bronze d'or et le shibouitshi un bronze d'argent ; mais, dans ces deux alliages, la proportion de métal précieux varie suivant la coloration que l'artiste veut obtenir. Le shakoudo à titre élevé se couvre par l'oxydation d'une patine d'un beau violet foncé, tirant sur le bleu, et devient susceptible de prendre le poli d'un miroir ; le shibouitshi est d'un gris argenté très fin. Dans le premier de ces métaux, la proportion d'or peut varier de trois à vingt pour cent ; dans le second, l'argent peut atteindre trente, quarante et même cinquante pour cent. Le shakoudo a cette curieuse propriété, lorsqu'il a perdu sa patine par suite du frottement, de la reprendre en restant abandonné à l'air. L'analyse chimique révèle aussi la présence d'étain, de zinc, d'argent, de plomb, de fer et d'arsenic en petites quantités.

Ces deux métaux sont essentiellement propres aux travaux d'incrustation. Rien n'est plus opulent d'aspect que le shakoudo associé à des reliefs d'or et d'argent. C'est un superbe métal dont l'usage appartient exclusivement au Japon et dont l'origine remonte sans doute jusqu'au Bouddha de Nara dont l'alliage renferme, comme je l'ai dit plus haut, une notable quantité d'or.

L'incrustation se fait à froid, sans soudure, au moyen du marteau, dans des réserves dont les bords sont légèrement rentrants ; le métal incrusté tient comme un plombage dans une dent ; puis le modelé des reliefs s'obtient dans la masse du métal par le burin et le polissoir. Dans les pièces bien exécutées il est impossible de voir la juxtaposition des métaux, même à la loupe ; la netteté des jointures tient du prodige. Généralement l'or et l'argent sont.réservés pour le modelé des chairs, des fleurs et en général de toutes les parties claires. L'or est lui-même de plusieurs tons ; il y a des gammes d'ors verts, jaunes et rouges dont les Japonais font un merveilleux usage.

Les patines sont ajoutées soit à chaud, soit à froid.

Hélio & Dujardin.

Imp. A. Quantin.

BOITE A ONGUENT, GARDES ET APPLIQUES DE SABRE, BOUT DE SABRE, FERMETURE DE POCHE A TABAC.
(PIÈCES EN MÉTAUX CISELÉS ET INCRUSTÉS DES COLLECTIONS DE MM. PH. BURTY, ALP. HIRSCH, MONTEFIORE ET LOUIS GONSE.)

taux de couleurs jusqu'aux dernières limites du raffinement. Du reste,
le fer n'est pas abandonné ; seulement les artistes le combinent volontiers avec les autres métaux, soit comme accessoire, soit comme
principal. Tantôt c'est le fer qui forme le fond, les alliages servant
aux reliefs et aux incrustations ; tantôt, au contraire, le fer est
modelé et enchâssé dans les surfaces de bronze, d'argent et même

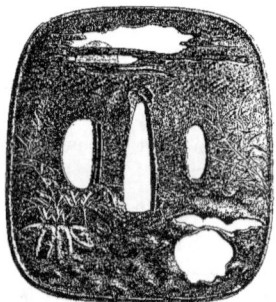 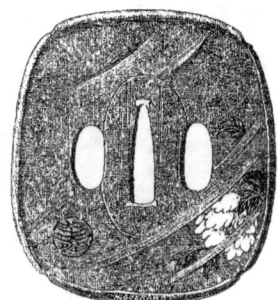

LAPIN AU CLAIR DE LUNE, AU MILIEU DES HERBES,   PIVOINE SOUS UNE AVERSE,
GARDE EN BRONZE JAUNE, PAR MITSOUHIRO.   GARDE EN FER INCRUSTÉ D'ARGENT, PAR TEÏKAN.

(Collection de M. Louis Gonse.)

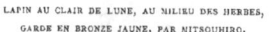

d'or. On peut imaginer la variété infinie des combinaisons. La
garde, représentant un tigre sous la pluie, qui se trouve reproduite dans la planche XX, n° 7, des héliogravures, est ciselée dans
l'or massif. Elle est signée *Kadȝounori*.

Plus tard même, la recherche des patines a donné naissance à
des artifices surprenants. La ciselure des métaux est devenue peu à
peu la plus riche des palettes. Je ne puis en suivre les développements sous peine de dépasser les limites que je me suis assignées.
Les artistes qui, depuis une centaine d'années, se sont distingués dans
cette branche de l'art forment toute une légion. Je me contenterai
de relever les noms de quelques grands virtuoses dont les œuvres ont

acquis, du fait des amateurs américains, une valeur considérable.

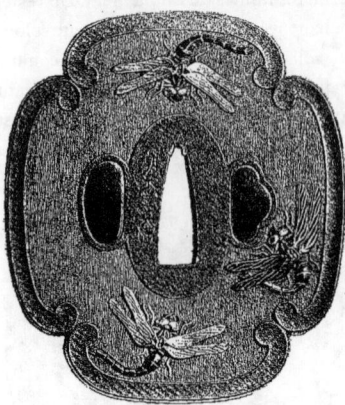

LIBELLULES EN SHAKOUDO INCRUSTÉ SUR FER,
PAR FOUSSAMITSOU.
(Collection de M. Louis Gonse.)

L'un des plus habiles maîtres de la seconde moitié du xviiie siècle est certainement Konkouan, d'Osaka, qui s'est rendu célèbre par ses singes minuscules. Il est le Sosen de la ciselure. Il y a, dans les collections parisiennes, trois ou quatre gardes signées Konkouan, qui sont de pures merveilles. L'une d'elles, en shakoudo incrusté d'or et d'argent, représente un aigle attaquant une famille de singes cachés dans le creux d'un arbre; une autre en fer est décorée d'un groupe en shibouitshi ciselé en haut relief : une guenon épluchant son petit. Celle-ci porte, avec la signature, la date de 1783.

Non moins habiles sont Mitsouhiro, Mitsouoki et Toshinaga, les coryphées du bronze jaune, à la fin du xviiie siècle. Ces trois artistes de Kioto se sont adonnés aux gardes ciselées dans ce beau métal clair et incrustées de fleurs ou d'animaux en haut relief. Toshinaga affectionne les grues. La

SERPENTS ENLACÉS EN SHAKOUDO,
PAR NAGAYOUKI.
(Collection de M. Alph. Hirsch.)

grande garde de M. Alph. Hirsch, incrustée, d'un côté, d'une

branche de lis à fleurs d'argent et d'or, et de l'autre de touffes
d'iris et de nénuphars, quoique
non signée, peut être considérée comme un chef-d'œuvre
de ce dernier artiste. Je donne
la reproduction du recto et du
verso de cette pièce de haut
style dans la planche XVII,
nos 13 et 14 (héliogravures).
Mitsouhiro est le chantre des
nuits d'automne. Ses compositions, qui représentent généralement des clairs de lune, des
lapins jouant dans les herbes,
des grues dormant dans les ro-

GARDE EN BRONZE JAUNE INCRUSTÉ D'OR, D'ARGENT
ET DE SHAKOUDO, PAR HAROUAKIRA.
(Collection de M. Louis Gonse.)

seaux, sont d'une délicatesse, d'une poésie et d'une élégance infinies.

COUCHER DE SOLEIL DERRIÈRE LA FORÊT NEIGEUSE,
GARDE EN FER INCRUSTÉ, PAR HAROUAKIRA.
(Collection de M. Louis Gonse.)

Les gardes de sabre sorties
de sa main occupent une place
à part parmi les plus charmantes productions de l'art
japonais. Mitsouhiro a tiré la
quintessence du rapprochement de ces trois couleurs de
métaux si bien faites pour
s'entendre : le bronze jaune,
l'argent et l'or. Mitsouoki est
surtout un incomparable bu-
riniste.

Shindzoui et Riouô sont,
à mes yeux, plus étonnants

encore. Leur sentiment décoratif a parfois une ampleur extraordi-

naire. Ils continuent, en quelque sorte, la tradition des grands
artistes du XVIIe siècle; ils ont

AIGLE DÉPEÇANT UN SINGE,
GARDE EN FER DORÉ, PAR TOMOMITSHI.
(Collection de M. Ph. Burty.)

à un haut degré l'art de sacri-
fier certains détails au profit de
l'énergie de l'ensemble. La garde
au masque de guerrier, de Shindzoui, dont on peut voir une
reproduction dans l'eau-forte de
M. Guérard (pl. VIII), est, à mes
yeux, avec les gardes d'Oumétada, le spécimen de ciselure où
la grandeur du dessin s'allie le
mieux à la perfection de l'exécution. Je ne la changerais certes

pas pour un équivalent de Benvenuto Cellini. Elle est en fer incrusté
d'or, d'argent et de shakoudo.
Je puis faire le même éloge
d'une garde en bronze jaune
où Riouô a représenté un cor-
moran posé sur un épieu, au
bord de la mer.

Il faut mettre à part l'atelier des Gôto, de Yédo, pour
les travaux desquels je n'ai pas
la même admiration que les
Japonais. M. Burty est parvenu
à réunir une série fort intéressante de spécimens des principaux artistes de cette famille

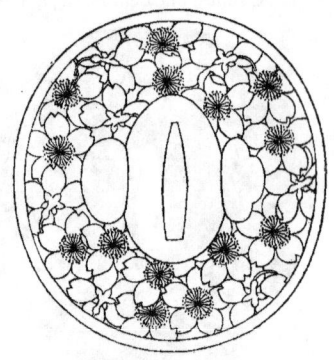

ÉTUDE DE GARDE.
(D'après un dessin de Hokousaï.)

de ciseleurs dont il nous racontera un jour la généalogie et qui
était originaire de Kioto. Les Gôto emploient presque exclusive-

ment l'or et le shakoudo; l'or pour les reliefs et le shakoudo pour
les fonds. Ils affectionnent les fonds grenus, striés ou martelés,
dont l'exécution est réputée fort difficile. Ils ont dans leurs procédés une perfection classique très appréciée des Japonais. Leurs

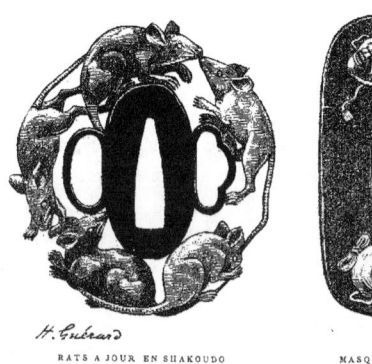

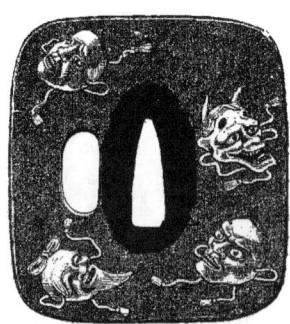

RATS A JOUR EN SHAKOUDO
ET SHIBOUITSHI.

MASQUES EN ARGENT SUR SHAKOUDO
PAR TOSHIYOSHI.

(Gardes de la collection de M. S. Bing.)

décors sont monotones, poncifs et d'un goût un peu chinois; leur
invention est pauvre.

Le plus célèbre des Gôto est Gôto Itijio (xixᵉ siècle) ; ses œuvres
ont une très grande valeur au Japon. La monture du sabre de Sanémori, appartenant à M. Montefiore, est de Gôto Itijio. L'une des faces
de la garde est en or massif.

Que de maîtres admirables brillent au déclin de ce grand
xviiiᵉ siècle ! Que de noms, que d'œuvres il faudrait citer et décrire
si l'on faisait une monographie de la ciselure ! Le plus humble
artisan, au milieu de cette universelle floraison de l'art, est encore
supérieur dans l'emploi technique des métaux à tout ce que nous

pourrions lui opposer en Europe. Combién d'artistes de premier
rang ne se révèlent à nous que par une seule pièce, mais qui suffit

TOSHINAGA. MITSOUHIRO. KONKOUAN. YEÏJIU. SHINDZOUI. RIOUÔ.

à classer un homme! Lorsqu'on relève les signatures des ciseleurs de garde, l'imagination reste confondue à l'idée de ce que le
Japon a dû enfanter, pendant ce demi-siècle de prospérité sans
pareille. De 1780 à 1840 l'art est
en rut; l'activité créatrice tient du
prodige.

Tomoyoshi, Nagatsouné, Masanori, Joméï, Foussamasa, Taka-
nori, Mounémitsou, Jôhi, Mouné-
nori, Kadzounori, Seïdzoui, Toshihiro, Tomonobou, Téroutsougou,
Masayoshi, Teïkan, Kadzoutomo, Masatsouné, Masafoussa, Ossa-

MITSOUOKI. KADZOUNORI. TAKOUTI.

HAROUNARI. KOUNIHIRO. MASANORI. NAGATSOUNÉ. TOMOYOSHI. FOUSSAMASA.

tsouné, Yoshihidé, Yoshitsougou, Moritshika, Yasouyouki, Yasoutshika, Harouakira, Ekijio, Nobouyoshi, Toshimasa, Hirosada,
Katsouki et Natsouô ont, pendant cette période pratiqué, l'art de

BRANCHES D'IRIS A JOUR, GARDE EN FER,
PAR MASANORI.
(Collection de M. Louis Gonse.)

GOUSSES ET FEUILLES DE HARICOT A JOUR,
GARDE EN FER.
(Collection de M. Louis Gonse.)

BRANCHE DE CERISIER FLEURI, GARDE EN FER.
(Collection de M. Louis Gonse.)

SENNIN A LA GRENOUILLE, GARDE EN FER.
(Collection de M. Louis Gonse.)

II.

la ciselure avec un talent consommé. Cette liste, déjà fort longue,
ne comprend que les artistes de grande réputation auprès des amateurs japonais[1]. Nous donnons ici la transcription des principaux
de ces noms en caractères japonais.

Seïdzoui et Yasoutshika sont les plus populaires, en raison
même de la fécondité de leur officine. Natsouô vit encore; il est le
dernier des ciseleurs de la vieille roche; mais il ne produit plus.
Ses œuvres sont actuellement l'objet d'un extrême engouement à

---

1. Dans le but de faciliter l'intelligence des différentes reproductions de gardes que
nous donnons ici, soit à l'eau-forte, soit en héliogravure, nous croyons devoir indiquer
le nom des artistes pour chacune des planches :

Eaux-fortes, pl. VIII.

Nº 1. Aigle sur une branche au-dessus d'une cascade, en shibouitshi incrusté d'or et
d'argent, par *Ossatsouné*. — Nº 2. Grenouille sur une feuille de lotus, en shibouitshi,
incrusté d'or et d'argent, par *Toshimasa*. — Nº 3. Casque de guerrier, en or, argent et
shakoudo incrustés sur fer, par *Shindzoui*. — Nº 10. Figure de diable effrayé par une tête
de hareng accrochée dans un arbre, en fer sur fond d'argent granulé, par *Yoshitsougou*.

Héliogravures, pl. XVI.

Nº 2. La divinité Taïhakou dans les nuages, en shibouitshi, par *Kadzounori*. —
Nº 3. Tigre au-dessus d'une cascade, en argent incrusté d'or, par *Jomeï*. — Nº 4. La déesse
Kouanon, dans sa grotte, adorée par un enfant, en shibouitshi incrusté d'argent, par *Toshihiro*. — Nº 5. Carpes enlacées, à jour, en fer, par *Takouti*. — Nº 6. Branche de cam-
panules, en argent et or sur shakoudo, par *Katsouki*. — Nº 7. Dragon à jour, en fer, par
Tomoyoshi. — Nº 10. Pivoines et papillons, en shakoudo incrusté d'or et d'argent à grands
reliefs, par *Foussamasa*. — Nº 11. Aigles guettant des singes cachés dans le tronc d'un
arbre, en shakoudo incrusté d'or et d'argent, par *Konkouan*.

Héliogravures, pl. XVII.

Nº 1. Singes gambadant au milieu des rochers, en argent, par *Ekijio*. — Nº 2. Grues
et lotus, en argent enrichi d'émaux translucides sur fond de shibouitshi, par *Tsounéyouki*.
— Nº 9. Oiseaux de Fô enlacés, en fer incrusté d'or et d'argent, par *Kanénori*. — Nº 10.
Grues dans les marais, en argent incrusté sur bronze jaune, par *Yasoutshika*. — Nº 11.
Gardiens du temple, en shibouitshi incrusté d'or, par *Masayoshi*.

Héliogravures, pl. XVIII.

Nº 1. Vue d'une rivière au milieu d'un paysage accidenté, en shibouitshi, argent
et fer, par *Tomonobou*. — Nº 3. Tronc de pin et lanterne de temple éclairés par
la lune. — Nº 7. Danseur en argent incrusté sur fond de shibouitshi, par *Mitsoutoshi*. —
Nº 8. Paon en relief d'or, d'argent et de shakoudo, sur fond de shibouitshi. — Nº 9. Caladiums à jour en shibouitshi, par *Mitsouoki*. — Nºs 13 et 14. Lis, iris et nénuphars en
reliefs d'or, d'argent, de shakoudo, sur fond de bronze jaune.

PL. XIX

Heliog. Dujardin.

Imp. A. Quantin.

KOGHAÏ, KODZOUKAS ET BOUTS DE SABRE, EN MÉTAUX CISELÉS ET INCRUSTÉS.

COLLECTION DE M LOUIS GONSE

Tokio, où elles se vendent au poids de l'or. M. Georges Petit

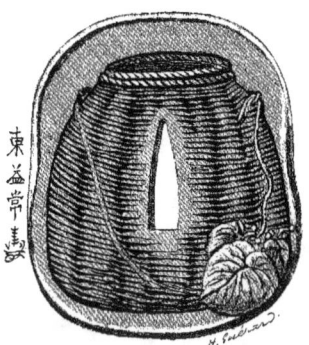 

PANIER DE PÊCHEUR, PAR EKIJIO.   TENGUS DANS LA FORÊT, PAR SEÏDZOUI.

(Collection de M. L. Gonse.)

possède dans sa collection un sabre dont la garniture, des plus précieusement travaillées, porte la signature de Natsouô.

Les kodzoukas sont, comme je l'ai dit, les petits couteaux fixés sur l'un ou sur chacun des côtés du fourreau. Le manche du kodzouka ne le cède pas, en

乘 政 貞 吉
意 隨 幹 次

JÔHI.   SEÏDZOUI.   TEÏKAN.   YOSHITSOUGOU.

intérêt, au reste de la monture. Les mêmes artistes ont ciselé les gardes et les kodzoukas, l'emploi des métaux et les procédés sont identiques, la forme seule diffère. Dans une garniture de sabre soignée et que des remaniements ultérieurs n'ont pas altérée, toutes les pièces portent généralement la signature du

夏 安 信 春
雄 親 慮 明

HAROUAKIRA.   NOBOYOUSHI.   YASOUTSHIKA.   NATSOUÔ.

même ciseleur. Le kodzouka est, parmi les ornements du sabre,

l'un des plus importants; il surpasse souvent la garde elle-même en finesse et en élégance de travail. Je connais quelques manches de couteau qui l'emportent sur les gardes les plus parfaites, et je ne vois à leur comparer que certains netzkés ou boutons de métal. Les plus beaux sont en fer et en argent; ceux du xviie siècle ont sur ceux du xviiie et du xixe la même supériorité que nous avons constatée dans les gar-

BRANCHE DE COURGE EN SHIBOUITSHI INCRUSTÉ D'OR,
PAR MORITSHIKA.
(Collection de M. Louis Gonse.)

des, ou du moins ils présentent les mêmes qualités de style et de vigueur. En un mot, toutes les remarques que j'ai faites dans les pages précédentes peuvent s'appliquer aux kodzoukas aussi bien qu'aux ronds et bouts de sabre.

Les signatures qui se trouvent gravées sur les kodzoukas nous donnent la plupart des noms que nous avons relevés sur les gardes. Oumétada Mio-jiu et Oumétada de Yamashiro, Sômin, Konkouan, Seïdzoui, Kadzoutomo, Mitsouhiro, Ya-soutshika, Gôto Itijio, Natsouô ont fait d'admirables manches de

PROCESSIONNAIRE SUR UNE ROUE, PAR ITITOUSAÏ.
(Collection de M. Louis Gonse.)

couteau. Je trouve cependant sur deux kodzoukas, que j'estime parmi les plus remarquables comme exécution et comme originalité, les noms de Koushi (gardien de temple, en fer à haut relief, XVIIe siècle) et de Sôjo (Shoki gravé en creux sur argent massif, XVIIIe siècle), que je ne rencontre sur aucune garde. L'un des plus beaux kodzoukas que je puisse citer porte la signature de Mitsouoki. Il est en bronze jaune, sans incrustations, et représente un tigre au bord de l'eau

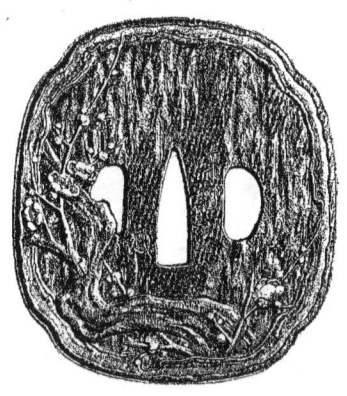

BRANCHE DE PRUNIER FLEURI, GARDE EN FER INCRUSTÉ D'OR.

(Collection de M. E.-L. Montefiore.)

dont le dessin rappelle le kakémono de Toreï. Il est possible que Mitsouoki ait voulu s'inspirer du chef-d'œuvre de son contemporain et compatriote. Ce kodzouka est un chef-d'œuvre, une merveille de vie, de naturel et de finesse. C'est devant cette petite pièce, où les coups de burin, pressés les uns contre les autres, nerveux et souples, rendent comme au pinceau le pelage du tigre, que M. Falize déclarait ne connaître aucun artiste européen, lui laissât-on dix ans, capable d'en ciseler un fac-similé.

CERF BRAMANT DEVANT LA LUNE, PAR TOSHIYOSHI.

(Collection de M. E.-L. Montefiore.)

Et je ne parle ici que de l'exécution. Si l'on fait entrer en ligne

de compte le goût, l'ingéniosité, le sentiment merveilleux du décor
qu'a déployés l'artiste japonais, l'admiration que l'on éprouve est

 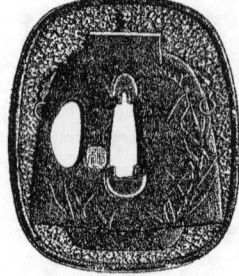

DIABLE EFFRAYÉ PAR L'APPARITION DE BOUDDHA,
GARDE EN SHIBOUITSHI, PAR TEMMIN.

(Collection de M. Montefiore.)

MARMITE SUR FOND D'ARGENT,
GARDE EN FER.

(Collection de M. L. Gonse.)

bien plus vive encore. Il suffit de jeter un coup d'œil sur quelques

exemples de la planche XIX
(héliogravures), pour voir de
quelle heureuse façon la composition des sujets occupe cette
surface étroite et allongée. Que
ce soit un sujet à personnages ou
un motif d'ornement, le champ
est utilisé avec le même bonheur; grâce à une admirable
entente de la proportion rien ne
paraît maigre. Voyez ce tigre
monumental, gravé en creux sur
argent (n° 5), ces musiciens de
Temmin (n° 15), ce Dharma en

TIGRE AUPRÈS D'UNE CASCADE,
GARDE EN SHIBOUITSHI, PAR KADZOUTOSHI.

(Collection de M. Louis Gonse.)

bronze de Tomonobou (n° 16), ce danseur de Seïdzoui en argent martelé (n° 17). Est-il possible d'atteindre à plus de grandeur dans un plus petit espace ? Le même génie éclate dans les gardes. On se blase vite sur l'adresse techni-que des ciseleurs japonais, tant elle semble chez eux un don de nature; mais on éprouve une jouis-sance toujours nouvelle dans l'é-tude du décor lui-même. Quel tact, quelle souplesse! Comme les deux côtés se complètent harmo-nieusement! Car, bien souvent, le sujet se continue sur la face et sur le revers et présente dans cha-cune de ces parties le même inté-rêt. Quelquefois même il chevau-

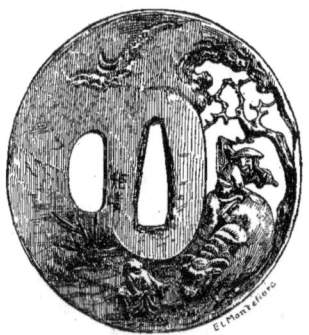

GARDE EN ARGENT, PAR NORIHAROU.
(Collection de M. Montefiore.)

che sur le grand et le petit sabre. On verra Shoki, sur la grande garde, poursuivant le diable qui se cache sur la petite; dans l'une, Komati nous apparaît jeune et resplendissante de beauté, dans l'autre, vieille et courbée par l'âge, etc. L'étude du microcosme de cet art pourrait conduire à l'infini.

Le côté principal d'une garde est toujours tourné vers la poi-gnée. Les envers sont quelque-fois d'une grande simplicité; un crabe, une mouche, un épis de riz, une branche de pin, une touffe de roseaux, un coquillage, soit en creux, soit en relief, suffisent au ciseleur japonais pour intéresser le regard. On ne

SHOKI REGARDANT LES OISEAUX,
GARDE EN BRONZE JAUNE, PAR TOSHITOSHI.
(Collection de M. Louis Gonse.)

peut s'empêcher de rapprocher certains de ces motifs, traités avec
une crânerie magistrale, des revers de médailles grecques où les
motifs concrets empruntés à la flore ou à la faune du pays jouent
un rôle décoratif de même nature.

Je ne quitterai pas la garniture du sabre sans ajouter que les
ronds et les bouts présentent des qualités du même ordre. Ils n'ont

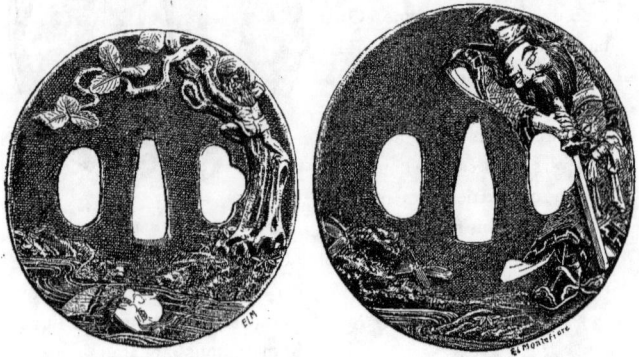

SHOKI POURSUIVANT LE DIABLE ET VOYANT SA PROPRE IMAGE REFLÉTÉE DANS LE COURS
D'UN RUISSEAU, GARDE EN BRONZE ROUGE INCRUSTÉ, PAR FOUSSAKIYO.

(Collection de M. E.-L. Montefiore.)

cependant pas l'intérêt des autres pièces. Ici l'espace devient par
trop restreint. Le bout et le rond sont généralement de la même
main, et la signature se trouve sur le bord intérieur du rond.

Les ménoukis ou appliques qui décorent, soit la poignée, soit
le fourreau du sabre, sont un organe à part dans la monture. Des
artistes spéciaux ont ciselé les ménoukis qui, dans les armes de
luxe, sont en or ou en argent massifs. Cependant Konkouan, Gôto
Itijio et d'autres maîtres de la garde et du kodzouka ont exécuté
de superbes ménoukis. Des virtuoses de premier ordre y ont

Pl. XX

GARDE, NETZKÈS, COULANTS ET APPLIQUES EN OR CISELÉ, PIPES EN FER, OR ET ARGENT INCRUSTÉS ET GRAVES
(PIECES DE LA COLLECTION DE M. LOUIS GONSE.)

exercé leur talent et s'y sont créé une spécialité; nous retrouvons leurs noms sur les coulants et les netzkés de métal.

Tomotoshi, Shiourakou, Temmin, Shiômin, Yakoushinsaï, ont signé de microscopiques chefs-d'œuvre qui sont le dernier mot de la perfection dans la finesse. La planche XX reproduit un certain nombre de netzkés et de ménoukis en or. La pièce la plus extraordinaire est peut-être ce petit sennin, à figure épanouie, monté sur une grue et signé Shiômin (n° 10).

Une loupe ordinaire ne suffit pas à l'examen de cette figurine. Une main humaine a-t-elle jamais mis dans un espace de cinq milli-mètres carrés une si complète et si naturelle expression de la vie?

Sans la révolution de 1868, nous ne connaîtrions pas ces admi-rables travaux de ciselure exécutés pour l'aristocratie. Un tel bou-leversement social n'aurait même pas suffi à jeter dans la circula-tion tant de précieux débris : il a fallu que les armes nationales tombassent un moment en discrédit aux yeux des Japonais, à la suite de l'interdiction du port des sabres et de la création d'une armée régulière équipée à l'européenne.

H. Guérard

IV

ON appelle kanémonos les fermetures de bourses ou de poches à
tabac. Les ciseleurs japonais des cent
cinquante dernières années ont déployé un grand luxe dans le travail et
l'ornementation de ces petits appendices, qui sont quelquefois en bois
ou en ivoire incrusté, mais le plus
souvent en métal. Au XVIIIᵉ siècle,
Konkouan et Kikoukava s'y sont tout
particulièrement distin-
gués. Ce dernier a ciselé,
gravé ou repoussé en ronde bosse des plaques d'argent
pour fermetures de blagues; sa signature se trouve aussi
sur des montures d'éventails et des pipes. Tous les objets
décorés par cet artiste sont en argent et témoignent d'un
talent des plus remarquables.

BOUT DE SABRE
EN FER
INCRUSTÉ D'OR.

Les kanémonos plus modernes sont ordinairement
en métaux de couleur et de préférence en shibouitshi. J'en ai
reproduit un dans la planche XVI, nº 1 (héliogravures), qui est
signé *Shiourakou,* de Yédo (commencement du XIXᵉ siècle); dans la

planche XVII,
n° 11, un autre
signé *Lengetsou*
(commencement
du XVIIIᵉ siècle).

Les netzkés ou
boutons de métal
occupent le pre-
mier rang parmi
les ouvrages de
ciselure les plus
délicats. C'est

MUSICIENS DE LA COUR IMPÉRIALE, D'APRÈS ISSAÏ.

dans les appliques de sabre ou ménoukis, dans les netzkés, et

POCHE A TABAC EN FER INCRUSTÉ D'ARGENT.
(Collection de M. Ph. Burty.)

aussi dans les coulants qui
servent à maintenir les cordonnets de la boîte de pharmacie, que l'on rencontre
ces petits chefs-d'œuvre où
la finesse de l'outil et le
précieux des matériaux
employés touchent à l'in-
vraisemblable. Les mêmes
noms d'artistes se retrouvent, d'ailleurs, dans les
deux séries. Shiourakou,
Temmin, Shiômin, Ritsou-
min, Rioumin, Tôhô, To-
shimitsou, Kadzoutshika,
pour ne citer que les plus
célèbres, sont des incrus-
teurs et des burineurs sans rivaux. Les deux premiers doivent être

mis à part, comme des maîtres uniques en leur genre. Les boutons en or ciselé, en shakoudo incrusté ou en shibouitshi, de Shiourakou, ne peuvent se décrire; il faut les tenir dans la main et s'armer d'une forte loupe pour apprécier toute la netteté du travail, le mordant, le serré des contours, la décision et l'ampleur du modèle de cette précieuse bijouterie. Tem-

BOUTON EN SHIBOUITSHI
INCRUSTÉ D'ARGENT.
(Collection de M. Louis Gonse.)

ÉTUI, EN CORNE
INCRUSTÉ DE BRONZE,
PAR ITKIOU.
(Coll. de M. L. Gonse.)

min est encore plus extraordinaire; ses motifs sont d'une invention plus personnelle et ses œuvres sont plus rares. Il a des combinaisons d'intailles et de reliefs qui donnent à quelques-uns de ses travaux un charme tout particulier. On ne pourrait rencontrer un exemple plus exquis de sa manière, que ce bouton en or encadré dans sa monture d'ébène et représentant une Danseuse de la cour impériale aux ailes de papillon (héliogravures, pl. XX, n° 17). La tête seule est en saillie; la morbidesse, la pureté, l'harmonie des traits en font un type de beauté que la Grèce n'eût pas désavoué; il peut faire pendant au sennin à la grue de Shiômin. Le bouton n° 10 de la planche XXI, un Marchand de tableaux en plein vent, l'admirable kodzouka des Danseurs faisant de la musique, de la planche XIX, sont

BOUTON EN ARGENT, PAR TÔHÔ.
(Collection de M. Louis Gonse.)

également de Temmin. Temmin était de Kioto et vivait à la fin

H. Guérard.

CANARD MANDARIN FORMANT BRULE-PARFUMS, EN BRONZE ROUGE
INCRUSTÉ D'OR, D'ARGENT ET DE SHAKOUDO (TRAVAIL DU XVIIIᵉ SIÈCLE).

(Collection de M. Alph. Hirsch.)

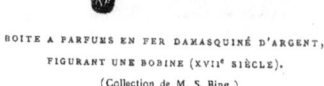

KODZOUKA
EN BRONZE ROUGE.
(XVIIIᵉ SIÈCLE)
(Coll. de M. L. Gonse.)

BOITE A PARFUMS EN FER DAMASQUINÉ D'ARGENT,
FIGURANT UNE BOBINE (XVIIᵉ SIÈCLE).
(Collection de M. S. Bing.)

KODZOUKA EN FER,
PAR KOUSHI
(XVIIᵉ SIÈCLE).
(Coll. de M. L. Gonse.)

du XVIII° siècle et au commencement du XIX°; il paraît, si j'en juge
par une étude de bambous que nous avons reproduite (t. I",
p. 294), avoir été un dessinateur de marque. Le curieux bouton en
shibouitshi que nous reproduisons plus haut, représentant un
homme agacé par une mouche posée sur son front, n'est pas
signé; mais il rappelle bien le faire de Temmin et son goût original. On remarquera la hardiesse avec laquelle la figure a été
coupée par la forme circulaire du bouton. C'est là une de ces
trouvailles qui n'appartiennent qu'aux artistes créateurs.

Le somptueux netzké en corail, monté en or et en argent,
qui est reproduit dans la planche V des chromolithographies, est
signé *Shiômin*. Les boutons 1 et 9 de la planche XXI (héliogravures) sont de *Kadzoutshika*[1].

J'ajouterai que les montures en ivoire, en bois ou en corne, de
ces netzkés sont elles-mêmes des plus soignées et rehaussent les
ciselures par le choix heureux des tons. L'ébène et l'ivoire font
valoir les colorations chaudes de l'or. Quelquefois elles sont délicatement ajourées sur les revers et enchâssent d'un précieux tra-

---

1. Voici, du reste, la désignation des pièces, la plupart en or, reproduites dans la
planche XX des héliogravures :

N° 1. Pipe mi-partie en argent gravé et en fer damasquiné d'or. — N° 2. Souhaiteurs
de nouvelle année, bouton en or, par *Shiourakou*. — N° 3. Faisans sous un cerisier en
fleur, enchâssés dans une monture d'ivoire sculpté, par *Yakoushinsaï*. — N° 4. La légende
du blaireau et de la marmite, bouton en or, par *Masatoshi*. — N° 5. Pipe impériale, mi-
partie en argent gravé et en fer damasquiné d'or. — N° 6. Le Dieu de la force Nivo, par
Rioushateï. — N° 7. Tigre sous la pluie, garde en or, par *Kadzounori*. — N° 8. La déesse
Kouanon tenant un enfant, par *Moritshika*. — N° 9. Casque, par *Gôto Itijio*. — N° 10.
Sennin sur une grue, par *Shiômin*. — N° 11. Empereur assis sur son char, bouton en or,
par *Shiourakou*. — N° 12. Dieu du saké, coulant, par *Shiômin*. — N° 13. — Renard
enveloppé d'un manteau se sauvant d'un palais, bouton en or, par *Minguiokou*. — N°° 14
et 16. Guerriers japonais, par *Konkouan*. — N° 15. Deux gardiens de temple, kanémono
par *Motohidé*. — N° 17. Danseuse de la cour impériale, bouton en or, par *Temmin*. —
N° 18. Diable en or montant après le bâton de Shoki, coulant, par *Toshimitsou*. — N° 19.
Forgerons, bouton en or, par *Ritsoumin*.

vail la plaque de métal. La monture des souhaiteurs de nouvelle
année, de Kadzoutshika (n° 1, pl. XXI), représente une forêt aux
abords d'un temple et porte la signature de *Hôguiokou*.

FERMETURE DE POCHE A TABAC FIGURANT UN ACTEUR A MASQUE MOBILE, INCRUSTÉ D'OR ET D'ARGENT
(TRAVAIL DU XVIIIᵉ SIÈCLE).
(Collection de M. Louis Gonse.)

Les montures d'éventails de luxe, surtout des éventails de
guerre, — car tout bon Japonais ne voyage jamais sans son éventail,
— sont en métal ciselé. Les beaux éventails de la collection Burty

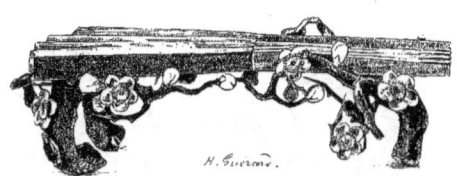

PRÉSENTOIR EN ARGENT CISELÉ.
(Collection de M. Ph. Burty.)

nous prouvent qu'elles sont souvent d'un travail remarquable.
Les petites pipes dont le récipient fournit à peine une dizaine de
bouffées et que les fumeurs japonais, hommes et femmes, allument à
chaque instant, sont en métal et presque toujours en argent. Elles

offrent des exemples fort riches de ciselure. Les deux pipes que nous
reproduisons dans la planche XX (héliogravures)
sont en argent et en fer damasquiné d'or. L'une
d'elles porte les armoiries
impériales gravées en creux
et semées sur le tuyau.

DANSEUR, PAR SHIOURAKOU.
(Collection de M. L. Gonse.)

Que dirai-je encore? L'u-
sage des métaux est infini.
Les ciseleurs japonais ont fait
d'admirables théières, de petits encriers, des boîtes à on-
guents, des brûle-parfums, des compte-gouttes, des
cuillères à poudre de thé, des épingles de cheve-
lure, des agrafes de ceinture, des coupes à saké en
argent gravé et même en or, des porte-pinceaux, de
petits jouets et des instruments de musique d'étagère également en argent, des presse-papier, des
plateaux, des boîtes à tabac, des vases de suspension, et partout

AGRAFE DE CEINTURE
EN FER INCRUSTÉ
(XVIIIᵉ SIÈCLE).
(Coll. de M. S. Bing.)

APPLIQUE DE POCHE A TABAC DE LUTTEUR, EN ARGENT CISELÉ, PAR OSHIN.
(Collection de M. S. Bing.)

ils ont semé la grâce, la fantaisie et les miracles inépuisables de
leur dextérité.

NETZKÈS EN MÉTAUX CISELÉS ET INCRUSTÉS,
DANS LEURS MONTURES DE BOIS, D'IVOIRE ET DE CORNE.
(COLLECTION DE M. LOUIS GONSE)

C'est dans ces objets divers que l'on rencontre les meilleurs exemples de leurs travaux en émail cloisonné. Les Japonais ont peu fait de cloisonnés.

Ce grand art robuste est la gloire de la Chine. Quoique les procédés en aient été importés au Japon dès le xve siècle, il n'a

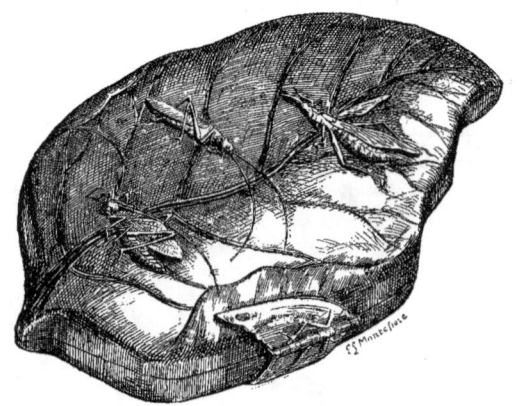

BOITE EN FER INCRUSTÉE D'INSECTES EN ARGENT (TRAVAIL DU XVIIIe SIÈCLE).
(Collection de M. E.-L. Montefiore.)

jamais été cultivé avec éclat dans ce dernier pays. Les grandes pièces en émail cloisonné n'y ont pas les colorations opulentes de celles de la Chine. La plus belle que je connaisse appartient au Cabinet des gemmes de Dresde; elle est d'un ton sourd et amorti où les bruns et les verts foncés dominent. C'est une fontaine qui paraît dater du commencement du xviiie siècle.

II.

23

La seule branche de l'émaillerie sur métal où les Japonais aient fait preuve d'une véritable supériorité est celle des émaux translucides sur fond d'or. On sait com-bien est difficile la réus-site de ces travaux et quelle est leur rareté, même aux grandes époques de l'orfè-vrerie européenne. J'ai

LES SEPT DIEUX DU BONHEUR
DANS UNE FEUILLE,
FERMETURE DE POCHE A TABAC, PAR RITSOUMIN.
(Collection de M. L. Gonse.)

déjà parlé des gardes à émaux translucides, dont le centre de production a été à Yédo. M. S. Bing possède un compte-gouttes en bronze, figurant une feuille d'érable dont les couleurs natu-relles sont imitées avec une rare perfection par le scintillement des émaux transparents sur une lamelle d'or.

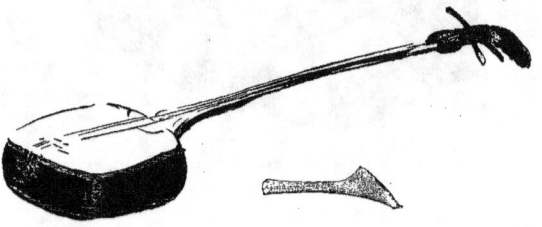

CHAPITRE VII

LES LAQUES

I

On a dit avec raison que les laques
étaient les objets les plus parfaits qui fussent sortis de la main des hommes ; ils
sont tout au moins les plus délicats. Leur
fabrication est, depuis de longs siècles et
aujourd'hui encore, la gloire des Japonais.
C'est une industrie nationale qui leur ap-
partient en propre et pour laquelle ils ne doivent rien à personne.
La singularité des procédés, le fini de la main-d'œuvre, la beauté
et le précieux des matières en font une chose à part dans les
manifestations artistiques de l'extrême Orient. Les laques du Japon jouissent d'une universelle célébrité. Ce sont les plus merveilleuses pièces de vitrines qui puissent enchanter l'œil d'un collectionneur.

Le mot laque désigne le vernis lui-même (*ouroushi*), qui est
employé dans l'exécution des objets. Cette gomme est extraite du
Rhus vernicifera, arbre appartenant à la famille des Anacardiacées,
qui atteint en six ou sept ans une hauteur de sept à huit mètres.
Lorsque l'arbre est arrivé à son développement, on en extrait le
vernis en y pratiquant des incisions horizontales. La sève qui s'en
échappe est recueillie dans des écuelles de bois, puis exposée au

soleil et remuée au moyen d'une grande spatule de fer pour la débarrasser, par l'évaporation, de son excédent d'eau. Le meilleur vernis est celui que l'on récolte de la fin de juillet au milieu de septembre. Les centres les plus estimés de production sont, en première ligne, Yoshino, dans la province de Yamato, puis Aétsou et Foukoushima, dans celle d'Ivashiro, et Nambou, dans celle de Rikoushiou. L'opération de la récolte de ce vernis, qui est une substance corrosive, n'est pas sans dangers et demande de grandes précautions.

L'ouroushi est employé pur, sans autre préparation, ou tamisé, ou additionné de diverses matières, telles que sulfate de fer, toshirou (on nomme toshirou l'eau plus ou moins trouble que l'on obtient en aiguisant, sur une pierre à repasser les couteaux servant à couper le tabac), huile fine et poudre de pierre ponce. Le vernis à l'état pur s'appelle *kouromé ouroushi*; il prend le nom de *seshimé ouroushi*, lorsqu'il est tamisé, et de *kouro ouroushi* lorsqu'il renferme du sulfate de fer et du toshirou. Le *sou ouroushi* désigne un mélange de kouromé ouroushi et de vermillon ou d'oxyde rouge de fer.

L'emploi du vernis, pour laquer les objets et les recouvrir de ces belles enveloppes brillantes et presque métalliques que nous admirons, est soumis à des procédés variés à l'infini. On en trouvera le détail très complet dans le Rapport de la commission japonaise à l'Exposition universelle de 1878 [1]. L'article rédigé à un point de vue essentiellement technique, par M. Maéda, avait été d'abord publié dans la *Revue scientifique* [2], dont mon ami

1 *Le Japon à l'Exposition universelle de 1878.* Deuxième partie, p. 64 et suiv.
2. N° de juin 1878.

M. Charles Ephrussi a tiré parti dans l'intéressant article de la *Gazette des Beaux-Arts* qu'il a consacré aux *Laques japonais du Trocadéro*[1].

Je me contenterai d'indiquer les principales phases de l'opé-ration par laquelle doit passer toute pièce de laque, même celle qui doit rester sans décor.

On taille et on colle les différents morceaux de bois composant l'objet que l'on veut ver-nir. Dans les pe-tites pièces, les lamelles de bois atteignent souvent

PAYSAGE JAPONAIS.
(Dessin de l'école moderne pour le décor d'une boîte de laque.)

la légèreté et la minceur d'une feuille de papier. Les interstices et les inégalités sont bouchées avec un mélange de pierre pul-vérisée et de colle très claire ; puis on recouvre l'objet, soit d'une légère couche d'enduit formé d'argile calcinée et de vernis brut étendu d'eau, soit d'une toile de Bœhmeria que l'on applique de telle façon qu'il n'y ait aucun pli.

Le squelette ainsi établi, poncé à la pierre et séché, le laqueur le couvre d'une première couche, qu'il polit également, de vernis mêlé de poudre de pierre à aiguiser très fine ; puis il étale au pinceau, comme une sorte de *dessous* préparatoire, soit une

1. *Les Laques japonais au Trocadéro*. — *Gazette des Beaux-Arts*, 1878, 2ᵉ semestre.

couche d'encre de Chine, soit de vermillon, de gomme-gutte ou
de poudre rouge de Benigara. Il couvre d'une couche de vernis, polit de nouveau à plusieurs reprises, avec de la poudre

PRÉPARATEURS DE VERNIS.

(D'après Hokousaï.)

de charbon étendue d'eau,
en faisant sécher chaque
fois dans un endroit clos,
obscur et très légèrement
humide. Il repasse sur le tout
une couche de vernis ordinaire qu'il a soin d'essuyer
sur-le-champ; celui-ci, une
fois sec, est recouvert enfin
d'une couche de vernis de
Yoshino de qualité supé-
rieure et de la plus grande
pureté possible. La pièce
passe de nouveau au séchoir et reçoit son dernier poli, souvent
de longs mois après qu'elle a été commencée.

Ceci est l'opération la plus simple pour la fabrication des laques
de choix sans ornements. C'est sur ce fond que le décor vient se
superposer et ajouter à ces premières difficultés, les difficultés
bien autrement grandes encore de l'exécution des dessins unis
ou en relief.

Dans cette mise en œuvre, le temps est le facteur le plus
important. Les séchages répétés demandent chacun des semaines
et même des mois. L'achèvement de certaines pièces de prix n'est
complet qu'au bout de plusieurs années. On s'étonne de la solidité extrême que présentent des objets d'apparence aussi fragile;
leur durée merveilleuse semble inexplicable, leur légèreté spéci-
fique tient du prodige. La qualité et l'inaltérabilité des laques
dépend, en grande partie, des conditions spéciales dans les-

quelles le séchage s'opère et du soin qui y est apporté. De
telles lenteurs de fa-
brication justifient à
elles seules la haute
valeur commerciale
qu'ont toujours eue
les laques au Japon.

Aujourd'hui les
procédés sont beau-
coup plus hâtifs. Les
commandes euro-
péennes ont tué les
antiques traditions.
Aussi les laques
modernes n'ont-ils
qu'une solidité éphé-

ÉTUDE POUR LE DÉCOR DES LAQUES.
(ÉCOLE DE KIOTO, XVIIIᵉ SIÈCLE).
(Collection de M. H. Boullhet.)

mère. Le bateau le *Nil* sombra en 1874, près de Yokohama,
et les caisses contenant les objets d'art envoyés par le Japon à
l'Exposition de Vienne séjournèrent plus
d'un an au fond de la mer. Lorsqu'on les
retira, on s'aperçut avec surprise que les
laques anciens, malgré cette immersion
prolongée, étaient restés intacts, alors que
les produits modernes de Kioto et de Yédo
étaient complètement détruits. En somme,
rien n'est plus durable, dans son appa-
rente fragilité, qu'un beau laque du Japon.

PORTEUR JAPONAIS.
(D'après Hokousaï.)

La qualité toute nue des matières
suffit à un connaisseur pour apprécier la
maîtrise d'une œuvre. Pour nous, Euro-
péens, auxquels manque un tel raffinement du sens de la vue, c'est

II.   24

le décor lui-même, l'opulence des tons, la distinction des formes, qui font le prix de ces merveilles exotiques. Le laque noir, éclatant et limpide comme un miroir, est la plus haute ambition du laqueur japonais; nous commençons à en apprécier les mérites, mais jusqu'alors c'étaient les laques d'or ou à dessins d'or qui provoquaient l'engouement des amateurs étrangers.

Le laque d'or a pour base les poudres d'or de différents tons incorporées au vernis. Il y a deux variétés de laques d'or qui, quelquefois, sont employés simultanément dans le même objet : ceux à dessins unis et ceux à dessins en relief.

Le dessin uni est produit par une série d'opérations minutieuses. On trace au recto d'une feuille de papier les sujets que l'on veut reproduire sur le laque, on suit au verso de cette feuille les traits des dessins avec un pinceau chargé d'un mélange de vermillon et de vernis chauffé sur un feu doux. Le côté enduit de ce mélange est appliqué sur le laque et le revers du papier est frotté avec une spatule en bambou ; puis, avec un petit sac en soie rempli de pierre à aiguiser réduite en poudre presque impalpable, on frappe légèrement pour faire ressortir la partie du laque sur laquelle on vient de calquer le dessin; on la ponce à la poudre de pierre à aiguiser, et on la recouvre de poudre d'or, tantôt à l'aide d'un petit tube, tantôt au moyen d'un pinceau fait de poil de cheval ou de cerf. On vernit légèrement, on laisse sécher et on polit au charbon. On répète ces diverses opérations autant de fois qu'il est nécessaire pour que les derniers détails du dessin aient obtenu le fini voulu. Ces sortes de laques, particulièrement estimés, s'appellent laques frottés. Leur exécution demande les plus grands soins et une légèreté de main toute particulière. Je n'ai pas besoin d'ajouter que les dessins modelés avec des ors de différents tons doivent être exécutés partie par partie, au moyen de réserves.

A QUANTIN ÉDITEUR

PL. II

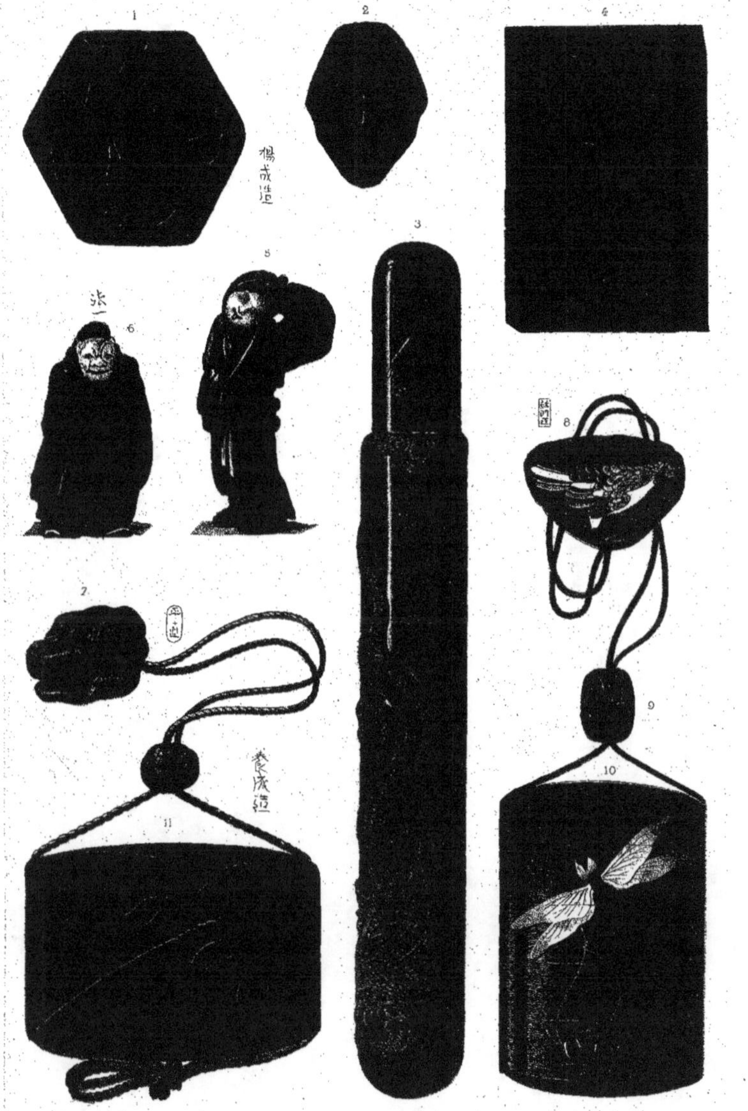

A Lefevre pinx. Imp. Lemercier & Cie Paris. Lemoine lith.

Boites à parfums, boites de pharmacie, étui à pipe
et netzkés, en laques de différents tons, bois et ivoire sculptés et incrustés.
(Pièces de la collection de M. Louis Gonse)

Pour les dessins en relief, le laqueur établit d'abord son décalque, le plus souvent de la même manière que pour les dessins unis; puis il couvre les parties du dessin qui doivent être en relief de couches successives d'un mélange de vernis, d'oxyde rouge de fer et de poudre fine de charbon. L'application du vernis se fait au pinceau et présente des difficultés considérables si l'on veut conserver la pureté et la flexion des lignes. « Le laque étant une substance gommeuse et épaisse, il faut tenir immobile de la main gauche le pinceau qui en est gorgé et lui présenter le dessin en faisant tourner l'objet de la main droite. Quand il y a un manque, il faut

ÉTUDE DE YOYOUSAÏ POUR LE DÉCOR DES LAQUES.
(Collection de M. H. Bouilhet.)

enlever le tout avec du savon. » (Note communiquée par M. Burty.) L'or en poudre est appliqué en dernier lieu soit à la houppe, soit au chalumeau, lorsque les reliefs ont atteint l'épaisseur voulue; il est généralement superposé à une couche de poudre d'argent emprisonnée dans du vernis. Toutes ces opérations sont entremêlées de polissages et de séchages à n'en plus finir, et varient en nombre et en nature suivant l'effet que l'artiste veut obtenir. Les contours du dessin sont épurés et nettoyés avec le plus grand soin. C'est précisément à la netteté irréprochable, à la franchise des reliefs sur

ÉTUDE DE GRUE
TIRÉE DE LA PETITE « MANGOUA » DE HOKOUGUN.

leurs bords que se recon-
naissent les pièces d'exécution supérieure. La moindre
bavochure, le plus imper-
ceptible tremblement dans
les lignes est une cause de
dépréciation aux yeux des
Japonais. Un beau laque
doit pouvoir être scruté à
la loupe dans ses plus mi-
nimes détails et conserver
l'aspect d'une matière métallique taillée comme au
burin. Pour apprécier un laque d'or, il faut tenir compte,
en outre, de la qualité chaude, fondue, profonde des
tons d'or. Les laques mo-
dernes ont des reflets faux

et cuivreux lorsqu'on les regarde à jour frisant. Si habiles que
soient les laqueurs d'aujour-
d'hui dans la pratique du métier, ils ne peuvent plus atteindre au mordant et au
serré qui caractérisaient la
facture de leurs ancêtres.

JAPONAIS
FAISANT SÉCHER DE LA POUDRE DE CHARBON.
(D'après Hokousaï.)

Ce que je viens de dire
embrasse les grandes lignes
de la fabrication. Mais on
conçoit que dans un art qui ne se répète jamais, où chaque

artiste apporte son individualité, son goût, son invention, le détail
des procédés varie sans cesse. Tous les mélanges ont été tentés,
toutes les matières employées, toutes les colorations mises en
œuvre par les anciens laqueurs. La gamme des effets est d'une
richesse et d'une variété qui dépassent toute imagination. Les laques

COMPOSITION POUR LE DÉCOR DES LAQUES (ÉCOLE DE KIOTO, XVIIIe SIÈCLE).

(Collection de M. H. Bouilhet.)

d'ors verts, d'ors rouges, d'ors jaunes, isolés, associés ou fondus
ensemble, les laques de bronze, d'étain, de plomb, de fer, d'argent,
les laques rouges et verts, surtout les beaux laques rouges, jouent
dans les plus puissantes ou les plus délicates harmonies. Le registre
du laqueur est sans limites.

Une des ressources les plus surprenantes de cet art est l'incrustation : incrustations de nacre, d'ivoire, d'écaille, de plaques

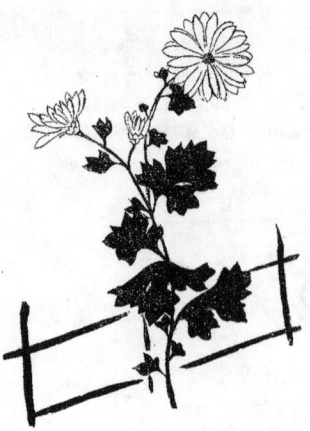

de métal, de pépites, de lamelles, de grains et de paillettes d'or, sablés, mosaïqués, pointillés, semés régulièrement ou comme au hasard. Lorsque les paillettes d'or sont en grand nombre, pressées les unes contre les autres et se condensent dans des cristallisations de sucre candi ou poudroient dans des scintillements de mica, le laque prend le nom d'aventurine.

Les aventurinés remplissent un rôle des plus importants dans la fabrication des laques. Ils servent généralement à décorer l'intérieur et le dessous des boîtes; quelquefois, cependant, ils sont employés dans le champ même du dessin. Les laques d'or en relief sur fond aventuriné sont généralement des pièces d'une grande distinction. Certains aventurinés du XVIIᵉ siècle, mats et légèrement rugueux, sont très estimés; ils prennent le nom de « peau de poire ».

Les pavages réguliers ou mosaïquages de pépites d'or dans le vernis sont le travail le plus estimé et dont la réussite est le plus difficile à obtenir. Ils n'ont guère été pratiqués qu'aux hautes époques de l'art et par des artistes renommés. Ils se composent de véritables petits pavés d'or posés un à un dans l'épaisseur du vernis encore frais, puis polis et égalisés à la poudre à repasser. Il n'y a pas de travail qui demande plus de temps, de patience et de sûreté de main. Mais aussi quelle opulence d'aspect ne donne-t-il pas aux objets qui en sont parés? Le laque mosaïqué est la suprême jouissance des yeux, et même

du toucher. Il donne sous la main la sensation d'un vieux maro-
quin au grain doucement velouté.

Après les deux grandes familles des laques noirs et des laques
d'or, frottés ou à reliefs, vient celle des laques au vermillon ou à
l'oxyde rouge de fer; certains amateurs préfèrent même ceux-ci
à tous les autres. Ils sont plus vibrants, plus somptueux,
s'il est possible. Le rouge (*sou ouroushi*) des laques japonais est
quelque chose d'unique et dont l'intensité n'est égalée par aucune
autre couleur employée artificiellement. Des maîtres célèbres se sont
adonnés presque exclusivement aux laques rouges et ont produit
en ce genre des merveilles incomparables. On peut collectionner
la gamme des ors.

J'ajouterai que les laques noirs prennent, en vieillissant, des
transparences ambrées et qu'au bout de plusieurs siècles, le ton
noir primitif est devenu un beau brun de terre de Sienne brûlée.

II

La fabrication des laques est le produit non d'une recette importée de l'étranger, mais de tâtonnements successifs et d'un lent empirisme. Elle est la première en date des industries japonaises. Les chroniques indigènes se contentent de nous dire qu'elle se perd dans la nuit des temps. Sans aller aussi loin que ces obscures traditions, ni même aussi loin que le rapport de la commission japonaise à l'Exposition universelle de 1878, qui, entre parenthèses, contient de grossières erreurs, il est hors de doute que son histoire ne remonte à une très haute antiquité et que, dès le VIIᵉ siècle de notre ère, on ne fût parvenu à produire des objets d'un certain mérite, ce qui prouve que l'emploi du vernis était déjà connu depuis longtemps. On conserve précieusement dans le trésor impérial du temple de Todaïji, à Nara, des boîtes en laque,

destinées à contenir des livres de prières, qui datent de cette
époque. En l'année 880, le philosophe Shiheï publia un livre intitulé *Engishiki*, dans lequel il mentionne incidemment les laques
rouges et les laques d'or. Au commencement du xᵉ siècle, un

INTÉRIEUR DE BOITE FIGURANT UN MIROIR.
LAQUE D'OR UNI (ÉPOQUE DE YOSHIMASA).
(Collection de M. Louis Gonse.)

officier du nom de Minamoto no Jouin fit paraître l'*Outsoubo
Monogatari*, dans lequel il parle avec éloges des laques d'or et des
laques connus sous le nom de Nashidji (laques d'un jaune orangé
parsemés de paillettes d'or). Il ajoute que ces laques étaient fabriqués par des ouvriers très renommés, sans toutefois nous donner
leurs noms, et sans nous faire connaître le centre de fabrication.

En 980, une femme, l'auteur célèbre du *Genji Monogatari*, Mou-
rasaki Shikibou[1], désigne clairement un nouveau genre de laque
incrusté de nacre. Des renseignements puisés à bonne source
et venus récemment du Japon nous font connaître qu'à l'époque
de l'empereur Shioumoun, c'est-à-dire dès le VIIIe siècle, l'art
du laqueur avait atteint un haut degré de perfection. Cette
assertion, qui ne laissera pas que d'étonner quelques-uns de nos
lecteurs, est confirmée par le témoignage unanime des Japonais et
des Européens qui ont pu visiter le trésor de Todaiji, lors de son
exhibition publique en 1875. Il n'y aurait, paraît-il, rien de plus
admirable que les pièces de laque de cette époque, boîtes à encens
décorées de sujets religieux et objets à l'usage du culte, qui s'y
trouvent conservés et qui ont été entretenus dans un état de fraîcheur irréprochable par les prêtres préposés à leur garde. M. Wakaï,
qui a vu le trésor, m'a affirmé à plusieurs reprises que rien ne
pouvait être comparé, pour la perfection de l'exécution et la splendeur des tons d'or, à ces antiques laques de Shioumoun. C'est, du
reste, une expression consacrée au Japon de dire les « laques de
Shioumoun » pour caractériser les productions de cette période, qui
a vu fondre le Bouddha de Nara.

Jusqu'à la fin du IXe siècle, et même jusqu'au commencement
du Xe, l'art du laqueur poursuit ses progrès. L'époque de Kanaoka,
qui fut un moment de si brillante civilisation, correspond, aux yeux
des Japonais, à l'apogée de cette noble industrie. Les produits res-
semblent à ceux du règne de Shioumoun, mais ils sont encore plus
parfaits. On connaissait déjà l'usage de la poudre de vermillon et
des oxydes de fer mêlés aux vernis. L'emploi des reliefs n'était pas
encore usité; mais celui des ors aventurinés était pratiqué avec

---

1. Le Rapport de la commission japonaise à l'Exposition universelle de 1878 fait
vivre au Ve siècle de notre ère la Sapho japonaise, alors qu'on sait pertinemment qu'elle
n'écrivit le *Genji Monogatari* qu'à la fin du Xe siècle, sous l'empereur Itijio.

une adresse consom-
mée. Tous les laques
antérieurs au x° siècle
sont unis ; la beauté des
dessins consiste dans
l'épuration et la délica-
tesse des contours.

La seule pièce da-
tant authentiquement de
cette époque, qui, à ma
connaissance, soit venue
en Europe, se trouve
gravée en couleurs
(dans la pl. II des chro-
molithographies). Cette
interprétation, quelque
soignée qu'elle soit, ne
peut donner qu'une idée
imparfaite de la perfec-
tion extraordinaire de
ce laque ; les moyens
de reproduction man-
quent pour rendre des
objets de cette nature.
C'est une petite boîte
ronde, plate, en laque
brun, sertie d'une mince
bague d'étain et déco-
rée, sur sa face supé-
rieure, d'une figure de

ENCRIER EN LAQUE NOIR INCRUSTÉ DE NACRE ET D'ÉTAIN
(COMMENCEMENT DU XVI° SIÈCLE).
(Collection de M. Louis Gonse.)

la déesse de la littérature Monjiu, nimbée, tenant un livre et un

sceptre à la main. Cette figure, qui rappelle d'une façon frappante
le style de Kanaoka[1], est en laque d'or uni pour les chairs, en laque
brun pour les cheveux et les contours, et en laque aventuriné de
différents tons pour les vêtements, qui sont modelés par des dégra-

W. Rivard.

PETITE BOITE AUX ARMOIRIES DES TAÏKO,
PAR SHIOUNSHIO.
(Collection de M. L. Gonse.)

dations d'une impondérable ténuité. Le
dessin est cerné d'un trait d'une pureté
extrême; il est invraisemblable qu'une
main humaine ait pu tracer avec du
vernis des contours d'une finesse aussi
prodigieuse. Le modelé des chairs est
marqué par quelques-uns de ces traits
à la façon des peintures bouddhiques.
Le brun chaud du fond n'est que du
laque noir bistré par un vieillisse-
ment séculaire. Les tons de l'or mat

et les tons des ors aventurinés sont tellement fondus et harmonieux qu'aucune autre pièce de laque ne pourrait supporter sans
désavantage le voisinage de leur intensité sourde. Cette petite
boîte de temple, rapportée de Kioto par M. Wakaï, avait été endommagée dans la partie droite ; elle fut restaurée au xve siècle par un
artiste habile, qui s'efforça, mais en vain, d'égaler le travail primitif. On aperçoit la restauration et la différence d'exécution des deux
parties lorsqu'on regarde la pièce à jour frisant. La double chemise
de soie et l'étui de laque qui l'enferment datent de cette époque.

A cette période de grande perfection qui constitue le premier
âge des laques succède une complète décadence. Cette belle industrie sombra dans les grandes tourmentes politiques qui marquent

---

1. M. Dresser (Japan, its architecture, etc.) fait remarquer qu'à cette époque les dessins sur laque étaient exécutés par des peintres du plus grand renom. Kanaoka a décoré
des boîtes de laque, et la parenté de celle-ci est frappante avec le kakémono de cet artiste que
nous avons reproduit au chapitre de la Peinture.

l'âge de fer des Taïra et des Minamoto. A l'époque où Yoritomo
fondait Kamakoura, les procédés en étaient presque oubliés. Il fallut
reconquérir à nouveau et pas à pas le terrain perdu. Le grand Shiogoun aida de toutes ses forces à cette renaissance. Sa femme Massago
avait la passion des objets en laque. Deux ou trois pièces venues en

COFFRE A ÉTOFFES EN LAQUE NOIR DÉCORÉ DE LAQUE D'OR (XVII° SIÈCLE).
(Pièce conservée dans le trésor du temple d'Idzoukou-Shima.)

Europe nous permettent de nous rendre compte de l'état d'infério-
rité où était tombé l'art du laqueur au commencement du XII° siècle.
On copie d'abord avec gaucherie les pièces de Shioumoun; les motifs sont encore empruntés à l'art bouddhique; puis l'individualisme
des artistes s'affirme, les premiers essais de laques en reliefs apparaissent, on ébauche de timides incrustations[1]; un art d'un caractère

[1]. M. Wakaï avait apporté avec lui lors de son dernier voyage un des exemples les
plus anciens d'incrustation de nacre sur laque noir. C'était une boite ronde décorée d'un

robuste, d'une exécution un peu sauvage, se forme sous le nom
d'école de Kamakoura. Je puis citer, parmi les spécimens les plus
intéressants du xiii° siècle, un plateau de la collection Burty, à fond
aventuriné et à bords plats, décoré, en laque d'or, de filets séchant à
l'air sur le bord de l'eau, et de rochers simulés par des petits pavés
en argent.

Tandis que l'évolution se poursuit à Kamakoura pendant le
cours des xiv° et xv° siècles, une renaissance de même nature se produit à Kioto. Les Ashikaga impriment à l'industrie des laques un
important essor. Sous Yoshimasa, elle brillait de nouveau du plus vif
éclat. Les laques du temps de Yoshimasa sont d'une beauté incomparable. Si la finesse et l'élégance de la grande époque impériale n'ont
pas été entièrement retrouvées, du moins les produits de la seconde
moitié du xv° siècle se distinguent-ils par la sévérité du style, la force
et l'originalité de l'exécution. Les pavages et mosaïquages d'or et
d'argent en pépites épaisses, les incrustations de métal plein, intro-
duisent dans la fabrication des ressources d'une grande variété. Les
laques d'argent et les laques de vermillon enrichissent la gamme
des couleurs. Les laques en relief ont réalisé d'immenses progrès et
touchent à leur plein.

Les Japonais estiment, entre tous, les laques de Yoshimasa.
Il est certain qu'à aucune époque le travail n'a été plus conscien-
cieux. Les beaux laques de cette période sont d'une solidité à
toute épreuve. On les reconnaît non seulement au caractère du
décor, qui est presque toujours emprunté à l'école de Kano, mais
aussi aux procédés eux-mêmes. Les mosaïquages d'or, très employés
dans les fonds, sont encore rugueux; le polissage à la pierre n'en a
pas aplani complètement les aspérités; les grains d'or enchâssés

motif représentant des coupeurs de riz, dont le dessin appartenait à la pure école de
Tosa. Cette pièce remontait au moins au xii° ou au xiii° siècle. Elle a été remportée au
Japon par son propriétaire.

dans le vernis en dépassent la surface. Il faut noter la remarque,
qui est importante
pour la détermina-
tion de l'âge d'un
laque. Cette partie
du travail des laques
est la plus difficile et
la plus longue de
toutes, chaque grain
devant être poli sé-
parément avant
d'être fixé dans le
vernis, à l'aide d'une
pince microsco-
pique. Au milieu du
xviiᵉ siècle, le pavage
des laques avec des
paillettes d'or avait
atteint son plus haut
degré de perfection;
les surfaces sont
parfaitement lisses
au toucher. Au
xviiiᵉ siècle, ce pro-
cédé, aussi magni-
fique que dispen-
dieux, était à peu
près abandonné.

CABINET EN LAQUE NOIR INCRUSTÉ DE BURGAU, PAR KÔHI
(xviiᵉ siècle).
(Collection de M. Louis Gonse.)

Cinq ou six
belles pièces du temps de Yoshimasa se trouvent précieusement
conservées dans les collections parisiennes. L'une des plus remar-

quables est celle dont nous reproduisons ici l'intérieur du couvercle. C'est une boîte ronde en laque d'or vert à mosaïque d'or
et d'argent, figurant, à l'extérieur, le décor traditionnel des miroirs
métalliques. A l'intérieur du couvercle, qui représente la glace du
miroir, on voit une figure de musicien aveugle jouant de la biva,
en costume de cour. Cette figure, en laque frotté et dégradé de
différents tons, se détache sur un fond de laque d'argent doucement
vermeillé et imite d'une manière admirable une image vue en reflet
sur la surface du miroir.

Aucun nom d'artiste laqueur antérieur au XVIᵉ siècle ne nous
est parvenu; on ne signale aucune pièce portant une signature.

Le nom illustre de Kôëtsou jette son éclat sur la fin du XVIᵉ siècle.
J'ai parlé de lui au chapitre de la Peinture. Mais c'est surtout comme
laqueur qu'il s'est rendu célèbre. Son influence a eu une action
décisive sur le développement de cette industrie. La plupart des
excellents laqueurs du XVIIᵉ siècle sortent de son atelier ou de son
école. Il a élargi le style de ses prédécesseurs et l'a élevé
au niveau du plus grand art. Le premier, il a exécuté
des compositions qui sont de véritables peintures. Ses
sujets en haut relief sont d'une ampleur de dessin et
d'une netteté d'exécution qui, on peut le dire, n'ont
jamais été surpassées. J'ai à peine besoin de remarquer que ses
œuvres sont de la plus insigne rareté. La collection de Mᵐᵉ Louis
Cahen renferme une boîte ronde, décorée sur le dessus de deux
personnages à cheval, en laque de relief de différents tons. Cette
magnifique pièce porte, suivant l'opinion des connaisseurs japonais, tous les signes de la manière de Kôëtsou. Elle se rapproche,
en effet, beaucoup de l'encrier que nous reproduisons en couleurs
(voir la pl. II des chromolithographies, Iᵉʳ vol., p. 218) et qui a l'ines-
timable avantage de porter la signature et le cachet du maître. Ce
chef-d'œuvre, en laque noir miroir, est encadré d'une fine bordure

H. Guérard.

BOITE A GATEAUX EN LAQUE VERT INCRUSTÉ ET AVENTURINÉ D'ARGENT SUR FOND DE LAQUE NOIR,
AVEC LES ARMOIRIES DE CHRYSANTHÈME EN LAQUE D'OR (TRAVAIL DU XVIIᵉ SIÈCLE).

(Collection de M. S. Bing.)

en aventurine d'or et décoré d'un Lakan et de deux enfants endormis près d'un tigre, en laque d'or de haut relief. Kôëtsou a exprimé d'une manière admirable le calme du sommeil au milieu de la nuit. Le travail, regardé à la loupe, est d'une précision et d'une souplesse merveilleuses.

J'attribuerais volontiers à la main de Kôëtsou une boîte en laque noir uni de la plus grande beauté, appartenant à M. Charles Haviland. L'intérieur, tout en laque d'or, est d'un ton éblouissant. Le contraste de cette simplicité extérieure et de cette richesse, dissimulée avec un soin presque jaloux, est d'un effet unique.

A partir de Yéyas le goût des objets en laque se répand dans tout le Japon et s'applique à tous les usages de la vie. On laque les colonnes, les portes et les autels des temples bouddhiques, les intérieurs des palais, les ponts, les chaises à porteurs (norimons), les voitures de cérémonie, les étagères, les cabinets, les coffres de voyage, les porte-sabres, les porte-bouquets, les selles et les étriers, les tabourets, les plateaux, les boîtes à lettres, les boîtes à gâteaux, les peignes, etc.

Shiounshio, appelé de Kioto par le Shiogoun, fonde l'école de Yédo, qui se distingue dès le début par une manière plus large de comprendre le décor et par une grande liberté de méthodes. L'atelier de cet éminent artiste existait encore au milieu du XVIIIᵉ siècle. Shiounshio II, Shiounshio III et Shiounshio IV n'étaient guère moins habiles que Shiounshio Iᵉʳ. On rencontre quelques œuvres authentiques de ce dernier dans les collections parisiennes; deux ou trois d'entre elles sont signées et permettent de déterminer les autres. Une des plus belles pièces appartient à M. Haviland; c'est un grand encrier en laque noir décoré d'un paravent en laque uni de différents tons, copie d'un original de Kano Motonobou. M. Burty et M. Alph. Hirsch possèdent deux petites boîtes décorées d'un semis de feuilles de momidji qui sont d'une qualité superlative et que j'attribue sans

hésitation à la main de Shiounshio. La belle boîte que nous reproduisons à la page 201 pourrait encore
être de lui, avant qu'il ait quitté Kioto.

Le troisième Shiogoun Yémitsou a
porté à son plus haut point de développement l'industrie des laques. Sous son impulsion féconde les ateliers de Yédo rivalisaient d'ardeur avec ceux de Kioto. Les laques dits de l'époque
du Sandaï Shiogoun ont conservé la faveur des
délicats. Ils atteignent, et à juste titre, les prix
les plus élevés. L'exécution en était d'une qualité
irréprochable et pouvait, jusqu'à un certain point,
se comparer à celle des chefs-d'œuvre du temps
de Yoshimasa. Ils avaient en plus l'élégance
suprême qui caractérise cette époque raffinée.

On cite à ce moment le nom de Shimidzou
Youhô. Un peu plus tard Kôhi, de Kioto, puis
Yoseï, de Nagasaki, se sont distingués par
l'originalité de leurs œuvres. Le premier
ne travaillait guère que pour l'empereur.
Il est célèbre pour ses laques noirs décorés des plus fines et des plus chatoyantes compositions en incrustations de
nacre. Les pièces authentiques de Kôhi sont de la
plus extrême rareté. Yoseï a importé au Japon
le laque rouge sculpté, dit laque de Pékin, dont il a perfectionné
la fabrication au point d'en être considéré comme l'inventeur. Ses
beaux rouges vibrants de cire à cacheter, son travail gras, n'ont
aucun rapport avec les affreux produits de la Chine. La planche III
des chromolithographies reproduit deux pièces authentiques de Yoseï
et portant sa signature : une boîte de pharmacie décorée d'une lan-

YOSEÏ.

INRO EN LAQUE D'ARGENT,
PAR RITSOUÔ (1726).
(Collection de M. Ph. Burty.)

gouste en relief et une petite bonbonnière de forme hexagonale.

L'époque de Genrokou (fin du XVIIe siècle et commencement du XVIIIe) est illustrée par deux maîtres qui comptent parmi les plus

INTÉRIEUR D'ENCRIER EN LAQUE D'OR INCRUSTÉ D'ÉTAIN ET DE NACRE, PAR KÔRIN.

(Collection de M. Louis Gonse.

originaux et les plus éminents du Japon : j'ai nommé Kôrin et Ritsouô. L'un et l'autre ont employé et associé des méthodes si personnelles qu'on peut dire qu'ils ont révolutionné l'art des laques.

J'ai dit au chapitre de la Peinture que Kôrin était le plus grand des impressionnistes, le plus génial des dessinateurs japonais. Il

BOITE A ÉCRIRE EN BOIS NATUREL, DÉCORÉ D'UN COQ EN LAQUE D'ARGENT,
PAR KOMA KOUANSAÏ, D'APRÈS LE DESSIN DE NAONOBOU.
(Collection de M. Louis Gonse.)

a transporté dans le décor et l'exécution des laques tout son esprit d'initiative, toute l'indépendance de sa fantaisie. Il a fait craquer

le vieux moule dans lequel végétaient les ateliers de Kioto soumis
à l'influence presque exclusive de l'école de Tosa. L'action de Kôrin
sur les arts décoratifs a été toute-puissante. Par son frère Kenzan,
qui était son docile imitateur, il affranchit les écoles céramiques

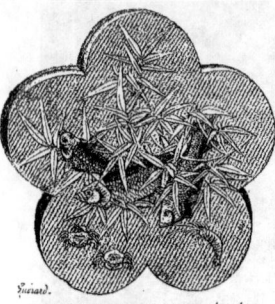

de Kioto de tout asservissement
aux formules chinoises et acheva
l'œuvre d'émancipation inaugurée
par Ninseï; par ses œuvres de
laque, où il se révéla praticien de
premier ordre, il força l'admiration de ceux de ses concitoyens
qui étaient rebelles aux étran-
getés de son style. On dit encore
aujourd'hui « l'or de Kôrin », tant
le ton de ses laques d'or était particulier. C'est un ton sourd, puis-

PETITE BOITE EN LAQUE ROUGE DÉCORÉE
DE POISSONS EN LAQUE D'OR, PAR KOMA KOUANSAÏ.
(Collection de M. Louis Gonse.)

sant, égal, un peu mat, d'une chaleur concentrée et pleine de vibra-
tions. Ses œuvres semblent taillées dans un bloc d'or. Le vernis
coule de son pinceau comme une matière fluide et grasse. Son décor
est traité par grandes masses, avec des partis pris sommaires d'une
audace extraordinaire. Il tire des incrustations de nacre, d'argent,
de plomb et d'étain des effets saisissants. Avec l'étain et le plomb
employés comme note grise, en surfaces minces ou en reliefs épais, il
obtient des fuites de plans, des profondeurs dont il avait, il est vrai,
trouvé des exemples chez les artistes anciens, — témoin cet encrier
décoré d'un vol de libellules que nous reproduisons ici, page 195,
et qu'il a dû connaître puisqu'il a été copié par un de ses élèves,
dans son atelier[1], — mais que lui seul a amenés à cette perfection.

1. Voir le précieux recueil de dessins de laqueurs, en partie de l'atelier de Kôrin,
formé par Yoyousaï et possédé aujourd'hui par M. Haviland. On y voit un dessin à grandeur d'exécution de cette pièce, qui appartient aux derniers temps de l'école de Kamakoura.

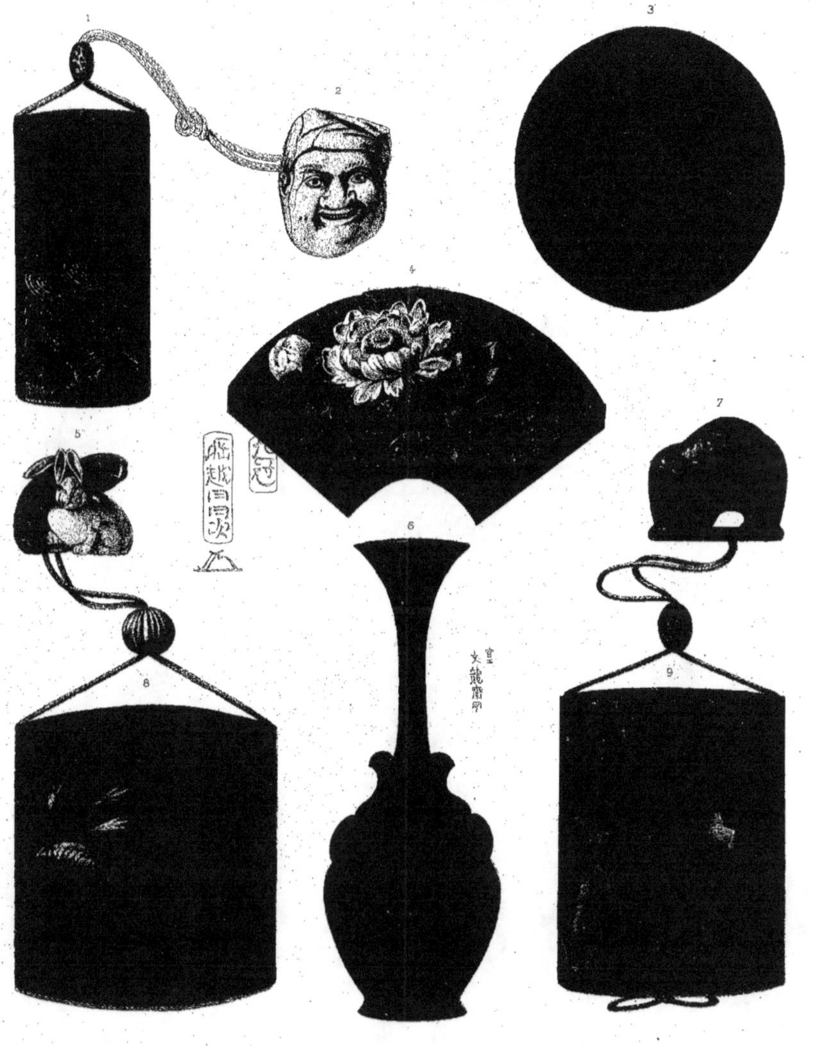

A. Lefévre pinx — Imp. Lemercier & Cie Paris — Coin lith.

Boites de pharmacie, petit vase de forme persane,
boites à parfums en laques de différents tons, et netzkés en laque et ivoire.
(Pièces de la collection de M. Ph. Burty).

Un vrai laque de Kôrin est, au Japon, le régal des délicats.
Ses œuvres sont à peu près inconnues des collectionneurs européens. J'en possède deux qui portent sa signature et qui peuvent servir de types pour reconnaître sa manière, au milieu des
imitations inférieures sorties de son officine et que l'on
rencontre fréquemment dans le commerce. L'une est
une petite boîte cylindrique où des graminées en laque
d'étain, en nacre, en argent, jouent sur un fond de
laque d'or; elle est signée en dessous en laque d'or
vert sur un fond de laque d'argent. L'autre est un encrier en laque d'or entièrement décoré de fleurs de
kikou en burgau et en laque de plomb et d'argent;
elle est signée, en laque d'or de relief et en pleine pâte,
d'un paraphe dont nous donnons ici le fac-similé.
« Il y a là, dit M. Paul Mantz[1], un travail de composition qui révèle un décorateur de haut vol, une
sûreté de main-d'œuvre, une perfection dans la
technique à rendre jaloux les joailliers les plus ꜱɪɢɴᴀᴛᴜʀᴇ
adroits. Quand la lumière joue sur ces deux ᴅᴇ ᴋᴏ̂ʀɪɴ.
pièces, aux irisations changeantes, elles donnent au regard
une fête sans égale. »

ᴋᴏ̂ʀɪɴ.

On dit que Kôrin a puisé les premiers éléments de son art dans
l'atelier des successeurs de Kôëtsou. Je n'y contredis pas, mais il est
certain qu'il a étudié les laques robustes de Kamakoura, où les
métaux autres que l'or ont été souvent employés.

Ritsouô, de Yédo[2], est moins un laqueur qu'un incrustateur, non
pas qu'il ne se soit montré à l'occasion un laqueur très habile, —
comme nous le prouve la curieuse et rare boîte de pharmacie, d'un

---

1. *Gazette des Beaux-Arts,* 1ᵉʳ mai 1883.
2. Il n'est pas né à Yédo, mais il y a habité la plus grande partie de sa vie, dans le
quartier du Hondjo.

travail si parfait, entièrement en laque d'argent, qui appartient à M. Burty et qui a l'inappréciable avantage d'être signée du nom de l'artiste, et datée du nengo *Kiôhô II* (1726), — mais parce que ce sont ses incrustations sur laque et ses grandes pièces décoratives qui l'ont rendu célèbre parmi les amateurs des deux mondes et qui ont jeté un lustre tout particulier sur la capitale des Shiogouns. Le moindre japonisant connaît les travaux de Ritsouô. Ils ont un caractère tellement tranché, si complètement japonais; les procédés d'exécution sont si originaux, l'invention en est si personnelle et si franche, qu'il ne faut pas être grand clerc en matière d'art pour en être frappé. Il a fait des panneaux d'applique, des boîtes à gâteaux, des cabinets, des nécessaires à l'usage des femmes, des cantines, des plateaux, des étagères, des boîtes de pharmacie; son ingéniosité s'est exercée sur les formes les plus diverses, son goût a relevé les objets destinés aux usages les plus vulgaires. Ritsouô est un indépendant dans toute la force du terme; il n'est d'aucune école, il n'appartient à aucun genre. Entre tous les modes d'incrustations ce sont les incrustations de céramique sur laque qu'il a traitées de préférence. Dans ce genre de travaux il a créé des merveilles dont aucun artiste n'a donné l'équivalent ni avant ni après lui. Ritsouô ne se répète jamais. Chaque objet sorti de ses mains est une œuvre complète, marquée au coin d'une recherche spéciale, toujours intéressante. Son style a quelque chose d'étrange, d'imprévu et de trouvé. Ses procédés forcent l'admiration par la difficulté vaincue, ils enchantent le regard par une austérité et une simplicité de coloris pleines de saveur.

Les collections de Paris et d'Amérique possèdent un assez grand nombre de pièces de Ritsouô. Parmi les plus remarquables, je citerai: la grande boîte de M. Alph. Hirsch, en laque noir, incrustée sur le couvercle d'un crabe en faïence au milieu des algues d'or; un

PLATEAU EN LAQUE NOIR, DÉCORÉ DE LAQUE D'OR EN RELIEF ET DE LAQUE D'ARGENT UNI
TRAVAIL DE YÉDO (XVIIIe SIÈCLE).

(Collection de M. Louis Gonse.)

cabinet de fumeur décoré de pavots en relief ; un plateau et un
cabinet chez M. Bing ; un porte-serviettes, chez M. Georges Petit ;
un tableau appliqué, décoré d'une figure de guerrier coréen, chez

INRÔ EN LAQUE D'OR,
DÉCORÉ SUR LE DESSIN DE NAONOBOU.
(Collection de M. de Hérédia.)

M. Haviland. Chez moi-même se trouvent,
en outre des peintures gouachées dont j'ai
parlé dans le premier volume, un tableau
décoré de grands nénuphars à fleurs roses
en faïence, en moire, plusieurs boîtes de
pharmacie et une boîte à parfums sur laquelle on voit un poète assis devant la fe-
nêtre de sa maison.

Le meilleur élève de Ritsouô et son
émule dans le travail des laques incrustés
a été Hanzan. Il a fait d'admirables boîtes
de pharmacie en laque d'or mat enrichies
d'incrustations. J'en reproduis une appartenant à la collection de M. Bing. Une
autre, décorée d'insectes, se trouve sous
le n° 10 dans la planche III des chromolithographies.

L'école des Koma, de Yédo, fondée par Koma Kiouhakou,
jouit aussi d'une grande renommée à la fin du xviiᵉ siècle et au
commencement du xviiiᵉ. Les œuvres de Koma Kouansaï,
maître de premier ordre, sont parmi les plus exquises
qu'ait produites l'art des laques. La perfection de ses aventurinés est célèbre ; ils sont d'une pureté, d'un éclat et
d'une égalité sans rivales. Il excellait dans les laques de ᴋᴏᴜᴀɴsᴀï.
demi-relief sur fond de vermillon. Son atelier, comme celui de
Shiounshio, a produit des élèves qui ont brillé pendant tout le
cours du xviiiᵉ siècle.

L'atelier des Kadjikava, de Yédo, dont l'origine remonte également à la fin du xviie siècle (un Kadjikava fut appelé à la cour des Tokougava par le quatrième Shiogoun, et attaché à sa personne), égala en réputation celui des Koma. Les Kadjikava se sont rendus célèbres par leurs *inrôs*[1]. Ce fut précisément le quatrième Shiogoun Yétsouna qui les mit en vogue : « Quand les daïmios venaient le saluer dans la salle de réception, celui-ci demandait à examiner les inrôs qu'ils portaient à leur ceinture. » (Note de M. Wakaï, communiquée par M. Burty.) Tout ce qui sortait de cet excellent atelier était d'une exécution irréprochable. Les intérieurs aventurinés des inrôs de Kadjikava, à grosses paillettes riches et vibrantes comme du sucre d'orge concassé, étaient très appréciés des connaisseurs. L'atelier de la famille Kiyokava jouissait aussi d'un grand renom.

INRÔ EN LAQUE D'OR INCRUSTÉ DE NACRE, PAR HANZAN.
(Collection de M. S. Bing.)

Les noms de laqueurs connus deviennent de plus en plus nombreux à mesure qu'on approche de la fin du xviiie siècle. Hôdzouï, Joka (ou Jokasaï, la particule *saï* devant être traduite par « maison de »), Horikoshi Masatsougou (qui a exécuté cette petite boîte en forme d'éventail, décorée d'une pivoine en relief, n° 4 de la planche IV

---

1. Les inrôs sont ces petites boîtes de ceinture, à un ou plusieurs compartiments s'emboîtant, que nous appelons boîtes à médecine ou boîtes de pharmacie, et qui, en réalité, sont surtout des boîtes à parfums. Il y a peu de séries d'objets où les Japonais aient répandu avec plus de profusion les trésors de leur invention décorative et qui par cela même soient plus intéressants.

des chromolithographies¹), Kouanshio (auteur du magnifique inrô aux six poètes, reproduit dans la même planche), Toshihidé, Tôyô, ont été des maîtres laqueurs très distingués. Ils nous amènent à Yoyousaï, qui ouvre avec éclat le XIXᵉ siècle et à Zeïshin, qui a été le dernier des laqueurs originaux.

梶 古 清
川 滿 川

KADJIKAVA.   KOMA.   KIYOKAVA.

Les laques avaient suivi l'évolution commune à toutes les formes de l'art. Ils sont allés du simple et du robuste au délicat et au compliqué, en passant par la perfection classique du XVIIᵉ siècle. Des mâles conceptions du temps de Yoshimasa, le goût est peu à peu descendu aux mièvreries féminines, aux

桃 觀 壽
葉 松 秀

TÔYÔ.   KOUANSHIO.   TOSHIHIDÉ.

raffinements quintessenciés de la fin du XVIIIᵉ siècle; adorables, j'en conviens, mais aussi différents de niveau que peuvent l'être chez nous un reliquaire du temps de saint Louis d'une pendule du temps de Louis XVI. Du reste, chaque époque a du bon et chaque chose a sa raison d'être. J'admire autant que personne les ravissants et fragiles chefs-d'œuvre qui sont sortis de la main de

羊 是
遊 真
齋

YOYOUSAÏ.   ZEÏSHIN.

fée des artistes japonais du XVIIIᵉ siècle. La préférence que j'ai manifestée, d'accord avec les Japonais, pour les travaux plus anciens n'a point eu pour but de diminuer leurs mérites.

1. Ce laque singulier imite le pisé et semble être mélangé de détritus de paille.

III

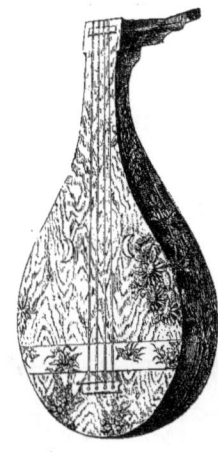

Il y aurait une curieuse histoire à faire, celle des collections de laques en Europe. Je ne puis que l'indiquer.

Du jour où ils y ont été connus, ces délicieux objets d'art ont éveillé la convoitise des collectionneurs. Ils étaient d'autant plus recherchés que leur trafic était entouré de difficultés plus grandes, l'exportation des laques étant formellement interdite par les lois japonaises. Si donc il en est venu quelques pièces avant la révolution de 1868, ce ne fut que par des voies clandestines ou par des échanges diplomatiques; alors même que le commerce en a été temporairement autorisé, cette licence ne s'est appliquée qu'à des qualités inférieures ou

courantes, jamais aux laques de prix. Du reste, les pièces les plus
ordinaires pouvaient passer pour merveilles aux yeux des Européens. Aujourd'hui encore, les laques de pacotille sont de beaux
laques pour ceux qui n'en ont pas vu d'autres.

De tout temps, les produits de cette industrie ont été si fort
estimés au Japon qu'ils ne paraissaient pas sur les marchés publics.
Ils passaient directement des mains des artistes laqueurs entre
celles des daïmios et des grands personnages. Les petites
pièces étaient précieusement enfermées dans des boîtes et placées
dans la partie la plus retirée de la maison, loin du regard profane
des étrangers. Elles ne sortaient à la lumière du jour que dans des
occasions solennelles et n'étaient touchées qu'avec un soin quasi religieux. C'est ce qui explique le prodigieux état de conservation de
laques vieux de plusieurs siècles. Gersaint, dans le Catalogue
Angran de Fonspertuis (1747), constate que les laques étaient encore
plus recherchés aux Indes qu'en Europe; que les Bataves, malgré
leur admission à Nagasaki, n'en voyaient presque jamais au Japon,
et qu'à peine en recevaient-ils quelques-uns comme marque d'estime de la part des hauts personnages du pays. Les membres de
la factorerie de Décima, au dire de Dubois de Jancigny, se voyaient
quelquefois offrir par leurs amis japonais des objets en laque,
mais seulement de deuxième qualité[1]. En 1664, onze navires venus
des Indes orientales en Hollande apportèrent environ quarante-cinq
mille pièces de porcelaine de Hizen et seulement cent une pièces
de laque; onze autres bateaux, partis de Batavia dans la même
année, contenaient seize mille cinq cent quatre-vingts pièces de porcelaine et seulement douze laques[2]. Thunberg[3] raconte qu'en 1776

1. Charles Ephrussi, *les Laques japonais au Trocadéro.*
2. Thévenot, *Rapport du directeur de la Compagnie des Indes orientales.* Voir aussi
le *Dictionnaire du commerce* de Savary des Bruslons, t. I⁰ʳ, p. 1222, et t. II, p. 1883.
3. Thunberg, *Voyage au Japon*, Paris, 1796.

Netzkés en bois, corail et métal ciselé; boîtes à parfums, boîtes de pharmacie et bouteille à saki,
en laque; boîte ronde en ivoire sculpté et incrusté de divers métaux

(Pièces de la collection de M. Louis Gonse)

on voulut vendre à l'ambassadeur un petit cabinet à tiroirs
« en vieux laque bien supérieur à celui qu'on fait aujourd'hui, tant
pour le vernis que pour l'uni des fleurs, qui étaient bien relevées
en bosse », et qu'on lui en demanda le prix exorbitant de
quatre cent vingt rixdales.

Dans ses recherches
sur les amateurs des xvi[e]
et xviie siècles, mon ami
M. Edmond Bonnaffé a
glané çà et là quelques indications intéressantes. Il
nous a obligeamment per-
mis de puiser dans ce petit
dossier qui pourrait être le

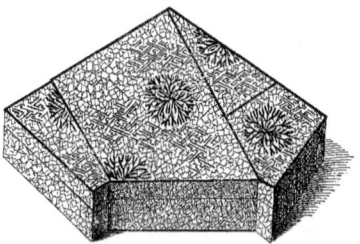

BOITE EN COQUILLE D'ŒUF, DÉCORÉE DE DESSINS EN LAQUE D'OR.
(Collection de Mme Louis Cahen.)

point de départ d'un chapitre très inédit de l'histoire de la curiosité.

La plus ancienne mention de « vernis de la Chine », ou « lachi-
nages », ainsi qu'on les appelait alors, se trouve dans l'*Inventaire
de Catherine de Médicis*[1], page 89, article 287, où il est fait état de
six « boestes » s'emboîtant l'une dans l'autre. Le cardinal de Maza-
rin, le surintendant Fouquet et Le Nôtre possédaient quelques
pièces de vernis de la Chine et du Japon, que Spon, dans ses
Recherches des antiquités, qualifiait de « fort rares ». On en trouve
même une mentionnée dans l'inventaire de Molière. Germain
Brice[2], en décrivant le Cabinet de M. Beauchamp, « fameux
maître à danser », parle avec admiration de ses « cabinets de
vernix du Japon ». Mme Louis Cahen possède quatre grands panneaux ou tableaux du commencement du xviie siècle, en cuivre
laqué, représentant des vues de Rome; ils avaient été commandés au Japon par les jésuites. Les collections de la Hol-

1. Publié par M. Edmond Bonnaffé.
2. *Description de Paris,* édition de 1698.

lande renferment encore quelques pièces qui proviennent des
arrivages du XVIIᵉ siècle. Ce sont, en général, de grands cabinets en laque de fabrication commune, enrichis de lourdes
montures en bronze doré; des objets d'usage faits à destination
d'Europe, et qui nous paraissent aujourd'hui absolument dénués
d'intérêt.

A mesure que l'on avance dans le XVIIIᵉ siècle, les amateurs
de laques deviennent plus nombreux. Mᵐᵉ de Pompadour achète
pour plus de 110,000 livres de vernis japonais. Après elle, la reine
Marie-Antoinette se passionne pour ces objets d'un charme tout
féminin et en amasse un ensemble considérable, une centaine environ, dont l'inventaire, dressé par les citoyens Daguerre et Ligne-
reux, dépositaires pendant la tourmente révolutionnaire, servit
de base aux revendications du Musée national[1]. Aujourd'hui,
les laques de Marie-Antoinette sont au Louvre, et nous pouvons, sans crainte de froisser aucun amour-propre, les ramener à
leur juste valeur. La collection se compose uniquement de petites
pièces d'étagère, et le choix des formes et des sujets témoigne du
goût délicat de celle qui l'a formée. Placée dans la pénombre des
vitrines du Louvre, protégée par une respectable poussière, elle
fait assez bonne figure, et, comme nous aimons en France les
opinions toutes faites, nous répétons de confiance que rien n'est
plus parfait en son genre que les laques de Marie-Antoinette. Je
les ai examinées avec la plus grande attention, et je regrette de
dire que si cette collection méritait sa réputation au XVIIIᵉ siècle,
alors que les points de comparaison faisaient défaut, il ne doit
plus en être ainsi aujourd'hui. Comme les laques des collections
Hamilton et Blandford, comme tous ceux en général des collections de cette époque, ce sont des produits de la fabrication cou-

1. Cet inventaire a été publié par M. Charles Ephrussi dans la *Gazette des Beaux-Arts*, t. XX, 2ᵉ période, p. 389 et suiv.

rante de Kioto et même de Nagasaki, des laques de seconde
qualité faits pour le commerce.

VASE EN LAQUE.

(D'après un dessin de la collection de M. Henri Bouilhet.)

Les formes, les décors sont charmants, parce qu'ils sont d'un
moment où l'art japonais était à l'apogée de l'élégance et du raffi-

nement; mais l'exécution et les tons d'or, sans éclat, sont, pour les trois quarts des pièces, des plus ordinaires. Les pièces fines sont l'exception; aucune n'est de premier ordre, aucune ne tiendrait à côté des laques livrés à la circulation par la révolution de 1868 et provenant des collections japonaises, à plus forte raison, à côté de quelques-unes des splendides merveilles des XVᵉ, XVIᵉ et XVIIᵉ siècles, venues en Europe pendant le cours de ces dernières années.

Parmi les amateurs plus modernes, on cite les noms de Morny et Montebello; mais leurs collections, aujourd'hui dispersées, ne peuvent se comparer avec les sept ou huit collections qui ont été formées à Paris depuis 1873, c'est-à-dire depuis le premier voyage des Sichel au Japon. Les beaux laques que ceux-ci rapportèrent

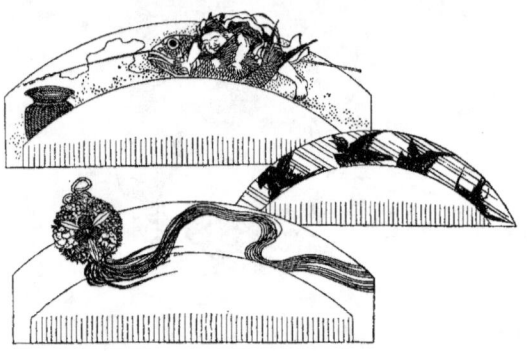

ÉTUDE DE PEIGNES EN LAQUE, D'APRÈS ISSAÏ.

à cette époque ont été pour une bonne part le noyau des collections de Paris et d'Amérique. Depuis, d'autres envois conte-

COUCHER DE SOLEIL DERRIÈRE UNE FORÊT DE PINS

Foukousa de la collection de M. Louis Gonse

BAMBOUS SOUS LA NEIGE

Foukousa de la collection de M. Louis Gonse

nant des pièces de premier ordre ont été faits par l'intermédiaire
de MM. Wakaï, Bing, de Vigan, de la Narde, etc., et par celui de
la Compagnie Kosho Kaïsha, qui a eu à un moment
entre les mains les plus beaux laques du monde.

Les collections les plus considérables par le
nombre des objets sont celles de New-York et de
Boston, mais je ne les connais que de réputation.
Celles de Londres ont peu d'importance. A Paris,
l'une des plus nombreuses et des mieux choisies
est celle de Mme Louis Cahen, qui a recommencé
d'une façon très supérieure l'œuvre de Marie-Antoinette. Un goût éclectique a présidé à la formation et à l'épuration de ce magnifique ensemble.
Toutes les époques et tous les styles, depuis le
xvie siècle, sont représentés chez Mme Cahen par des
spécimens exquis. Celle de M. de Goncourt est l'image
des goûts personnels de cet amoureux du xviiie siècle français.
Ses laques sont la contre-partie de ses Boucher, de ses Lancret
et de ses Pater; ils appartiennent pour la plupart aux écoles
de Kioto et à la seconde moitié du xviiie siècle. D'autres pen-
sées ont présidé à la formation de celle de M. Ph. Burty. Celui-ci
s'est surtout proposé de suivre dans les objets eux-mêmes l'histoire de cette industrie. Sa collection est des plus précieuses et
renferme des pièces très caractéristiques. J'ai formé la mienne
avec des préoccupations de même nature, et je me suis efforcé d'y
faire entrer au moins un spécimen de chacun des artistes qui ont
laissé un nom, et un exemple de chacun des principaux types de
fabrication. Les collections de MM. Alph. Hirsch et S. Bing offrent
quelques pièces de la plus rare beauté. Celle de M. Charles Ephrussi
est également d'une grande distinction. Mais, à mon avis, la collection qui réunit au plus haut degré les diverses conditions de

rareté, de choix irréprochable, de qualité et de variété que tout amateur doit avoir constamment en vue, est celle de M. Charles Haviland. Je la trouve vraiment admirable. Il y en a sans doute de plus nombreuses, peut-être de plus instructives au point de vue de l'histoire, il n'en est pas qui soit épurée avec un tact plus parfait. C'est une collection modèle; elle enchante les yeux européens et satisfait aux exigences raisonnées du goût japonais.

CHAPITRE VIII

———

LES TISSUS

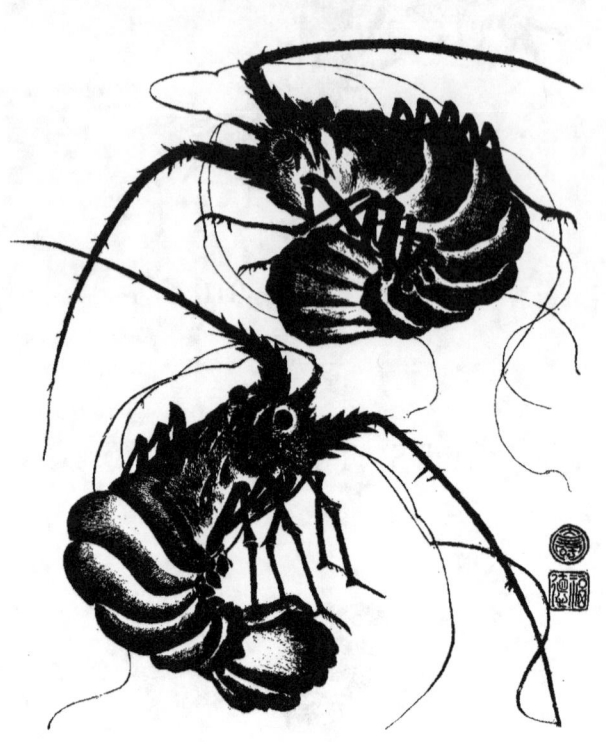

LES ÉTOFFES. — LES TAPISSERIES. — LES BRODERIES.

Le tissage des soies est depuis bien longtemps une des gloires de l'indus-trie japonaise. On conçoit le rôle qu'ont joué les étoffes de soie chez un peuple qui a toujours eu la passion des vête-ments somptueux et dans un pays où la matière première est abondante et de qualité supérieure. Dès le XVIe siècle la renommée des soieries japonaises était venue jusqu'en Europe. Des robes de cour étaient au nombre des présents apportés par la grande ambassade de 1584. A cette époque, le Japon n'avait plus rien à apprendre dans l'art du tissage; il était en pleine possession des moyens techniques.

Il n'est pas douteux que les procédés de fabrication n'aient été importés de la Chine; c'est peut-être dans cette branche de métier que l'influence primordiale des Célestes est le plus incontestable. A l'ancienne cour, pendant la période qui précède l'avènement de Yoritomo, il était même de mode de porter des étoffes chinoises.

De tout temps la ville de Kioto a été le centre de cette industrie,

que les auteurs japonais s'accordent à regarder comme étant déjà
très florissante au XIIIᵉ siècle. Les amateurs conservent avec un soin
religieux les moindres fragments appartenant à ces époques reculées. Toutes les étoffes anciennes sont, d'ailleurs, des plus rares
et des plus recherchées au Japon. On les garde comme un témoignage d'autant plus précieux du génie artistique de la nation que
leur nature même les a exposées à des chances plus nombreuses
de destruction. La collection la plus célèbre et la plus précieuse
du Japon est celle des princes de Kaga. Elle a été en grande partie
formée par le premier prince de Kaga, Maéda Toshiyé. Le trésor
de cette puissante famille est, du reste, la plus riche collection
privée qui existe encore aujourd'hui. Les étoffes furent exposées, il
y a quelques années, au moment de l'inauguration du monument
élevé à la mémoire de Toshiyé.

M. Bing, lors de son voyage au Japon, a recueilli à grands
frais une série très intéressante de morceaux d'étoffes remontant
jusqu'au XIVᵉ siècle. Ce sont pour la plupart des fragments de robes
de cour. J'ai dit précédemment que les fourreaux de sabre, les
encadrements de kakémonos et les enveloppes de masques ou de
boîtes de laque nous fournissaient bien souvent de précieux échantillons des plus anciens tissus.

Le luxe de l'aristocratie était extrême, et le luxe par excellence
était celui des robes de soie. Pendant la féodalité, les plus belles
étaient celles des hommes. Soit unies, soit ornées de dessins, elles
affectaient des formes magnifiques, à longs plis un peu raides, à
cassures épaisses. Les ceintures rivalisaient de splendeur avec
elles. A partir du XVIIᵉ siècle, les robes des femmes deviennent
les plus riches et les plus ornées.

Des règlements sévères fixaient la coupe des vêtements de
toutes les classes et de tous les rangs. Jusqu'à la révolution, les
lois d'une étiquette rigide ont déterminé à la cour impériale ou

Grav. imp. par Gillot

CARPE REMONTANT LE COURANT

Foukousa de la collection de M. Alphonse Hirsch

GRUE VOLANT AU-DESSUS DE LA MER

Foukousa de la collection de M. Louis Gonse

ROBE DE LA COUR DES HÔJÔ (XIVᵉ SIÈCLE).

(Collection de M. Louis Gonse.)

shiogounale et dans les cours princières la forme et même la couleur du costume. Tout était prévu jusque dans les plus minutieux
détails. Un Japonais instruit reconnaît facilement l'âge et la prove-

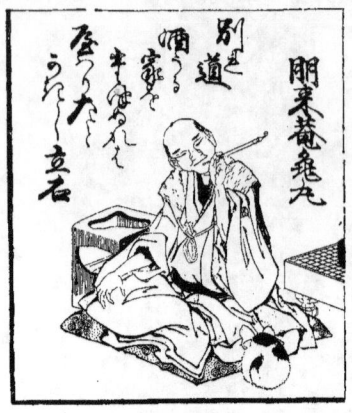

PORTE JAPONAIS.
(D'après Hokkei.)

nance d'une ancienne robe
de cérémonie au seul exa-
men de son décor et de ses
couleurs.

Nous reproduisons ici
une robe de soie brochée
et damassée rouge et blanche, semée des armoiries
de chrysanthème. Elle provient, ainsi que l'indique le
mi-parti des deux tons, de
la cour des Hôjô et date du
milieu du XIVe siècle. Cette
pièce d'un goût simple et
sévère témoigne du haut
degré de perfection auquel

était déjà parvenu le tissage des soies. Les fragments recueillis par
M. Bing et la série de robes de cour que j'ai réunie moi-même nous
permettent de suivre les progrès du décor artistique. Les dessins,
brochés en or ou en couleurs dans la trame, affectent d'abord un
caractère régulier et géométrique; ce sont des signes héraldiques,
des grecques, des rosaces, des palmettes, des entrelacs, presque
toujours de petite dimension. Au XVe siècle le style s'élargit. L'influence venue de la Perse apparaît dans les étoffes plus encore que
dans toute autre branche de l'art, les arabesques et les rinceaux à
base florale apportent leurs motifs élégants. Nous citerons, comme
exemple, l'encadrement à œillets et à palmettes des grues de Sôjô
que nous avons reproduites en héliogravure dans le premier volume.

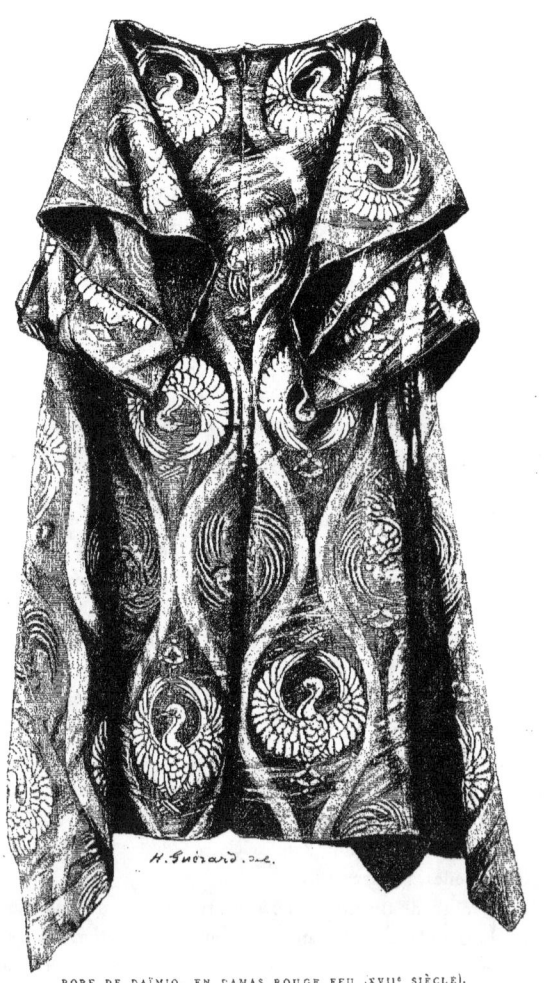

ROBE DE DAÏMIO, EN DAMAS ROUGE FEU (XVIIe SIÈCLE).

(Collection de M. Louis Gonse.)

Au xvi° siècle, les dessins prennent plus d'ampleur et deviennent purement japonais. Je possède une grande robe de Shiogoun, décorée des armoiries de Kiri sur fond bleu ciel et rose, lamé d'or, qui montre bien les goûts luxueux de cette époque; les motifs sont brochés après coup. Une robe de femme de la cour de Kioto est en gros grain broché de pivoines roses et violettes et de papillons. Le décor, dans le goût de Tosa, est d'une harmonie somptueuse.

Mais c'est au xvii° siècle, à la cour de Yédo, que le costume atteint son apogée de faste et de noblesse. Les procédés du tissage ont réalisé tous leurs progrès. Pour moi, l'époque de Yémitsou est le plus beau moment de l'industrie des soies. Nous reproduisons ici, comme spécimens de cette époque brillante, une robe de daïmio en damas rouge feu, décorée de grues symboliques, et deux ceintures dont l'une, en velours épinglé, peut lutter avec les plus beaux velours de Gênes du commencement du xvii° siècle.

Le xviii° siècle a semé ses grâces sur le décor des étoffes. Le raffinement des dessins devient excessif; les crêpes, les soies légères sont préférés aux soies épaisses. L'intervention des peintres de l'école vulgaire transforme le décor des tissus. Nous avons vu Moronobou, puis Soukénobou et Goshin fournir des modèles aux ateliers de Kioto; plus tard ce seront Toyokouni et Hokousaï lui-même. La fantaisie, la richesse, l'élégance, surtout dans le costume des femmes, sont portées à un point inouï. Il suffit de feuilleter les grands livres d'images de l'école de Katsoukava, qui sont comme le répertoire du costume de cette époque, pour voir jusqu'où en était arrivé, à la fin du xviii° siècle, le goût effréné des femmes pour les étoffes de luxe.

Les robes de théâtre, d'une exécution toujours beaucoup plus grossière, sont le reflet de cette exubérance d'invention. On y voit de véritables tableaux : des paysages, des rivières, des animaux de toutes sortes, des poissons, des crustacés, des araignées gigantesques, des canards voguant au fil de l'eau, des nuées de libellules,

FRAGMENT DE CEINTURE EN BROCART VIOLET (XVIIᵉ SIÈCLE).

(Collection de M. Louis Gonse.)

des vols de grues, des couchers de soleil, des effets de neige et de

pluie, toute la flore du Japon; les estompages et les dégradations
du clair-obscur y luttent avec les éclats tapageurs de la lumière; les
tons les plus rares, les plus imprévus, les nuances les plus invrai-
semblables, les harmonies les plus capiteuses jouent sur la palette

FEMME JAPONAISE FAISANT SA TOILETTE.

(D'après une gravure de Kihô.)

du brodeur comme sur celle d'un aquarelliste. C'est un feu d'artifice
éblouissant.

Dans toutes ces étoffes, depuis les austères brocarts de cour du
moyen âge jusqu'aux brochages à bon marché dessinés par Hokousaï
pour les élégantes du Yoshivara, c'est la couleur qui est l'élément
principal. On ne saurait assez admirer avec quel heureux instinct
les Japonais ont compris le rôle du vêtement, son décor, son dessin,

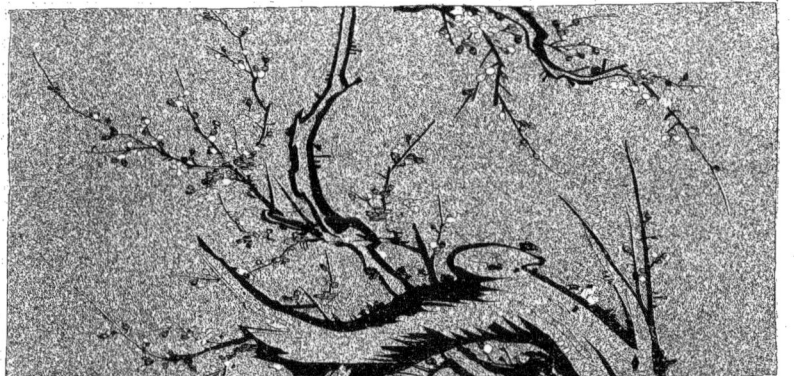

sa forme, dans l'air, dans la lumière, dans le cadre de la vie. Ici,

DANSEUSE EN COSTUME DE COUR.
(D'après une gravure de Hanzan.)

plus qu'ailleurs encore, ils sont les premiers coloristes du monde.

Une branche importante du tissage des soies a été la tapisserie.
Ainsi que me le faisait remarquer M. Alfred Darcel, il ne s'agit

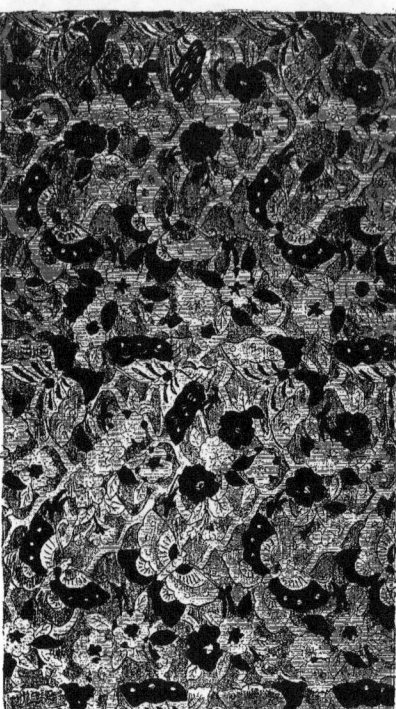

pas d'un tissu présen-
tant plus ou moins
d'analogie avec nos
tapisseries européen-
nes, mais bien d'un
véritable point des Go-
belins, d'une exécu-
tion très soignée. Les
procédés en ont-ils été
importés par les Por-
tugais ou par les Hol-
landais? Je n'ai pu
avoir de renseigne-
ments précis à cet
égard. Les Japonais
m'ont affirmé que l'ori-
gine de ces tapisseries
était chinoise. Tout ce
que je sais, c'est qu'on
en fabriquait déjà à
Kioto à la fin du
XVIᵉ siècle. Taïko Sama
fit exécuter pour Maé-
da Toshiyé un grand
panneau de tapisseries
que le prince de Kaga

FRAGMENT DE CEINTURE EN VELOURS ÉPINGLÉ (TRAVAIL DU XVIIᵉ SIÈCLE).
(Collection de M. Louis Gonse.)

possède encore aujourd'hui. M. le comte de Monbel m'a affirmé
avoir vu au Japon, soit dans les temples, soit entre les mains de
quelques particuliers, des tapisseries européennes du XVIIᵉ siècle.

La production des ateliers de Kioto a, du reste, été fort res·
treinte; les spécimens de cette industrie sont des plus rares et à

peine connus en Europe.
Je reproduis ici en cou-
leur quelques pièces d'ancienne tapisserie. Le dé-
cor en est purement
japonais, sans aucune
trace de l'influence étrangère. Le panneau du mi-
lieu, un tronc de pru-
nier fleuri sur fond d'or,
datée de la fin du xvie siècle ou au plus tard du
commencement du xviie.
Les quatre carrés à fond
bleu sont du xviiie. Ces
diverses pièces se distinguent par un coloris doux
et fondu d'une délica-
tesse charmante.

Mais c'est par les
travaux de broderie que
les artistes de Kioto ont
mérité leur renommée
sans rivale. Tout le monde
connaît aujourd'hui les
foukousas[1] japonais, ces

FRAGMENT DE CEINTURE EN SOIE BROCHÉE AUX ARMES DES TOKOUGAVA
(xviiie siècle).
(Collection de M. Louis Gonse.)

tableaux de soie adorables, chatoyants, où la perfection de l'exé-

1. J'ai déjà dit que le *foukousa* est un carré d'étoffe, plus ou moins riche suivant le
rang et la fortune des personnes, qui sert à envelopper le présent que l'on veut faire

cution tient du miracle, où le goût suprême du décor est rehaussé
par les plus merveilleuses ressources du coloris. Il est presque

COSTUME D'IMPÉRATRICE.
(D'après un dessin de Gakouteï.)

superflu d'en faire
l'éloge. Parmi toutes
les manifestations de
l'art japonais, les bro-
deries sont les plus
populaires en Europe.
Du moment où ces
fragiles trésors ont
apparu chez les mar-
chands spéciaux, ils
ont été l'objet d'un
engouement presque
excessif. Les vrais ama-
teurs les ont encadrés
avec le même soin que
des peintures de prix;
beaucoup de ces bro-
deries ont malheureu-
sement servi à con-
fectionner des cous-
sins et des écrans et

ont été ainsi vouées à une destruction certaine. La source en est
tarie. Il ne vient plus que des produits modernes dont la richesse
ne compense pas la médiocrité décorative.

Les foukousas étaient, avec les robes, le fond même du trous-
seau des femmes de l'aristocratie japonaise. On en brodait déjà de
fort remarquables au XVIIe siècle. La grue volant au-dessus de la mer,

agréer, la missive que l'on adresse dans une petite boîte de laque. Bien entendu, le
foukousa est retourné à l'envoyeur. C'est l'accusé de réception.

Grav. imp. par Gillot

GRUES ET BAMBOUS, FOUKOUSAS, APPARTENANT A M. DE NITTIS

sur fond rouge, que nous reproduisons ici en couleurs, est un
exemple précieux de ces anciens travaux. Le dessin est de Youhô
et rappelle le style de Tanyu. On y voit un premier emploi de ces
éclaboussures de poudre d'or, que les artistes modernes ont cherché tant bien que mal à imiter. Un autre de même époque est
plus remarquable encore; il représente une forêt de branches de

FRAGMENT D'ÉTOFFE, TRAVAIL DU XVIII° SIÈCLE, DANS LE STYLE DE KÔRIN.
(Collection de M. S. Bing.)

pin en or se détachant sur le disque du soleil, réservé sur un
fond rouge feu couvert de nuages d'or. Il serait difficile d'imaginer un motif d'un effet plus poétiquement étrange et plus gran-
diose, un plus beau ton d'or. Le génie des décorateurs japonais
apparaît là dans toute sa splendeur.

Les plus parfaits foukousas appartiennent à la seconde moitié
du XVIII° siècle.

Je n'ai pas à décrire l'exécution de ces travaux de soie. Il faut
les voir, les tenir à la main pour apprécier tout ce qu'ils ont de
surprenant. Les fleurs, les oiseaux, les poissons y sont brodés au

naturel avec une illusion de vérité extraordinaire. Les reflets et les
jeux de la lumière sur le plumage, le scintillement des écailles

dans l'onde, la fraîcheur mouillée des
plantes sont rendues comme au pinceau.
La qualité supérieure, unique, de ces
tableaux de soie, c'est d'être une chose
tissée, exécutée point par point, avec
toute la minutie de la broderie au métier, et de conserver l'aspect libre de
l'esquisse peinte, tenant en même temps
d'une manière intime au grand art du
dessin, luttant avec lui et le surpassant
dans le rendu des effets pittoresques.

Le foukousa japonais, mis sous
verre et encadré, est le plus somptueux
ornement que puisse faire entrer dans
son intérieur le raffinement d'un délicat.

Les fonds jouent un rôle capital
dans le charme de ces broderies. Les
Japonais y ont essayé les nuances les
plus rares. Il faudrait créer un vocabu-
laire spécial pour les désigner. Les termes de rose turc, de vert poireau ou
bouteille, de jaune citron, maïs ou feuille
morte, de bleu céleste, de blanc crème,

TEINTURIERS JAPONAIS.
(D'après Hokousaï.)

de gris d'argent, de rouge feu, de violet

aubergine, y ajoutât-on tous les néologismes de nos couturières
en vogue, seraient insuffisants. Il y a des tons qui n'appartiennent
qu'aux foukousas et que notre teinturerie européenne n'a jamais
connus.

Avant d'être brodée, la composition du dessin était tracée au pinceau sur la soie même, et les rares signatures que l'on rencontre sont celles des artistes peintres. Cette coutume explique que certains foukousas soient l'œuvre des maîtres célèbres. J'en possède un qui porte la signature de Tanyu; un autre est de Kôrin et un

FOUKOUSA.

(Collection de M. Alph. Hirsch.)

autre pourrait être attribué à Shiountshio ou à la jeunesse de Hokousaï; les grues sur fond rose pêche, appartenant à M. de Nittis et reproduites ici en couleurs, sont signées : Kôtokou. Le brodeur n'est qu'un artisan, un copiste d'une incomparable adresse.

La plus nombreuse collection qui ait été formée est celle de M. de Nittis. En concentrant ses efforts sur cette série unique, ce

dilettante raffiné de l'art japonais est parvenu à réunir plus de cinquante carrés brodés, d'une qualité très artistique. Les collections de
Paris renferment, d'ailleurs, les plus beaux foukousas du monde;
au dire de M. Wakaï, il n'en existerait plus au Japon qui puissent
rivaliser avec quelques-uns d'entre eux. On cite, parmi les pièces
monumentales, la grande carpe remontant le fil de l'eau, sur fond
brun, et les paons sur fond rose thé, appartenant à M. Alph.
Hirsch. Les langoustes brodées en noir sur fond de satin blanc que
nous reproduisons plus haut datent, comme celles-ci, de la seconde
moitié du XVIII° siècle. J'y admire surtout la grandeur de l'esquisse
à l'encre de Chine que le brodeur a rendue dans toute son énergie.

Les foukousas du XIX° siècle se font surtout admirer par le fini
de l'exécution. Les fameux pigeons de M. de Goncourt, qui appartiennent à cette époque, sont le dernier mot du trompe-l'œil
pictural.

CHAPITRE IX

LA CÉRAMIQUE

PAR

M. S. BING

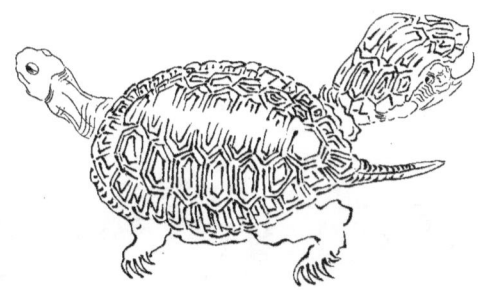

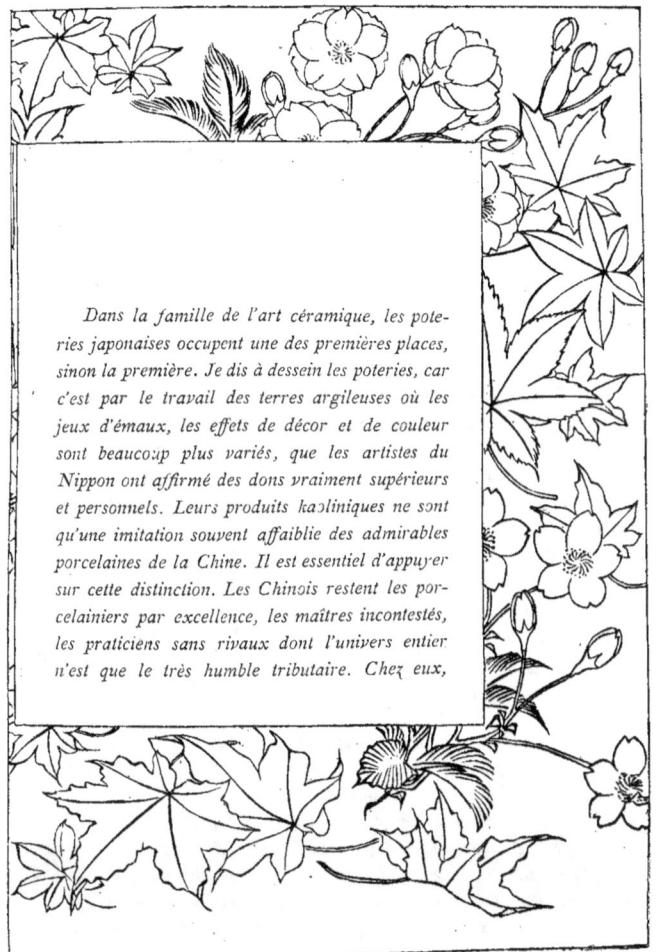

Dans la famille de l'art céramique, les poteries japonaises occupent une des premières places,
sinon la première. Je dis à dessein les poteries, car
c'est par le travail des terres argileuses où les
jeux d'émaux, les effets de décor et de couleur
sont beaucoup plus variés, que les artistes du
Nippon ont affirmé des dons vraiment supérieurs
et personnels. Leurs produits kaoliniques ne sont
qu'une imitation souvent affaiblie des admirables
porcelaines de la Chine. Il est essentiel d'appuyer
sur cette distinction. Les Chinois restent les por-
celainiers par excellence, les maîtres incontestés,
les praticiens sans rivaux dont l'univers entier
n'est que le très humble tributaire. Chez eux,

le décor le cède souvent à la beauté des matières, à l'excellence de l'exécution,
à la pureté des couvertes. Chez les Japonais, au contraire, il est toujours le
but dominant; l'enveloppe et la parure céramiques, la splendeur et la
transparence des émaux sont avant tout l'objet de leurs préoccupations; la
qualité des matières ne vient que par surcroît et secondairement, non pas
qu'ils n'estiment comme elles le méritent les réussites de fabrication, mais
parce qu'ils n'y sacrifient pas les jouissances d'un ordre plus artistique. Avec
leur instinct merveilleux des lois esthétiques, les Japonais ont compris que la
poterie, par ses formes, ses moyens, ses procédés infinis, était le champ où
devaient se déployer leur invention, leur fantaisie.

J'aime passionnément l'art céramique, qu'il vienne de Grèce, de Sicile,
de Perse, d'Italie ou de France; je l'aime pour lui-même, mais il faut qu'il
réponde à des conditions indispensables de logique et de sincérité. Or, je
puis l'avouer, aucune des manifestations de cet art ne m'a donné des jouissances comparables à celles que j'ai éprouvées dans l'intimité pleine de révé-
lations de l'art japonais. Je place au-dessus de tout certains chefs-d'œuvre
de Kioto, de Koutani ou de Satsouma, certaines pièces de Ninsei et de
Kenzan.

Jusqu'à ces derniers temps, la véritable céramique du Japon, celle que
j'appellerai volontiers la céramique nationale, était restée lettre close pour les
Européens, et aujourd'hui encore c'est à peine si quelques rayons ont percé
l'obscurité où notre ignorance marchait à tâtons. Nous ne connaissons, de la
céramique japonaise, sous la dénomination empirique de « vieilles qualités du
Japon », que ce qui précisément avait été fait à destination d'Europe, pour le
trafic courant des Hollandais et souvent sur des dessins fournis par eux. Des
centres de l'industrie céramique c'étaient les moins intéressants, les moins
appréciés par les indigènes, et, disons-le, les moins dignes de leurs préfé-
rences, que nous avions été à même de juger.

L'étude des questions céramiques est à l'ordre du jour. L'art du Japon
s'impose bon gré mal gré à notre attention et nous offre un champ à peu près
inexploré. Mais il y a des montagnes de préjugés à détruire, et il m'a paru
que le concours d'un homme ayant étudié spécialement et longuement la matière était d'une importance capitale pour l'intérêt même de l'ouvrage que
j'avais entrepris.

JAPONAIS AU MILIEU D'UNE BOURRASQUE.

(D'après une gravure en couleurs de Hiroshighé.)

Mon ami M. S. Bing s'est voué depuis plusieurs années à l'étude de ce sujet inédit. Il l'a poursuivie en Europe, au Japon, où il a interrogé avec persévérance les hommes spéciaux, mis face à face les textes et les traditions ; il l'a poussée aussi loin que le permettaient les sources actuellement connues. Je ne pouvais donc mieux faire que de m'adresser à lui. C'est le résumé de ses recherches que j'ai le plaisir de présenter ici au public. J'ajouterai que M. Bing a mis à profit, pour la rédaction de son travail, les témoignages les plus divers et les plus nombreux. Après avoir compulsé avec le plus grand soin la magnifique collection céramique qu'il avait formée, à un point de vue à la fois historique et artistique, pendant son séjour au Japon, il a fait appel au savoir des hommes les plus érudits en ces matières, et notamment de MM. Ninagava et Wakaï. Le premier a mis à son service ses connaissances approfondies des époques primitives, le second son expérience des produits plus modernes.

Maintes fois, au cours de mes recherches, je me suis trouvé en contact avec quelque point de l'histoire céramique, et je dois dire que tout ce que j'ai recueilli de mon côté est en parfait accord avec les conclusions de M. Bing.

L. G.

I

LES PÉRIODES RUDIMENTAIRES. — PREMIÈRE APPARITION DES POTERIES CORÉENNES AU JAPON. — GHIOGHI. — LE TRÉSOR DE SHIODZOUIN. — PREMIÈRE APPLICATION DE L'ÉMAIL. — TOSHIRO. — LE KO-SETO. — YOSHIMASA. — SHONSOUI. — LA GRANDE EXPÉDITION CORÉENNE.

LORSQUE nous interrogeons les auteurs japonais sur la naissance de l'art céramique dans leur pays, nous rencontrons tout d'abord cette explication « que les origines de la poterie remontent jusque dans la nuit des temps ». Cette réponse facile a le défaut de ne nous rien apprendre, car, en fait, il n'est pas de peuple qui ne se soit livré dès le berceau à la confection d'ustensiles en terre durcie au feu[1]. Aussi nous

1. Les fouilles d'Omori, dont M. le professeur Morse, de Boston, a publié les résultats, ont fourni les preuves de l'abondance des poteries aux âges préhistoriques du Japon. Ces pièces, qui étaient mêlées à des pierres polies et à des silex taillés, présentent les plus

dispenserons-nous volontiers de suivre les archéologues indigènes
dans leurs déductions lorsqu'ils fouillent avec une sincérité con-
sciencieuse leurs annales les plus reculées pour fournir la preuve
que le mot *vase* figure dans le compte rendu de telle fête religieuse
célébrée il y a quelque deux ou trois mille ans.

Nous ne nous intéresserons véritablement à la céramique du
Japon qu'à partir du jour où elle vient occuper une place, si
modeste qu'elle soit d'abord, dans la famille de l'art universel.
L'époque qui doit marquer le point de départ de notre étude est
donc celle où les contours des vases s'harmonisent, où les formes,
sans être encore régulières, commencent à s'équilibrer, où des
ornements apparaissent gravés dans la pâte et où les productions
acquièrent enfin une solidité proportionnée aux soins nouveaux
qui leur ont été prodigués.

A quelle époque cette transformation s'est-elle opérée? Sous
quels aspects et sous l'influence de quelles circonstances le sentiment de l'esthétique est-il arrivé à s'imposer?

Ce sont les vents soufflant du grand continent asiatique qui
devaient apporter à la terre du Japon ces atomes d'une culture
plus perfectionnée. Les premiers rapports que les Japonais
devaient entretenir au dehors furent noués avec leurs voisins les
plus directs, les habitants de la vaste péninsule coréenne qui, à cette
époque et sous la dénomination générale de *Sankan,* se divisait
en trois empires principaux, savoir : *Shiraki, Koudara* et *Koma.*

Les poteries de Shiraki pénétrèrent les premières au Japon
il y a environ deux mille ans et servirent de modèles à un grand
nombre de productions indigènes. Il serait aujourd'hui difficile de

_complètes analogies avec celles que l'on a découvertes dans le bassin méditerranéen.
M. Morse, dont nous avons été à même d'apprécier le savoir et l'obligeance, s'est
occupé comme nous de l'étude des problèmes que présente l'histoire de la céramique japonaise. Nous souhaitons vivement qu'il publie le fruit de ses savantes recherches._

porter un jugement exact sur la valeur des importations
coréennes ; toujours est-il que pendant longtemps encore la fabrication japonaise se maintint dans un état embryonnaire. Aucun
type de cette époque reculée n'est, à vrai dire, parvenu jusqu'à
nous pour témoigner de ces faits ; mais, parmi les pièces que
nous possédons, il en est de provenance très postérieure qui
continuent à offrir le caractère le plus primitif, tant sous le rapport de la composition des matières employées que sous celui
des formes et de la main-d'œuvre.

Bientôt cependant, les Coréens, non contents d'avoir fourni
des types, devaient venir eux-mêmes enseigner à leurs voisins
l'art de produire des objets similaires.

Sous l'empereur Souijin, dont le règne correspond à l'avènement de l'ère chrétienne, un prince de la famille royale de Shiraki,
vint se faire naturaliser au Japon ; il avait amené à sa suite
d'habiles céramistes, et autour de la petite colonie naissante
qui s'était fixée dans la province d'Omi se groupèrent bientôt un
certain nombre d'émules recrutés dans les contrées environnantes.
De nouveau nous nous trouvons malheureusement en face d'un
manque absolu de spécimens concernant cette période, dont seuls
les textes japonais relatent l'histoire. Les poteries d'alors nous sont
dépeintes comme offrant à leur surface un mélange de gris, de
rouge et de noir sans délimitation précise, et comme étant ornées
de lignes irrégulièrement creusées dans la matière. Encore con-
vient-il de se tenir en garde contre ces témoignages s'appuyant
sur le caractère inhérent à un certain nombre de spécimens
trouvés, il est vrai, dans les tombeaux impériaux du temps, mais
qui pourraient néanmoins provenir d'une fabrication plus
récente. Il paraît en effet avéré que des objets précieux ou sacrés
ont été fréquemment déposés au fond d'antiques caveaux pour
être consacrés aux mânes d'ancêtres depuis longtemps disparus. Ce

qu'on peut toutefois affirmer avec quelque certitude, c'est que dès cette époque une poterie dure et résistante était venue remplacer les ébauches de terre jusqu'alors dégourdies seulement à la chaleur d'un feu peu intense.

Deux siècles plus tard, de grands faits historiques mettant en mouvement toutes les forces vives du Japon amenèrent enfin une ère de progrès décisifs.

C'était en l'an 201 après Jésus-Christ. La régente Zingou Kouogo, veuve du quatorzième empereur, avait envahi et asservi toute la péninsule coréenne. Par un phénomène qui n'est pas sans exemple, le vainqueur allait subir l'influence civilisatrice de la nation paisible et cultivée qu'il venait de subjuguer par les armes et, tandis que la conquête devait se borner à une durée éphémère, son effet rétroactif allait se perpétuer au profit du développement intellectuel des envahisseurs.

L'industrie céramique devait en première ligne recueillir les fruits de ces événements, car des fours à poterie ne tardèrent pas à s'élever en tous lieux [1]. Au ve siècle, nous trouvons des poteries installées dans les provinces de *Yamashiro, Icé, Tamba, Setsou, Tadjima, Inaba*, où des concours étaient ouverts par le vingt et unième empereur pour la confection des vases destinés à recevoir les offrandes sacrées. Néanmoins ce ne fut que vers la fin du viie siècle que le développement se poursuivit d'une manière systématique. Le souverain d'alors, quarante-

---

1. Ces fours, à l'inverse des systèmes employés de nos jours, étaient de construction basse et tout en longueur, ainsi qu'en témoigne encore un antique spécimen récemment découvert dans l'île de Tsoushima et ce même mode de cuisson est encore en usage à Imbé, principal centre de fabrication de la province de Bizen.

Il se raconte que la cuisson se prolongeait pendant une dizaine de jours et qu'elle était suivie d'une fumigation opérée au moyen d'aiguilles de pin. On explique ainsi que les produits obtenus offraient à l'intérieur le ton rouge de la terre dans sa couleur primitive, tandis que la surface extérieure était teintée de noir.

deuxième de la dynastie, institua une administration spéciale
destinée à prendre la fabrication sous son patronage et à l'en-
courager par tous les moyens. Cette impulsion venue d'en haut
n'aurait pas été suffisante peut-être pour amener un résultat défi-
nitif, si le mouvement n'avait été puissamment secondé par des ini-

POTERIE DE GHIOGHI (GHIOGHI-YAKI).
(Collection de M. S. Bing.)

tiatives privées, mille fois plus efficaces que la volonté officielle.

Une individualité marquante se détache surtout du nombre des
propagateurs de l'art nouveau et son nom a été transmis de génération en génération comme celui d'un bienfaiteur de l'humanité.

Ghioghi, prêtre bouddhiste, s'était fait en quelque sorte l'apôtre
de toutes les idées de progrès; se transportant de ville en ville,
partout prêchant, enseignant en tous lieux, construisant des ponts,
élevant des digues, il porta la civilisation jusque dans les centres
les plus reculés.

La céramique avait été l'objet favori de ses enseignements, et c'est avec passion qu'il s'était livré à l'étude de cet art. L'invention du tour chez les Japonais qui, suivant eux, daterait de 712 ou 720, est attribuée à Ghioghi dont la personnalité s'est à ce point identifiée avec les productions de cette période, que toutes les poteries de son temps ont hérité du nom de *Ghioghi-Yaki*.

Ghioghi appartenait à une famille issue des rois de Koudara en Corée. Il se consacra à la vie religieuse dès l'âge de vingt-quatre ans et fut le fondateur du temple de Todaïji, à Nara, qui est d'un grand intérêt au point de vue de nos recherches. Cette construction se termina en 752 (trois ans après la mort de Ghioghi) et la sainteté du lieu fut rehaussée par l'accumulation d'un grand nombre d'objets précieux ayant appartenu à l'empereur : armes, trophées, instruments de musique, et surtout de nombreux ustensiles en poterie. Nous devons à cette réunion d'objets si divers, qui reçut le nom de *Trésor de Shiodzouin*[1], la préservation des documents les plus précieux pour l'histoire de l'art au Japon.

Reposant sous la sauvegarde du saint lieu, le trésor a été protégé à travers les âges contre toutes vicissitudes. Il faut reconnaître aussi que les plus minutieuses précautions n'ont cessé d'être le souci des générations qui se sont suivies. Pendant plus de dix siècles, ces reliques sont restées murées dans le monument auquel elles ont été dédiées, et tous les soixante ans on les a exhumées pour vérifier leur état de conservation en même temps qu'on procédait aux réparations de l'édifice.

C'est en 1875 qu'eut lieu la visite la plus récente : cinq commissaires furent envoyés sur les lieux, et ils n'eurent garde de laisser échapper cette occasion de satisfaire la curiosité qu'éveille à notre époque toute rencontre de quelque témoin vénérable du

1. Il a été question de l'antique trésor des empereurs de Nara aux chapitres Architecture, Sculpture et Laques du présent ouvrage.

RÉUNION DE THÉ DANS UN JARDIN.

(Gravure tirée du « Yédo Meïsho ».)

passé[1]. Une partie des vases renfermés dans l'édifice paraissent cependant être de provenances étrangères, et notamment toutes les pièces revêtues de couverte, le procédé de l'émaillage étant resté inconnu au Japon jusqu'au commencement du ix° siècle. C'est en effet seulement à partir de cette époque que ce perfectionne- ment put être appliqué, et encore dût-on recourir à des matières premières empruntées à la Chine pour obtenir un résultat satis- faisant. Dans ces conditions la production des poteries émaillées était forcément restreinte et l'on dut se borner à en fournir la cour et les temples. Toutes les pièces de cette fabrication appar- tiennent à la famille dite *Seïdji*, dénomination japonaise qui désigne la couverte épaisse d'un vert neutre à laquelle nous avons donné le nom de *céladon*.

Pour la première fois nous venons de voir entrer en ligne un élément chinois. Depuis un certain temps, en effet, le Japon avait élargi le cercle de ses relations extérieures et s'était mis en contact avec le puissant empire du Milieu. Ces premiers rapports ne devaient cependant pas être de longue durée, car la Chine fut livrée vers cette époque à des luttes intestines qui l'ébranlèrent jusque dans ses assises; une longue interruption dans les relations des deux pays s'ensuivit, et l'industrie japonaise fut subitement privée des res- sources qu'elle tirait de la Chine. Le mouvement de propagation n'en continua pas moins sa marche ascendante, et, vers l'an 1000 il s'était étendu aux provinces d'*Owari, Bizen, Mikava, Tshikouzen, Idzoumi, Avadji, Nagato, Mino, Harima* et *Sanouki;* mais le secret des procédés d'émaillage paraissait momentanément perdu, et il y eut un long arrêt dans la voie du progrès.

1. L'auteur de ces notes eut la bonne fortune, durant son séjour au Japon, de pouvoir se mettre en contact avec le plus érudit de ces cinq délégués officiels, *Ninagava Noritané*, décédé depuis, mais dont le nom restera attaché à un ouvrage important ayant trait à ces matières, et reproduisant plusieurs pièces du trésor de Todaïji.

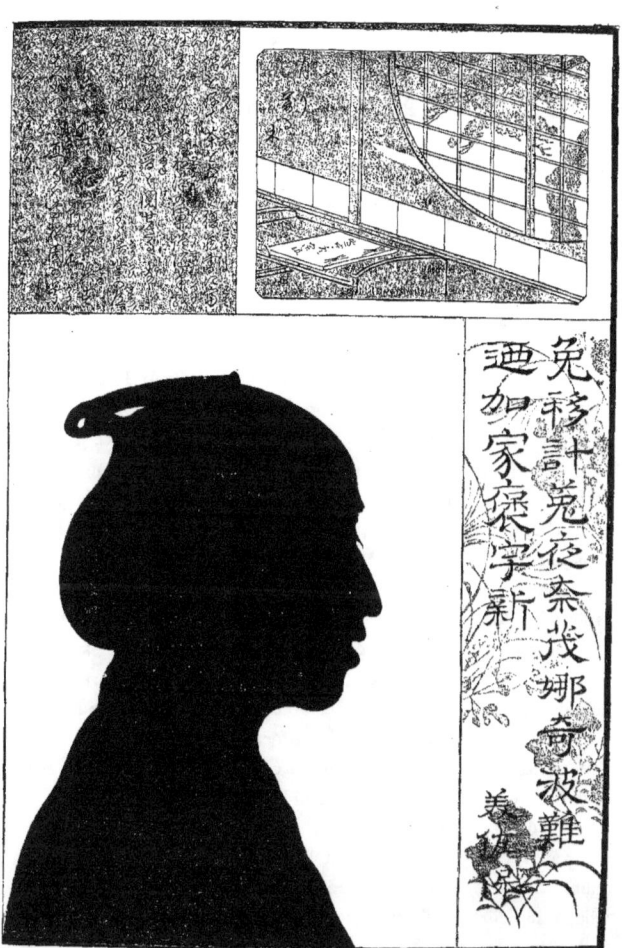

PORTRAIT EN SILHOUETTE D'UN MEMBRE D'UNE RÉUNION DE THÉ.

(D'après une gravure de Koua-Setsou.)

Les usages auxquels la poterie avait eu jusque-là mission de
satisfaire étaient limités : on avait confectionné des récipients destinés à contenir les liquides, les urnes pour recevoir les offrandes
sacrées ou pour servir aux cérémonies du culte; d'autres vases
enfin servaient à renfermer les bijoux qu'on enfouissait avec les
morts, suivant une pieuse et antique coutume. Cependant, à mesure
que le bien-être d'un peuple augmente, il surgit de nouveaux besoins
rendant nécessaire la création d'un matériel nouveau et fournissant
ainsi un aliment de plus à la pratique des arts.

A ce point de vue aucun facteur n'a exercé sur la céramique
une action plus active et plus constante que l'introduction du thé
au Japon. Il est difficile de se représenter toute la place que cet
usage a conquise dans les mœurs japonaises dès le jour où il y est
entré, et toute l'importance du rôle qu'il y a tenu par la suite.

La feuille du thé avait pénétré pour la première fois au Japon
dans le courant du VIIIe siècle, au début des relations ouvertes avec
la Chine; la culture en fut ordonnée dans plusieurs provinces du
Japon dès l'année 815; mais il paraîtrait que pendant longtemps
la population y serait demeurée indifférente. Toujours est-il qu'à
partir de 1200 seulement on s'adonne efficacement à la reproduction de ce végétal, et c'est à ce moment que la consommation du
thé devient générale, grâce aux efforts persévérants d'un prêtre
nommé Koben, qui s'était adonné à cette vulgarisation après avoir
organisé des plantations considérables.

Un des premiers soins de Koben fut de chercher à se procurer
des vases bien conditionnés et bien adaptés à l'usage auquel ils
étaient destinés, et ce fut un potier du nom de *Toshiro,* habitant le
village de *Séto* dans la province d'Owari, qui répondit le premier à
son appel.

C'est à Toshiro qu'on doit les premiers pots à thé appelés *Tshiairé,* ces petits vases que tout le monde connaît, hauts de 6 à 8 centi-

ANCIENNES FABRIQUES DE KIOTO, TAKATORI, KOUTANI ET ICÉ (BANKO).

Dharma en terre laquée, présentoir, bouteilles à saki, pitong, boîte à parfums, coupe en forme de coquille.

(Pièces de la collection de M S. Bing)

mètres, unis de formes et généralement pourvus de bouchons en ivoire. Il s'était aidé pour cette fabrication de produits tirés de la Chine avec laquelle les relations avaient été reprises depuis que la dynastie des Songs y avait ramené l'ordre et la paix. Mais le jeune artiste, se sentant animé d'ambitions plus élevées, s'embarqua dans l'année 1223 pour la Chine en compagnie d'un prêtre nommé Dôgouen, afin de se livrer sur les lieux à des études approfondies. Il revint après un séjour de cinq ans, riche en connaissances techniques, riche aussi en approvisionnements de matières premières, tant en pâtes céramiques qu'en substances servant à la composition de l'émail. Ainsi armé, Toshiro construit des fours d'après les nouveaux systèmes et crée la fabrication de ces pièces qui sont restées les modèles du genre. Ce sont toujours les mêmes petits pots à thé; mais cette fois l'artiste a su les doter d'un charme particulier, comme aussi de qualités spéciales à l'emploi pour lequel ils avaient été conçus.

A travers les siècles ces petits vases ont conservé une grande célébrité aux yeux des Japonais. Pour nous, qui ne sommes pas habitués à faire grand cas des beautés discrètes qui se dérobent à un examen superficiel et ne viennent pas solliciter nos regards, il peut nous arriver de passer indifférents devant ces productions à l'apparence modeste. Mais, rapprochez ces petites pièces des yeux, soumettez-les à une analyse attentive, et vous reconnaîtrez une pâte d'une finesse extrême, délicatement façonnée et revêtue d'une couverte bien glacée qui offre un chatoiement harmonieux et calme. La terre est généralement d'un ton tirant sur le noir, tandis qu'une grande variété de couleurs distingue les couches d'émail; celles-ci coulent de haut en bas, laissant les parties inférieures du vase à découvert et s'arrêtant d'une manière irrégulière suivant la volonté du hasard, un maître charmeur dont l'artiste japonais a de tout temps aimé à provoquer les caprices heureux. Ces nuances passent

par toutes les gammes des jaunes, des pourpres et des bruns, con-
stituant ainsi une grande variété augmentée encore par la diversité
extrême des formes.

Se conformant à une vocation qui était commune à beaucoup

TSHIIAIRÉ (POT A THÉ) PAR TOSHIRO.
(Collection de M. S. Bing.)

d'esprits distingués d'alors, Toshiro,
avançant en âge, se fit prêtre et
adopta le nom de *Shiounkeï*, lequel
est resté attaché à ses productions
les plus accomplies, celles des dernières années de sa carrière.

L'œuvre fondée à Séto a été
considérée comme tellement importante par l'influence qu'elle a exercée sur l'avenir de l'art, qu'aujour-
d'hui encore il n'existe pas dans
la langue japonaise courante pour
traduire le mot céramique, d'autre
expression que celle de *sétomono* (objet de Séto).

Au Japon, les secrets de certaines manifestations de l'art ont
presque toujours été le patrimoine d'une famille, se transmettant
de génération en génération sans toutefois se maintenir à une hauteur égale. Lorsqu'un artiste ne doit laisser après lui aucun descendant naturel qui puisse hériter de son expérience et de son talent, il
supplée à cette vacance par l'adoption du fils d'une famille amie
dont le choix se recommande par des facultés particulières. Très
fréquemment le nom de l'artiste se transmet en même temps, et cette
circonstance complique singulièrement la tâche d'assigner à chaque
objet céramique sa date exacte. Le successeur immédiat de Toshiro
signa du même nom; le descendant au second degré fut *Tojiro* et
après celui-ci vint *Tosabouro*. Tous ces artistes se sont efforcés
de conserver les errements du maître, en n'introduisant dans leurs

PAYSAGE JAPONAIS AUX ENVIRONS DE YÉDO.

(D'après une gravure de Hokousaï.)

œuvres que des variantes peu appréciables; tous ont fourni un contingent nombreux aux collections de ces petites pièces que l'amateur japonais entoure de soins tellement minutieux qu'on ne peut parfois s'empêcher de sourire, en voyant le plus modeste spécimen précieusement enfermé dans une boîte coquette, après avoir été douillettement serré dans les plis de quelque enveloppe soyeuse.

C'est que la passion de la collection que les esprits positifs se croient en droit de reprocher à notre époque est bien autrement développée, raffinée et quintessenciée chez les vieux Japonais. Qu'il s'agisse de fixer un point litigieux à propos du *Ko-séto* (vieux Séto), on s'adonnera entre amateurs japonais à des dissertations sans fin, et il se produira des efforts d'analyse poussés à l'extrême. Vous les verrez interroger le plus imperceptible grain de la pâte; l'épaisseur de l'émail a son importance, et le poids de la pièce est calculé au plus près. Aussi les classements se divisent-ils à l'infini, établissant des catégories nombreuses dont chacune prétend à un nom distinctif. Ce serait vouloir fatiguer le lecteur que de lui faire une nomenclature aride de toutes ces dénominations, dont quelques-unes ne manquent cependant pas de pittoresque. Le plus souvent on a laissé à l'heureux détenteur d'une pièce inédite le soin d'en baptiser le genre : tantôt c'est le lieu de la découverte qui fournit le nom cherché; d'autres fois on adopte un terme galant tiré de quelque vers célèbre, ou bien encore on fait appel à une comparaison poétique inspirée par la forme ou la couleur de l'objet. Telle espèce est appelée *Yamamitshi* (sentier des montagnes), à cause des petites lignes sinueuses gravées dans la pâte, tandis qu'un passionné amateur a trouvé le nom ingénu de *Oyasaté* tiré de *Oyoso* (peut-être); il s'était dit que les vases dont il avait découvert les types précieux étaient *peut-être* les plus beaux qu'il y eut au monde.

A côté du tshiairé destiné à conserver le thé en poudre, il

fallait le vase à contenir l'eau (*midzousashi*) et le bol qui sert à la
fois à infuser le thé et à le boire (*tshiavan*); d'autres pièces de
vaisselle étaient enfin nécessaires pour faire face à des usages con-
nexes que l'introduction du thé
dans les mœurs avait engendrés
avec le temps.

Au Japon, le thé est offert
à tout venant en signe de bien-
venue et, comme rafraîchisse-
ment, à toutes les heures du
jour; mais sa consommation
fait en outre l'objet, dans les
grandes occasions, d'un cérémonial dont la solennité est
extrême. Tout y est ordonné
d'après des lois absolument
fixes : la décoration de l'appart-
tement, la façon dont le maître
de la maison doit accueillir ses
hôtes et leur adresser la parole,

SENNIN, D'APRÈS UNE GRAVURE
DE TANKOSAÏ (1766).

l'ordre observé pour disposer chacun des ustensiles, la manière
exacte de les prendre en mains et de les faire fonctionner, mille
autres menus détails enfin qu'il serait infiniment long d'énumérer :
toute chose est convenue, réglée et rien n'est abandonné au hasard.

On sait en quel honneur est tenu, chez les Japonais de
vieille race, tout ce qui dans le discours et dans le maintien se
rattache à la forme, et chacun a pu observer l'importance capitale
réservée dans l'éducation de la jeunesse à l'étude approfondie du
cérémonial mondain. Néanmoins on est saisi d'étonnement à la
vue de cette étiquette rigide et absorbante lorsqu'il s'agit de réunions qui sembleraient avoir été instituées dans un but unique

de délassement et d'abandon. C'est qu'en effet il se mêle à l'origine de ces fêtes d'autres préoccupations que la recherche d'un plaisir banal.

C'étaient, au début, des réunions où, sous le couvert de distractions familières, il se tenait des conciliabules dans lesquels on décidait parfois de la paix ou de la guerre de suzerain à vassal ou de Shiogoun à Mikado; plus souvent encore les Daïmios, après de longues périodes passées en expéditions lointaines ou en rudes combats, s'efforçaient de rendre leurs subordonnés à une vie paisible et réglée en ramenant leur esprit vers un ordre de jouissances plus abstraites où le sentiment de l'esthétique tenait la première place. Or rien ne pouvait mieux atteindre ce but que les *Fêtes du thé* dans lesquelles était spécialement exalté l'art de la poterie, l'un des plus goûtés de la noblesse japonaise et qui, dans de telles occasions, devenait facilement l'objet d'une véritable passion. Ces mêmes assemblées constituaient aussi une sorte de cénacle mis souvent à profit par les grands du pays pour maintenir et resserrer au moyen de contacts incessants les liens qui les unissaient à leurs fidèles vassaux. Il n'était pas rare de voir le dévouement de ceux-ci stimulé par le présent de quelque vase rendu célèbre par son

FLEURS DE THÉ.
(D'après Hokkei.)

antiquité ou son histoire, et ces marques de faveur étaient reçues avec une grande vénération pour être léguées de père en fils comme de précieuses reliques.

Les règles de l'étiquette qui régissaient ces réunions auxquelles on avait donné le nom de *thsianoyou* ont été formulées à la longue; mais elles furent résumées et codifiées par des hommes compé-

BOI. A THÉ ET FLEURS DE CAMÉLIA.

(D'après une gravure de Kôhitzou.)

tents appelés *tshiajin* qui avaient fait une étude spéciale de l'art de prendre le thé, et dont la passion ne consistait pas seulement au savourement de la liqueur, mais encore s'étendait à tout ce qui de près ou de loin y avait rapport. Avant tout, chaque maître de tshia-noyou se doublait d'un collectionneur de poteries : il n'était acces-soire de vaisselle, si insignifiant qu'il pût paraître, dont le choix ne devînt une grave affaire et l'objet d'un raffinement particulier. Non seulement ces délicats entretenaient des rapports avec des potiers

habiles pour faire exécuter les modèles ingénieux qu'ils avaient
imaginés, mais encore il n'était pas rare de les voir pétrir eux-
mêmes la matière et façonner les objets conformément à leurs
vues. Il a existé à différentes époques des tshiajins dont la
célébrité égala celle des plus grands artistes. Chacun d'eux avait
mis à la mode des méthodes spéciales relatives à l'emploi et à la
confection des ustensiles, et toute personne versée en la matière
reconnaîtra sans hésitation de quelle école relève tel bol ou tel autre
accessoire.

Celui qui passe pour avoir le premier groupé tous les préceptes du tshianoyou s'appelait *Shouko* et vivait en 1450 à la cour
du Shiogoun Yoshimasa. La faveur de la cour s'attacha particulièrement aux solennités du tshianoyou organisé par Shouko pour qui
le Shiogoun professait une vive amitié.

Lorsque plus tard ce prince fut contraint d'abandonner le pou-.
voir, il se retira dans sa villa de Higashiyama, près de Kioto, et
s'y livra tout entier à son délassement favori. Cette résidence
acquit de ce fait une célébrité qui dure encore et le *Yamashiro-
Meïsho* nous apprend que Yoshimasa y fonda une véritable académie chargée de rassembler et de coordonner tous les éléments
pouvant se rapporter aux fêtes du thé et à ce qui s'y rattache. Les
seigneurs qui avaient suivi l'ancien Shiogoun dans sa retraite se
vouèrent avec ardeur au même culte, et c'était à qui en augmenterait
l'éclat par la découverte de quelque rare spécimen de poterie ou de
laque. Il se formait ainsi une collection remarquable d'antiquités
de toutes sortes, à laquelle venaient se joindre les ustensiles
modernes exécutés chez les artisans les plus renommés du pays
d'après les indications personnelles des aristocratiques amateurs,
leurs émules.

Cependant, soit que ces derniers n'aient pas jugé certains
ouvrages exécutés au dehors à la hauteur de leurs exigences,

soit que ce fût sous l'empire d'un engouement toujours croissant,
bientôt Yoshimasa et ses adeptes ne voulurent plus d'aucune
poterie qui ne fût façonnée de leurs mains. Les premières ébauches
furent soumises à la cuisson dans des fours du voisinage; mais
plus tard on se décida à en construire dans l'enceinte même de
la résidence princière, de
manière à y créer un véritable lieu de fabrication dont
les produits sont connus
sous le nom *Higashiyama-
yaki*. Ajoutons qu'un long
avenir n'était pas réservé à
cette entreprise; son importance décrut rapidement à
la mort du prince, et bientôt
cette production tomba dans
une décadence complète.

BOITE EN PORCELAINE BLEU ET BLANC
ATTRIBUÉE A SHONSOUI.
(Collection de M. S. Bing.)

Il est à remarquer que
jusqu'ici nous avons surtout trouvé occasion d'enregistrer une
succession d'initiatives isolées, parties de milieux différents, se
produisant à de longs intervalles et procédant en quelque sorte
par soubresauts sans se relier entre elles.

Le premier céramiste japonais appelé à fonder une œuvre
durable va apparaître au commencement du XVIe siècle, et avec lui,
c'est la porcelaine proprement dite, le blanc et éclatant produit du
kaolin qui pénètre dans la fabrication japonaise.

Gorodayu-Shonsoui, natif de la province d'Icé, s'était embarqué
en 1510 pour la Chine qui venait, sous la dynastie des Mings, de
porter la fabrication de la porcelaine à une grande perfection.
A son retour, Shonsoui construisit des fours dans diverses loca-

lités de la province de Hizen où il avait découvert des gisements de kaolin; il propagea ses connaissances et fonda un centre de fabrication dont la réputation est devenue universelle par la suite.

Là se bornent les principaux titres de gloire que nous puissions sans exagération reconnaître à Shonsoui, car les produits qu'il a créés paraissent des plus modestes et ne constituent qu'un reflet affaibli des splendeurs de la porcelaine chinoise de l'époque. Il convient de dire aussi que la simplicité des mœurs japonaises se serait peut-être mal accommodée de l'apparition subite de ces pièces aux envergures imposantes et aux luxuriantes tonalités. Quoi qu'il en soit, la porcelaine débute au Japon timidement sous la forme de modestes objets d'utilité et simplement ornés de la peinture bleue sous émail à laquelle les Japonais ont donné le nom de *sométsouké*. Les pièces originales fabriquées par Shonsoui sont presque introuvables; moins rares sont celles des deux frères *Gorohatshi* et *Goroshitshi,* ses élèves, dont les productions nous sont mieux connues. Les deux frères se sont adonnés beaucoup à la fabrication de grandes tasses à thé offrant des rinceaux bleus largement tracés sous une couverte brillante recouvrant une pâte assez grossière. Nous donnons la reproduction d'un de ces bols. Le nom de Goroshitshi est d'ailleurs resté attaché à toutes les tasses de cette espèce.

Nous manquons de renseignements sur les successeurs directs de ces créateurs de la porcelaine de Hizen, et il est permis de supposer qu'il n'y eut de quelque temps aucun progrès sensible à signaler.

Cet état de choses dura jusque vers le déclin du siècle, mais alors se produit sous la puissante impulsion de Hidéyoshi une évolution dont les conséquences seront immenses pour l'avenir de la céramique au Japon.

Tout en poursuivant ses projets ambitieux, l'illustre Taïko était grand protecteur des arts, et, suivant en cela les exemples de certains de ses prédécesseurs, il s'était voué avec ardeur au culte du thé et au cérémonial fastueux qui l'accompagne. S'étant formé à l'école de *Rikiou,* très célèbre tshiajin qui brillait à cette époque, Hidéyoshi s'était passionnément épris des beautés de la céramique. Cependant

BOL A DÉCOR PERSAN, BLEU SUR ÉMAIL GRIS CRAQUELÉ, PAR GOROSHITSHI.
(Collection de M. S. Bing.)

il considérait comme très inférieure la production indigène de l'époque et essaya de nombreux moyens pour la relever, tout en s'entourant de préférence de poteries coréennes et chinoises. Ici se place l'événement mémorable qui, portant à son apogée la gloire militaire du Japon, présente en même temps un si vif intérêt à notre point de vue spécial.

La double invasion de l'empire coréen (1592 et 1597) fournit au Shiogoun l'occasion de poursuivre au milieu de ses triomphes les idées réformatrices en matière d'art céramique qui étaient l'objet de sa passion favorite en temps de paix. Il ramena au nombre de

II.   34

ses prisonniers toute une pléiade de potiers destinés à ranimer
l'industrie indigène réduite aux abois. De même firent les grands
seigneurs qui, à la tête de leurs clans, avaient pris part à l'expédition.
C'étaient les princes de Satsouma et de Hizen, ceux de Higo, Tosa,
Tshikouzen, Tamba et tant d'autres qui tous établirent, chacun dans
sa province, les céramistes étrangers enlevés comme des trophées
vivants aux pays qu'on était allé combattre.

De cette époque date la fondation d'un grand nombre de centres
de production dont chacun a fourni une longue et fructueuse carrière. Mais si les nouveaux venus apportaient leur expérience et leur
habileté, enseignant les principes de leur art et de leur école, il
ne s'ensuit pas que la production japonaise allait s'asservir totale-
ment à ces lois. L'ère qui s'ouvre marque au contraire l'instant où
l'art vraiment national va prendre son essor pour s'élancer vers
l'avenir glorieux qui lui était réservé.

Avant d'en suivre les développements successifs, il peut paraître
intéressant d'analyser de près les éléments constitutifs que nous
avons vu entrer dans la formation de cet art, et d'attribuer à
chacune de ses sources la part qui lui est due.

II

NAISSANCE DE L'ART CÉRAMIQUE PUREMENT JAPONAIS. — ANA-
LYSE DES ÉLÉMENTS ÉTRANGERS QUI ONT CONTRIBUÉ A SA
FORMATION.

Si la production de la céramique au Japon s'est modelée sur les coutumes du pays et le goût de ses habitants, si au fur et à mesure de son développement le génie natif lui a imprimé sa marque indélébile, on n'en reconnaît pas moins dans chaque création séparée la tradition originelle dont elle procède.

Il est permis de dire que les éléments co-réens et chinois se sont, dans l'art japonais, réunis, semblables à deux courants qui se joi-gnent sans d'abord se mêler, cheminent long-temps côte à côte et permettent à l'œil de les suivre sur une grande partie de leur parcours.

Nous avons vu que c'est à la Corée que le céramiste japonais a emprunté les premiers éléments de son art. L'influence coréenne s'est conservée vivace ; souvent même elle s'est manifestée par des productions du caractère le plus pur, et nous la rencontrons telle dans les Satsouma des premières époques, dans certains grès de

Tshikouzen, dans les terres de Karatsou ainsi que dans nombre de productions isolées.

Le type le plus caractéristique du style coréen, sans en être le

ÉCRIVAIN JAPONAIS.

(D'après une gravure de Hokousaï, 1790.)

plus séduisant, se compose d'une poterie dont l'émail présente un ton d'ivoire rehaussé de peintures brunes d'une seule teinte; un autre genre, très prisé au Japon à cause de son caractère plus raffiné, se distingue par des dessins formés au moyen d'incrustations d'émail blanc dans un fond gris perle; d'autres séries sont fournies par l'application d'épaisses glaçures dont la vigueur éclate en tons brillants et chauds; enfin, mentionnons encore des pièces n'offrant d'autres ornements que de fines craquelures sillonnant des

H. Guérard.

BOITE DE KIOTO IMITANT LE STYLE CORÉEN, PAR KENZAN.
(Collection de M. S. Bing.)

surfaces monochromes. Ce sont là les genres qui ont été fréquemment reproduits dans leur intégralité, tandis qu'il est d'autres types auxquels certaines particularités seules ont été empruntées pour être jointes à des éléments nouveaux.

L'art coréen pur frappe surtout par la simplicité des moyens employés qui prête aux objets un caractère éminemment artistique dans son ample rudesse; c'est là une qualité qui devait tout d'abord ·

séduire l'artiste japonais, habile à dégager la beauté simple et naturelle des choses sans le secours des artifices qui, s'ils ornent parfois, portent toujours atteinte à la pureté native des créations prime-
sautières. Néanmoins cette qualité ne répondait qu'à une seule
face du tempérament
japonais, composé
étrange de naïveté et
de raffinement, et ce
dernier sentiment ne
trouvait pas à se sa-
tisfaire au milieu des
modèles quelque peu
barbares fournis par
la Corée.

CROQUIS PAR HOKKEÏ

A point nommé,
la Chine vient ap-
porter l'élément com-
plémentaire en familiarisant l'artiste japonais avec des procédés
scientifiques propres à parachever un art que l'habileté ma-
nuelle n'a su qu'ébaucher et dont l'expression la plus quintessenciée — la porcelaine — était restée jusque-là inconnue au
Japon.

　　Les idées erronées qui ont eu cours au sujet de certaines
porcelaines faussement attribuées à la Corée sont dissipées à
l'heure qu'il est, mais il n'est pas inutile de proclamer ici que toute
la porcelaine relève exclusivement de la Chine. La Corée n'est
jamais allée au delà d'une composition de pâte offrant bien quelque
sonorité et une certaine finesse, mais absolument dépourvue de
blancheur et de transparence ; il est donc temps de restituer à la
Chine ce qui lui appartient : c'est bien elle qui apporte la finesse
et la grâce et qui vient corriger ce qui, dans la sauvagerie pit-

ANCIENNES FABRIQUES DE HIZEN, ICÉ (BANKO), KIOTO ET SATSOUMA

Plateau, boites à parfums, théière, statuette, coupes, pitong.

(Pièces de la collection de M.S.Bing)

toresque de l'élément coréen, peut paraître empreint d'un excès de rudesse [1].

Chez les Coréens comme chez tous les peuples primitifs, le contraste des mœurs entre les différentes castes était peu marqué et un même art s'exerçait au profit de tous. En Chine, au contraire, les distances se manifestaient bien tranchées dans tous les détails de la vie ; tandis que la poterie commune était en usage dans toutes les classes de la population, la porcelaine tenait un rang privilégié. La porcelaine était non seulement l'apanage exclusif de la haute société et de la cour, elle en était l'œuvre et l'image fidèle, reflétant d'une manière saisissante le caractère aristocratique de sa noble origine.

CROQUIS PAR HOKKEÏ.

Transplantés au Japon et subissant, au milieu du grand travail de formation qui s'accomplissait dans ce pays, le contact d'élé-

[1]. Longtemps nous nous étions demandé d'après quelles données Albert Jacquemart avait pu se trouver amené à attribuer une origine coréenne aux porcelaines dites *à l'écureuil* lorsqu'en arrivant au Japon nous dûmes constater avec surprise que pareille opinion était accréditée chez nombre d'entre ceux-là mêmes que nous considérions comme les véritables auteurs de cette porcelaine. Quelque déroutante que pût paraître au premier abord une semblable découverte, il nous fut impossible de nous familiariser avec l'idée qu'un produit aussi délicat pût avoir été créé chez un peuple qui n'était jamais sorti des limbes d'une civilisation toute primitive. Aussi nous tarda-t-il de faire de cette question l'objet d'un examen approfondi et contradictoire ; et nous devons dire que, d'un commun accord avec les personnages japonais les plus compétents, il fut établi que, seule, une tradition en quelque sorte légendaire, et ne reposant sur aucun fait de valeur, avait donné naissance à une opinion contraire à celle que nous avions dès l'abord professée.

Nous ajouterons que, désireux de pousser l'enquête jusqu'à ses dernières limites, nous la complétâmes en chargeant deux jeunes Japonais de partir pour la Corée afin de faire des investigations sur les lieux mêmes. Nul vestige de porcelaine ne fut découvert et l'on ne nous rapporta, comme résultat des recherches opérées, que des spécimens de poterie d'un caractère rudimentaire et absolument en rapport avec l'idée que tout esprit non prévenu doit se faire de ce pays.

ments essentiellement populaires, des produits aussi raffinés ne
pouvaient conserver intacte la pureté de leur race. Il y eut comme
un croisement dû à l'infusion d'un sang plébéien, mais plein d'une

SINGE ENCHAINÉ, PAR HOKOUSAÏ.
(Gravure tirée du xiie volume de la « Mangoua »).

vigueur généreuse qui devait donner naissance à une création particulière. Toutefois, l'espèce importée ne fut pas sans rencontrer au
Japon un certain nombre d'adeptes qui voulurent la cultiver telle,
et, de même que nous avons eu à l'observer dans un autre ordre

pour les reproductions coréennes, nous voyons certaines fabrications, notamment celles des provinces de Hizen et de Kaga,
s'attacher à perpétuer la tradition strictement chinoise.

PAON, PAR HOKOUSAÏ.
(Gravure tirée d'une des petites « Mangoun ».)

Mais les productions de cette nature ne résument en aucune
façon, pour nous, l'esprit de la céramique japonaise. Nous sommes
en cela plus avancés que ne l'étaient nos pères, aux yeux de qui la
porcelaine d'Arita (Hizen), désignée plus tard en Europe sous le nom

de « vieux Japon », représentait cet art presque dans son entier.
Disons bien haut que jamais erreur plus profonde ne fut commise,
car aucune des porcelaines qui jadis furent en faveur chez nous

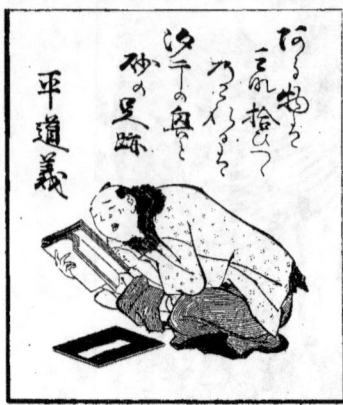

ne répondait véritablement
à l'esprit national. Aussi
bien, rien de tout cela n'a
été fabriqué pour l'usage
indigène ; c'est pour l'Europe qu'ont été confection-
nés et les immenses po-
tiches et les cornets élancés,
les écuelles et les figures de
grandes dimensions. Cer-
tes, tous ces objets, d'un
éclat superbe, décoraient
admirablement les palais de
nos grands seigneurs d'autrefois, et aujourd'hui encore ils piquent de leurs

FIGURE DE POÈTE, PAR HOKKEÏ.
(D'après une gravure des « Cinquante poètes satiriques »).

notes scintillantes et gaies la lumière tamisée dans laquelle nous
aimons à noyer l'intérieur de nos demeures.

Pour les Japonais c'étaient cependant là des fabrications grossières; ce n'est pas à dire que ce peuple soit insensible au mérite
des grandes décorations, bien qu'elles excluent par leur nature les
délicates beautés d'une exécution minutieuse; mais il y a ici une
question d'optique et de valeur de tons dont il faut tenir grand
compte. L'éclat qui, répandu sur de larges surfaces, nous réjouit
l'œil aurait paru brutal dans des milieux à la fois lumineux et
calmes; les dessins à grandes lignes ornementales qui nous séduisent par leur ampleur et leur symétrie, les dimensions des contours,
eussent semblé gigantesques et encombrants au delà de toutes pro-

portions dans de simples maisonnettes dont l'élévation restreinte
ne comporte d'autres sièges que des nattes où des tabourets
hauts de quelques décimètres font office de tables.

Au point de vue japo-
nais la porcelaine, en tant
que substance, tient donc
une place modeste et ne
prétend aucunement au rôle
prédominant et caractéristique qui lui était échu en
Chine.

Pour apprécier à sa va-
leur l'action considérable
que la porcelaine a exercée
sur la céramique au Japon,
c'est dans la poterie qu'il
convient d'étudier cette influence.

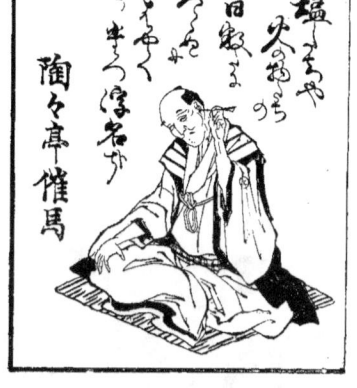

FIGURE DE POÊTE, PAR HOKKEÏ.

(D'après une gravure des « Cinquante poêtes satiriques ».)

Le Japon a tiré de la
porcelaine des enseignements précieux au point de vue de l'ornementation ; il s'en est emparé avec empressement pour embellir
ses poteries populaires, celles dont la matière se prête avec tant
de complaisance à toutes les fantaisies de formes et de tons qui
germent dans l'esprit inventif de l'artiste.

Tandis que, d'après le principe introduit par les Coréens, les
motifs de décoration gardent une disposition toute primitive et souvent même naissent d'une simple juxtaposition de matières diverses,
il appartenait à la porcelaine chinoise de démontrer comment l'art
de la céramique pouvait se compléter par son association avec celui
de la peinture.

C'est dans la collaboration de ces forces diverses que les Japo-

nais ont trouvé la mine inépuisable de leurs productions variées
où éclate toute la verve de leur esprit fantaisiste; c'est de la fusion
de ces éléments variés qu'est sortie la céramique véritablement
japonaise, celle où déborde le caractère national et qui mérite de
conquérir chez nous sa place au soleil, aucune production du
même genre ne pouvant nous offrir la manifestation d'un sentiment
plus profond, ni la saveur d'un charme aussi pénétrant.

III

C'EST au début du XVII° siècle que s'épanouit enfin cet art national que nous avons vu en travail de formation au précédent chapitre, et, chose remarquable, il s'est trouvé à ce moment un homme doué d'une organisation assez puissante pour élever du premier coup cet art à une hauteur exceptionnelle.

Ce qui peut, à bon droit, paraître bizarre, c'est que les Japonais les plus érudits n'aient pu jusqu'à présent se mettre d'accord pour déterminer d'une façon précise la date où florissait leur plus grand céramiste, titre qui appartient de droit à *Nonomouro Ninseï* de Kioto. D'après Ninagava, on connaîtrait des œuvres produites par Ninseï pendant la période de Keïsho (1596 à 1599); mais cette assertion est contestée par d'autres savants qui reportent à une époque assez postérieure (vingt-cinq ans environ) les premières productions de cet artiste.

Celles-ci dénotaient dès le début une grande habileté de mainainsi que des soins peu communs; mais ce fut un peu plus tard seulement que Ninseï appliqua, pour la première fois, la peinture au moyen de couleurs vitrifiables suivant les exemples empruntés à la porcelaine de la Chine. Les plus grands peintres de l'époque ne dédaignaient pas de seconder les efforts du novateur, et l'on cite plus d'un objet qui avait été décoré par Ninseï d'après des dessins fournis par le fameux Tanyu lui-même.

Ninseï a créé la poterie à couverte fauve ou ton de crème finement fendillée et décorée en émaux verts, bleus et violets avec mélange de rouge et d'or que nos anciens catalogues classaient sous le nom de *vieux truité* (voir la pièce n° 8, reproduite à la planche IX). C'est une fabrication qui s'est poursuivie jusqu'à nos jours dans les faubourgs de Kioto et le nom de Ninseï a été conservé par la généralité des marchands japonais pour caractériser des objets de ce genre, sans qu'il faille en déduire que ceux-ci soient nécessairement sortis de la main du grand artiste. Il a été fait d'ailleurs un grand abus de la signature de Ninseï et les amateurs s'exposeraient à de cruels mécomptes s'ils acceptaient pour authentiques toutes les pièces prétendues telles en raison de leur marque.

Si dans l'énoncé des diverses productions de Ninseï nous avons tout d'abord rangé à part celle dont il vient d'être question, ce n'est aucunement parce qu'elle nous paraît plus séduisante que tant d'autres, mais uniquement parce qu'elle appartient au genre qui a le plus contribué à la popularité de son auteur. Parmi les ouvrages de Ninseï, il en est d'autres qui, à nos yeux, donnent une note bien plus caractéristique des talents de ce fécond artiste. Un petit brûle-parfums figurant un personnage accroupi se trouve reproduit en couleurs dans la planche I, sous le n° 6.

L'œuvre de Ninseï est infinie. Elle embrasse les conceptions les plus diverses et les procédés d'exécution comme aussi les effets obtenus sont d'une variété si étendue que l'esprit en est confondu.

L'artiste paraît s'être attaché avec une prédilection marquée à la confection des bols à thé dont les formes varient incessamment sans jamais se départir d'une grande pureté de lignes. On trouvera à la planche VIII et sous les nᵒˢ 8, 9 et 11 la reproduction

BOL A FOND D'ÉMAIL NOIR DÉCORÉ DES SEIZE LAKANS, PAR NINSEÏ.
(Collection de M. Georges Petit.)

de trois genres différents de ces bols. Toutefois la pièce la plus remarquable du même ordre se trouve dessinée à cette page; elle est décorée des seize Lakans sur fond noir. Ici nous rencontrons ces qualités de matière et d'exécution qui semblent faire de cette coupe l'un des chefs-d'œuvre de l'espèce. La plus grande partie de ces sortes de tasses avait été exécutée pour les tshiajin de l'époque parmi lesquels Kobori-Masakoudzou, plus connu sous le nom de Yenshiu (titre honorifique du personnage), tenait le premier rang.

L'influence de cet amateur s'exerçait au profit des poteries de

toutes provenances; il était l'arbitre incontesté du goût et, aujour-
d'hui encore, son témoignage est invoqué en toute occasion.

Yenshiu aida puissamment à propager la réputation de Ninseï
et bientôt l'habile céramiste fut mandé à la cour d'un grand nombre
de princes afin d'y enseigner les nouveaux procédés et aussi pour
confectionner sur place quelques beaux spécimens de sa propre

PORTE-BOUQUET APPLIQUE, EN ANCIEN AVATA

(Collection de M. S. Bing.)

main. Ninseï construisait alors, et spécialement pour la circonstance, des fours dans l'enceinte des palais. Les objets fabriqués
dans de telles conditions reçoivent au Japon le nom de *Oniva-
yaki*, c'est-à-dire « poteries faites au jardin » et nous retrouvons
des exemples de ces sortes de productions jusque dans les derniers temps du Japon féodal.

Parmi les provinces parcourues par Ninseï, on cite celles de
Satsouma, de Kaga et de Higo; il visite Odo (province de Tosa),
Haghi (province de Nagato), etc., etc. La boîte à parfums n°. 7 que

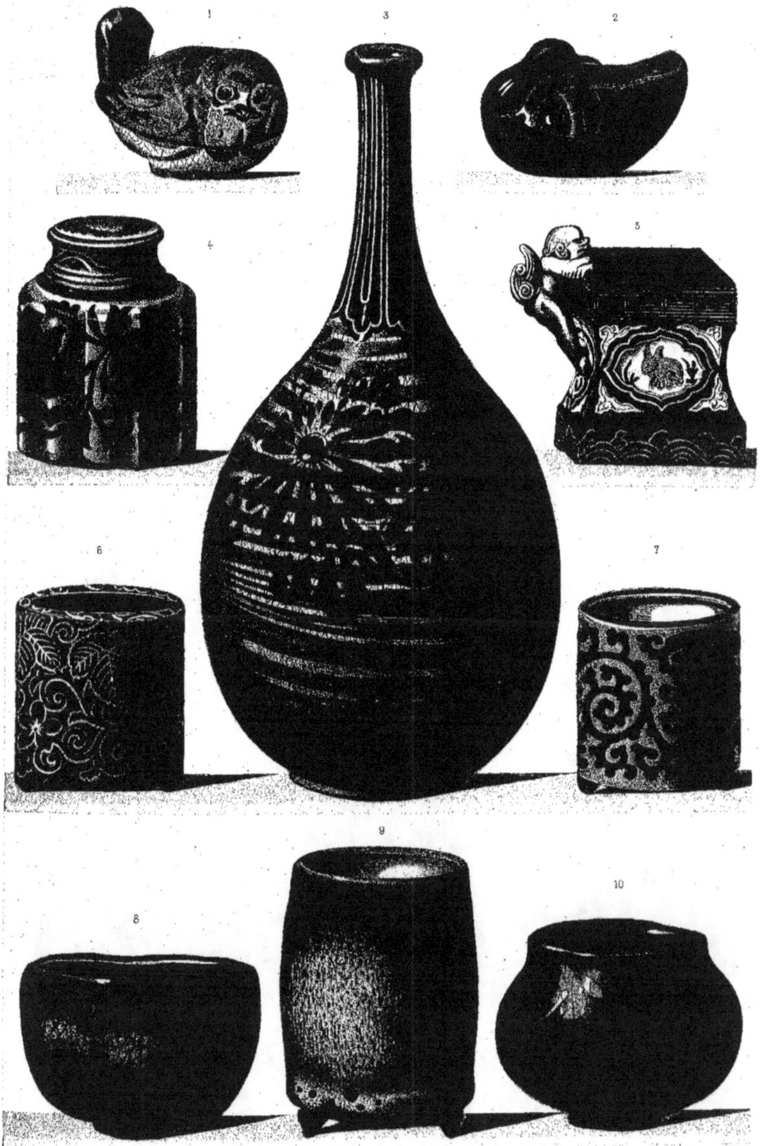

1 3 2

4 5

6 7

9

8 10

ANCIENNES FABRIQUES DE KIOTO ET DE KOUTANI

Boîtes à parfums, boîte à thé, porte-pinceaux, bouteille à saki, pots à encens, bols à thé.

(Pièces de la collection de M.S. Bing.)

nous montre la planche IX paraît avoir été fabriquée par Ninseï
durant son séjour à Koutani.

THÉIÈRE EN ANCIEN AVATA.
(Collection de M. Louis Gonse.)

Ces pérégrinations ne représentent cependant autre chose que
de simples fugues et c'est Kioto avec sa banlieue qui demeure le
véritable domaine de notre artiste. Il y déploie une activité extrême,

établissant partout, dans la ville et dans les faubourgs, des disciples chargés de continuer son œuvre de diffusion et les y aidant puissamment de ses conseils et de sa main.

Nul autre que Ninseï ne doit donc être considéré comme le véritable fondateur du grand centre de fabrication qui constitue un des plus beaux titres de gloire de l'antique capitale.

H. Guérard. del.

JARDINIÈRE EN ANCIEN AVATA.
(Collection de M. Louis Gonse.)

Le nombre des fours qui doivent leur existence à Ninseï est considérable. Une nomenclature nous en est fournie par le livre qui sert de guide au musée de Tokio. On y relève les noms de : *Kiyomidzou, Avata, Omouro, Midzoro, Seïgandji, Naroutaki, Takagaminé, Komatsoudani,* auxquels on peut ajouter ceux d'*Otava, Akashi,* etc., etc. Quelques-uns de ces termes nous sont peu familiers et s'appliquent à des établissements qui sans doute n'ont eu qu'une existence éphémère. Mais dans le nombre il s'en trouve qui, comme *Avata* et *Kiyomidzou,* sont restés debout pour transmettre aux jeunes générations, sous des formes quelquefois renouvelées, les traditions de leur illustre fondateur.

Par abréviation, on désigne sous le nom de *Kioyaki,* toute poterie fabriquée à Kioto. Il n'existe aucune localité qui ait produit des variétés de céramique aussi multiples, depuis les poteries

les plus rudes d'aspect jusqu'aux fines porcelaines, et nulle part il n'a été dépensé de semblables efforts d'imagination. Le goût de la tradition le dispute à l'inspiration individuelle; tout a été tenté, depuis la reproduction fidèle des anciens types chinois que les Japonais désignent sous les noms de *Kôtchi, Gosou* ou *Banréki;* depuis le style hiératique de la Corée intitulé *Mishimadé* jusqu'aux productions du goût le plus vivant, où la poterie est chargée d'interpréter toute idée poétique ou folle qui traverse le cerveau de l'artiste.

H. Guérard.

BOÎTE A POUDRE DE THÉ, PAR KENZAN.
(Collection de M. Louis Gonse.)

Tout devient motif à plastique. L'oiseau qui traverse l'espace, la fleur qui grimpe à la muraille, la maisonnette même de l'ouvrier, l'attitude comique d'un passant aussi bien que le personnage de la légende; tout ce qui frappe le regard ou l'esprit est rendu d'une façon spirituelle ou gaie, et rien n'est mieux fait pour peindre le caractère à la fois artiste et enjoué de ce peuple, que la série de ces improvisations sans fin exprimées dans la poterie de Kioto. Ces qualités se retrouvent isolément dans d'autres céramiques du Japon, mais nulle part nous ne les voyons réunies dans un ensemble aussi surprenant. Nous reproduisons quelques spécimens variés sous les nᵒˢ 1 de la planche VI; 1, 3 et 4 de la planche VII; 7 de la planche VIII, et 1 de la planche IX.

Autour des fours construits par Ninseï sont venus simultanément
s'en grouper d'autres qui ont, de même, acquis une grande réputation
par la suite. Les qualifications qui furent données à tous ces établisse-

STATUETTE REPRÉSENTANT UN POÈTE JAPONAIS, PAR OGATA FOUZAN
(Collection de M. Edmond Taigny.)

ments tiraient généralement leur origine des quartiers ou faubourgs
où ils étaient situés et, à leur tour, les fabricants adoptaient souvent
des noms identiques pour en signer leurs produits et léguer ensuite
ces mêmes noms à leurs successeurs. Cette particularité explique les
doutes qui ont pu s'élever sur la question de savoir si telle désignation se rapporte à un nom de personne ou à une localité ; on voit que
ce peut être à la fois l'un et l'autre, ainsi qu'il arrive pour Midzoro,
Seïgandji, Otava, Akashi et autres.

Le même cas se présente pour Ivakoura, nom de quartier adopté par tous ceux qui ont exploité un four établi à cet endroit immédiatement après Ninseï.

Les produits d'Avata, Midzoro, Ivakoura, se renferment géné-

STATUETTE REPRÉSENTANT JIOURÔ, PAR OGATA SHIOUHEÏ.
(Collection de M. Edmond Taigny.)

ralement dans le genre *vieux truité* que nous avons cité plus haut comme une création de Ninseï et qui offre en émaux polychromes des décors sur fonds clairs. Les produits de ces divers établissements ont beaucoup d'analogie entre eux et il faut un œil exercé pour les discerner suivant la nature des craquelés et suivant le tour de main dans le façonnage. Parmi les poteries d'Avata, nous rencontrons en outre des biscuits foncés partiellement couverts de décors. C'est le faubourg d'Avata qui a fourni le plus grand nombre des poteries de Kioto et aujourd'hui sa principale rue est presque tout entière consacrée à cette industrie.

La majeure partie de ces produits se débitent sous la désignation générale d'Avata; mais il s'en trouve aussi bon nombre qui portent des noms spéciaux, parmi lesquels le plus digne de remarque est intitulé *Kinkoẓan*, du nom du fondateur de cette fabrication. L'artiste s'était d'abord formé chez Ivakoura et vers 1650 vint s'établir à Avata où, pendant longtemps, il continua de signer ses produits du nom de *Ivakoura-Yama;* plus tard, il adopta la marque *Kinkoẓan* dont ses successeurs ont hérité.

Nous professons personnellement un goût très vif pour l'un des principaux types créés par Kinkozan : c'est un biscuit presque noir et d'un grain particulièrement fin qui sert de fond à une ornementation formée d'émaux très saillants dont les contours s'arrêtent avec une précision absolument nette sans la moindre bavure. Les différents tons, soit bleus, jaunes, verts et blancs de ces émaux concourent le plus souvent à la décoration d'un même objet, mais quelquefois aussi ils sont appliqués séparément.

Nous n'avons pas l'intention de relever les noms de toutes les familles de potiers qui se sont établies à Kioto vers ces époques et, après avoir cité les familles *Hoẓan* et *Tanẓan* dont les signatures se rencontrent sur des ouvrages finement exécutés, mais dépourvus de personnalité, nous arriverons immédiatement au nom d'un céramiste de premier ordre qui clôt l'ère féconde du XVIIᵉ siècle si brillamment inaugurée par Ninseï.

Ogata Kenẓan, qui vécut de 1663 à 1743, était frère cadet du célèbre dessinateur laqueur Kôrin et, comme lui, avait d'abord étudié la peinture. Bien que Kenzan ait, par la suite, changé de résidence, nous devons le ranger parmi les illustrations de Kioto; c'est en effet dans les environs de cette ville qu'il a exercé le plus longtemps et que ses œuvres les plus remar-

PLATEAU CARRÉ EN FAIENCE DE KIOTO.
(Collection de M. Louis Gonse.)

quables ont été mises au jour. Plus tard, l'artiste séjourna pendant quelque temps à Sano (province de Shimodzouki) et vint enfin s'établir à Yédo où il fonda la fabrique d'*Imado* qui subsiste encore aujourd'hui sous ce nom ou sous celui de *Soumidagava*.

Kenzan, tout en se servant des mêmes matières que ses devanciers, créa un genre qui lui est absolument personnel. Les décors de ses ouvrages ont un caractère spécial, qui se reconnaît à première vue par une largeur de dessin et une maestria dans l'exécution qui contrastent avec le faire plus minutieux des artistes précédents. C'est une école nouvelle dont l'influence ne s'est plus démentie depuis, mais qui malheureusement ouvre la porte aux nombreuses imitations du maître, dont la signature a servi à de fréquents abus. Pour se guider au milieu de ces contrefaçons aussi fréquentes au Japon que dans d'autres contrées, il n'est de meilleur criterium que le degré de perfection dont l'objet litigieux témoigne. D'après ce principe, les productions authentiques de Kenzan peuvent être considérées comme étant à l'abri de toute confusion, car la finesse de leur émail comme la puissance de leur dessin n'ont pu être égalées par aucun copiste. Un spécimen très caractéristique de sa première manière est reproduit dans la planche I sous le numéro 7.

Ces qualités brillent spécialement dans ce qui constitue l'œuvre de jeunesse du maître, celle qu'il a accomplie pendant son séjour dans la métropole de la poterie. La fabrication d'Imado est de bien moindre importance, mais présente des beautés d'un ordre différent; au lieu des fonds neutres destinés à rendre plus saisissant l'effet des décorations vigoureuses, c'est la recherche de la couleur générale qui dans les conceptions nouvelles paraît avoir prédominé (voir le bol numéro 6 reproduit à la planche VIII, la boîte numéro 3 de la planche I, et le dessin de la page 283) et la couverte chatoyante entre en lutte avec la douce tonalité des ornements. Ce résultat est obtenu par l'emploi d'une pâte excessivement friable et de faible consistance, laquelle, exposée à un feu doux, se combine avec une glaçure de composition très vitreuse.

Après Kenzan mentionnons, en passant, *Otobaya Kourobeï* qui s'établit à Kiyomidzou vers 1765, et arrivons directement à la fin du siècle dernier et au commencement du xixe qui nous offrent une digne 'suite à l'histoire de la poterie ancienne de Kioto.

C'est l'époque où une véritable fièvre artistique s'est emparée de tous les Japonais, entraînés dans ce mouvement par l'esprit enthousiaste du Shiogoun Bounkio.

A Kioto, cette période fut marquée par un grand nombre d'artistes dont le premier en date fut *Ogata-Shiouheï* qui exerça ses talents dans des genres très divers; ensuite viennent *Mokoubeï* et *Rokoubeï*, ce dernier déployant une verve étonnante dans la confection des petites boîtes à par

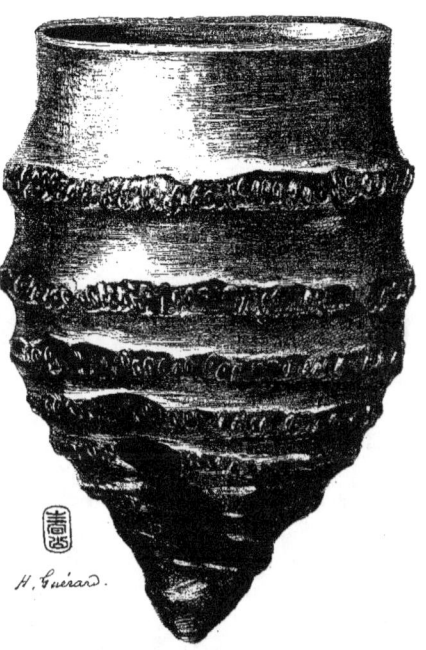

PORTE-BOUQUET A ÉMAIL JAUNE,
FIGURANT UNE RACINE DE BAMBOU, PAR MAKOUDZOU.
(Collection de M. S. Bing.)

fums représentant les sujets les plus spirituels; puis enfin, *Kanzan, Yossa, Zorokou, Marouya, Kaléiya* et autres.

C'est avec intention que nous avons réservé pour la fin les deux artistes les plus célèbres du siècle actuel, à savoir : *Dôhatshi* et *Yeïrakou.*

Takahashi Dôhatshi, qui avait commencé à se faire connaître vers 1810, a particulièrement excellé dans la fabrication des bols, qu'il décora dans la manière de Ninseï, mais en y introduisant le senti-ment d'art qui était particulier à son époque; le fini dans l'exécution est souvent admirable et le goût le plus parfait règne dans la plupart de ses œuvres. Nous reproduisons une série de coupes sorties de la main de cet artiste à la planche VIII, sous les nᵒˢ 3, 4 et 10.

Celui que nous venons de désigner sous le nom d'*Yeïrakou* s'appelait en réalité *Zengoro Rioẓen*. Il est issu d'une ancienne famille de potiers qui, sous le nom de Zengoro, avait tenu un rang honorable dans son industrie depuis plus de dix générations. Ce dernier descendant, celui dont seuls les produits nous sont connus, se révéla grand artiste. Mais c'est surtout par ses compatriotes qu'il fut proclamé tel, et lorsque les Japonais nous le représentent comme étant l'un des grands génies de l'art céramique, nous ne pouvons nous ranger à leur avis.

Zengoro est un praticien de premier ordre; les matières par lui employées sont épurées d'une façon incomparable et les soins les plus minutieux président à sa fabrication. Mais c'est l'esprit d'invention que nous devons dénier à cet artiste dont l'ambition, au lieu de se hausser à des créations person-nelles, s'est donné pour tâche de faire revivre sous une forme plus ou moins renouvelée les types les plus variés empruntés au passé.

YEÏRAKOU.

C'est assez dire que nous ne pouvons suivre Zengoro dans tous les genres qu'il a abordés et nous nous bornerons à men-tionner quelques-uns de ceux auxquels il s'est adonné avec une plus grande prédilection. Sa réputation a pris naissance par la reproduc-tion d'une porcelaine à fond rouge couverte de dessins en or bruni, à laquelle on a donné le nom de *kinrandé* (brocart d'or), et qui passe

pour avoir été créée en Chine sous la dynastie des Mings, pendant
la période appelée *Yeïrakou* (1403 à 1424).

C'est cette particularité qui fournit au prince de Kishiu l'occa-

COUPE EN PORCELAINE BLANCHE DE KIOTO.
(Collection de M. Alph. Hirsch.)

sion de récompenser le talent de l'artiste par le don d'un cachet d'or
portant le caractère *Yeïrakou*, et, à partir de ce jour, ce nom rem-
plaça celui de Zengoro comme marque de production et comme
nom de famille.

Il est une autre variété dans laquelle Yeïrakou s'est complu et qui nous séduit infiniment plus que celle dont il est question ci-dessus : ce sont des objets entièrement recouverts d'émaux très brillants dont les tons les plus habituels, le jaune, le violet et le vert assemblés sur une même surface, sont isolés par des sections gravées en creux dans la pâte. La pièce 5 figurant sur la planche VII donne une idée très parfaite de cette fabrication ; nous avons choisi quelques autres variétés produites par le même artiste pour les donner sous les n°ˢ 5 de la planche VIII et 2 de la planche IX.

STATUETTE DE FOUKOU-ROKOU, EN RAKOU.
(Collection de M. L. Gonse.)

Si nous avons à bon droit classé Yeïrakou parmi les potiers de Kioto, d'où il est originaire et où la plus grande partie de ses productions ont été créées, il n'en est pas moins vrai qu'il mit son talent au service de maintes autres localités. Nous avons déjà cité la distinction qui lui a été conférée par le prince de Kishiu. Les plus beaux spécimens d'*Onivayaki* fabriqués dans l'enceinte du palais princier de Kishiu sont en effet l'œuvre d'Yeïrakou. Il faut également mentionner son séjour dans la province d'Owari où il produisit des *sométzouké* dans le goût chinois.

Pour épuiser le chapitre des poteries de Kioto, il nous reste à parler d'une fabrication que son caractère tout spécial nous a empêché de ranger dans le classement qui précède. Ce genre de céramique date de fort loin et s'est conservé intact jusqu'à ce jour

sans avoir été influencé par la transformation que Ninseï et son
école ont fait subir à la tradition coréenne.

Le nom donné à cette poterie est celui de *Rakou* et voici son
origine.

Dans la deuxième moitié du XVIᵉ siècle, vivait un certain *Tshojiro*

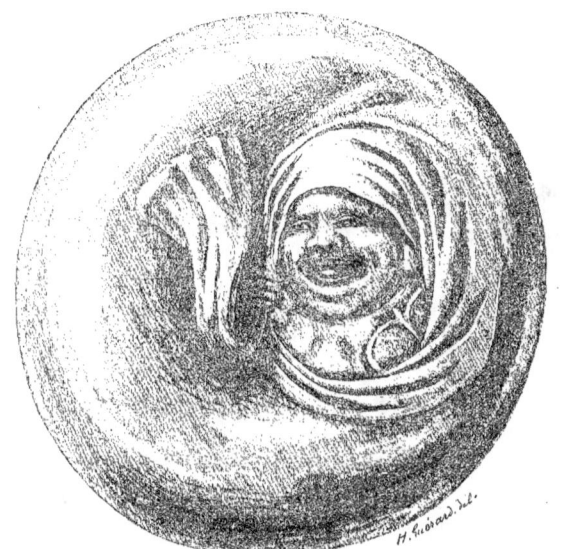

BONBONNIÈRE A ÉMAIL GRISATRE, EN RAKOU.
(Collection de M. de la Narde.)

ou *Tshioyou*, dont le père appelé *Améya,* d'extraction coréenne,
s'était établi potier à Kioto et s'y était marié avec une Japonaise.
Cette dernière, après la mort d'Améya, avait continué la fabrication
et les produits avaient dès lors reçu le nom de *Amayaki* (poterie de
veuve). Tshojiro perfectionna beaucoup cette fabrication lorsqu'il en

eut hérité à son tour et, en 1588, le grand Shiogoun Hidéyoshi le manda dans son palais de Djiourakou qu'il venait de faire bâtir. L'ar-

Guérard.

tiste y fabriqua des bols à thé dont ·la per-fection satisfit tellement le prince que celui-ci gratifia Tshojiro d'un cachet d'or portant la marque de *Rakou* en souvenir du palais où les nouvelles productions de Djiourakou avaient été créées. Ainsi que nous l'avons dit déjà, le genre de cette poterie s'est perpétué jusqu'à présent; le cachet *Rakou* a été conservé, et c'est le onzième descendant de la même famille qui l'emploie aujourd'hui.

Les bols de *Rakou* affectent des formes d'une irrégularité pittoresque et voulue; ils sont presque toujours complètement dépour-vus de décor, tandis que la pâte en est assez grossière et peu résistante. Tout le charme de

STATUETTE, PAR GOËMON.
(Coll. de M. Ed. Taigny.)

ces objets réside dans les tons de l'émail; les couleurs les plus usitées sont les noirs et les rouges; beaucoup de spécimens aussi offrent un mélange de ces deux tons ou bien des dégradations qui, déroulant toute la gamme des bruns, des jaunes et des roses, éclatent avec une telle puissance et offrent aux yeux un tel régal que l'on ne rencontrerait que difficilement leur équiva-

RAKOU.

lent dans aucune autre céramique. Voir les bols représentés sur la planche VII, sous les n⁰ˢ 8 et 10.

Pour la poterie, la cité de Kioto a attiré dans son orbite la plu-part des entreprises isolées qui s'étaient formées dans les localités environnantes; néanmoins il s'était conservé au XVIIᵉ siècle à l'ombre de la métropole un petit cercle artistique qui n'était pas dénué d'im-portance, et dont le siège était à *Foushimi*, où résidait alors le

tshiajin *Kobori Masakoudʒou,* autrement dit *Yenshiu,* dont nous
avons parlé plus haut. Tout près de Foushimi, il y avait plusieurs
fours à poterie parmi lesquels
celui du village de *Fougakousa*
mérite une attention spéciale.

Cet établissement fut fondé
en 1615 par un émule de Ninseï
du nom de *Ikarouka-Goëmon,* et
représente à notre connaissance
le seul endroit du Japon qui ait
produit ce que nous avons coutume d'appeler des figures de
terre cuite. Il existe de cette
fabrication des statuettes rem-
plies de vie et de caractère, et
qui évoquent le souvenir de nos

FIGURINE EN TERRE CUITE DE FOUGAKOUSA.
(Collection de M. S. Bing.)

figurines de Tanagra, si tant est qu'il soit permis de faire un
rapprochement entre deux conceptions, si différentes de la figure
humaine, et dont chacune a cependant sa raison d'être, suivant
l'idéal propre au milieu dont elle est sortie.

IV

HIZEN. (KARATSOU, ARITA, IMARI, OKAVADJI, MIKAVADJI, HIRATO).
— KOUTANI. — SATSOUMA.

L'INTÉRÊT qui, au point de vue de la céramique, s'attache à la province de *Hizen* est avant tout motivé par la production de ses porcelaines. Nous ne pouvons néanmoins nous dispenser de parler des poteries en grès fournies par cette province, car elles tiennent une place importante dans les collections japonaises.

Le centre de cette fabrication touche à la montagne de *Karatsou* qui lui a donné son nom. Les premières données précises que nous ayons pu recueillir sur la poterie de Karatsou remontent à la période *Ghenko* (1321 à 1323), mais il nous paraît peu intéressant de nous arrêter à des temps aussi reculés où les produits ne présentaient encore qu'un caractère absolument barbare. Nous prendrons donc pour point de départ l'année 1598. On se souvient de l'importance que présente cette date pour l'art de la céramique au Japon. La guerre de Corée vient de finir, et les chefs de l'armée victorieuse se font gloire d'installer sur leurs domaines les habiles ouvriers recrutés au cours de leur expédition.

Le prince Nabéshima, suzerain de la province de *Hizen*, avait ramené un artiste coréen du nom de *Risampeï* ou *Kanayeï*. Sui-

BRULE-PARFUMS A COUVERCLE DE BRONZE, EN VIEUX KOUTANI IMITANT LE HIZEN.

(Collection de M. Ph. Burty.)

vant de nombreuses versions japonaises, ce céramiste se serait adonné à la fabrication de la porcelaine après avoir découvert, grâce à de patientes recherches, des gisements de kaolin dans la province de Hizen ; mais cette assertion nous semble en contradiction flagrante avec des faits bien établis d'après lesquels l'œuvre attribuée à Risampeï a été fondée antérieurement par Shonsouï et continuée avec succès par les disciples de ce dernier, ainsi que nous l'avons constaté dans la première partie de ce travail. En outre, nous ne rencontrons aucune trace de l'influence coréenne dans l'aspect de la porcelaine de Hizen, laquelle procède absolument du style chinois, tandis que c'est le contraire qui existe pour la poterie de grès de la même province. Tout concourt donc à établir que c'est à Karatsou que le nouveau venu a dû fixer sa sphère d'action. Les poteries de cette localité représentent complètement ce qu'on peut appeler la céramique coréenne du Japon, car, nulle part dans le pays, les traditions de l'antique péninsule ne se sont transmises avec une telle fidélité.

La plus recherchée parmi ces poteries est celle appelée *Tshioʒen-Karatsou;* on désigne ainsi les pièces qui ont été fabriquées à Karatsou avec les matières importées de la Corée. Ces objets se distinguent par le gras de leur couverte aux tons dégradés et toujours piquetée de petits trous noirs d'un heureux effet (un très bon spécimen de cette fabrication se trouve reproduit à la planche VII, sous le n° 9); du reste, nul autre ornement. Même dans les autres espèces de cette poterie l'émail, généralement de ton gris et abondamment craquelé, est rarement décoré de peintures. Lorsqu'il s'en produit, ces spécimens reçoivent le nom de *Yégaratsou.*

En faisant allusion à la création des porcelaines de Hizen, nous venons de rappeler le nom de Gorodayu Shonsouï. On se souvient que vers 1520 Gorodayu Shonsouï, après son retour de Chine, avait doté la province de Hizen de la nouvelle fabrication et que nous nous étions arrêtés sur les noms de ses deux élèves Goroshitshi et Gorohatshi.

On avait trouvé les matières nécessaires près de la montagne d'Idzouyama dans le district de Matsoura et des ouvriers étaient venus en nombre s'y établir. Le village qui s'éleva du fait de cette

STATUETTE DE DHARMA
(COLLECTION DE
M. HENRI CERNUSCHI)

GRÈS ÉMAILLÉ
ET CRAQUELÉ D'OWARI
(Réduction au 1/3)

H. GUÉRARD del. et sc.

Imp. A. Quantin

agglomération prit le nom d'*Arita*. Durant plus d'un siècle, on y cultiva la fabrication du sométsouké (porcelaine blanche à décors bleus sous émail) jusqu'au jour où survint une transformation qui allait ouvrir à la porcelaine de Hizen sa voie définitive.

Pour atteindre un tel résultat, c'est aux maîtres chinois qu'il fallait de nouveau demander aide et assistance; mais il n'était plus

JARDINIÈRE, D'APRÈS UN DESSIN DE SHIOKOUADO.

besoin pour cela de se transporter sur la terre classique de la porcelaine. Au XVIIᵉ siècle, il s'était établi à Nagasaki, le seul endroit ouvert au commerce de l'étranger, outre la colonie hollandaise, un certain nombre de Chinois, parmi lesquels se trouvaient d'habiles céramistes. Un habitant de la ville d'*Imari*, nommé *Tokouyémon*, se transporta au milieu d'eux dans l'année 1647 et se fit instruire dans l'art de décorer la porcelaine au moyen de couleurs vitrifiables relevées d'or. Ce n'est pas à lui pourtant que revient le mérite d'avoir appliqué les nouveaux procédés et de les avoir fait réussir. Il alla faire part des connaissances acquises à un personnage du nom de *Kakiyémon* et c'est celui-ci qui les fit adopter à Arita.

Kakiyémon fut alors chargé de la direction des fabriques; et, non seulement il mit en usage les principes nouveaux, mais encore les développa si bien qu'il créa des productions toutes spéciales qui furent bientôt recherchées par les Chinois eux-mêmes. Des commandes importantes furent données par les étrangers et se multiplièrent rapidement. La fabrication fut alors poussée avec une ardeur sans exemple au Japon, et on ne peut en évaluer l'importance que par la masse de porcelaines de cette époque éparpillées en Europe, car les annales japonaises sont absolument muettes sur l'exportation en grand de ces produits dans nos pays[1].

La singularité d'une pareille omission ne peut s'expliquer que par ce fait que la vente des porcelaines qui se faisait aux étrangers était illicite. Il est inadmissible cependant qu'une entreprise aussi importante ait pu être ignorée dans le qays; mais peut-être y avait-il un intérêt quelconque à ne pas constater officiellement les infractions commises. Il faut se rappeler que nous sommes en pleine féodalité, où chaque chef de province, bien que nominalement astreint aux lois de l'empire, agit cependant plus ou moins ostensiblement à sa guise. Or il semble probable qu'on fit semblant, en haut lieu, d'ignorer le trafic auquel se livrait le prince de Hizen, ne fût-ce que pour ne pas heurter de front un puissant seigneur dont le domaine se trouvait, par un bras de l'Océan, isolé de la grande île, siège du gouvernement central. Quoi qu'il en soit, les commandes affluèrent nombreuses en services de table, en grands vases et autres objets d'usage.

Le principal marché de ce commerce se concentrait dans la ville d'Imari, dont le nom est fréquemment employé pour désigner la porcelaine d'Arita, mais qui passe à tort pour être un lieu de fabrication.

Tout le monde, en Europe, connaît la variété la plus répan-

1. Voir ce qui a été dit à ce sujet au paragraphe III des Laques.

due de cette porcelaine dont une grande partie a été importée chez nous par la Compagnie hollandaise des Indes.

Cette production constitue un genre bien caractérisé, qui ne manque pas de mérite, mais fatigue quelque peu par une unifor- mité exempte de toute espèce d'im- prévu. C'est essentiellement un article de commerce, offrant sous toutes ses formes les mêmes bleus sous émail avec une déco- ration rouge et or agré- mentée par endroits d'é- maux verts ou violets et figurant le plus ordinaire- ment des chrysanthèmes et des pivoines[1].

Mais, de ces mêmes fours d'Arita sont sorties d'autres porcelaines d'un ordre différent et de qua- lité bien supérieure, fabri-

LES SEIZE LAKANS, D'APRÈS UN DESSIN CHINOIS.

quées, celles-là, en vue de l'usage indigène. La matière est fine, les décors sont appliqués avec un soin minutieux, dans des disposi- tions toujours nouvelles, sur des modèles aux contours délicats et variés. On peut voir les reproductions en couleur figurant dans la planche IV, sous les numéros 4, 7 et 8, et dans la planche I sous le n° 1.

Une autre variété de la porcelaine de Hizen dont il est néces- saire de reparler ici, bien que nous y ayons déjà fait allusion dans

1. C'est l'espèce classée par Jacquemart sous la dénomination de « famille chrysan- thémo-pæonienne ».

une autre partie de notre travail, est celle qu'on a longtemps nommée porcelaine de Corée et qui n'est, en réalité, autre chose qu'une création personnelle de Kakiyémon. Dans cette fabrication, c'est au blanc mat de l'émail recouvrant une pâte d'une exquise finesse qu'échoit le rôle principal, et rarement les Japonais ont consenti à ternir la pureté de son aspect par l'application de dessins bleus avant l'apposition de la couverte veloutée. Les décors, au feu de moufle, se bornent à parsemer les surfaces de petites fleurettes délicates ou bien encore représentent sobrement, sur un terrain fleuri, quelques oiseaux aux contours élégants; le tout est constamment exécuté dans une gamme de tons extrêmement doux et ne souffrant l'éclat d'aucune dorure. Nous rencontrons dans nos collections de nombreuses imitations de ces spécimens exécutées dans nos fabriques d'Europe avec un soin particulier et notamment en Saxe et à Chantilly.

Au Japon, ce genre de porcelaines a surtout été réservé à l'usage des grands seigneurs du pays; mais, comme la production d'Arita était de plus en plus absorbée par le commerce d'exportation, il devint bientôt nécessaire de créer des établissements qui fussent spécialement consacrés à la fourniture des palais princiers.

C'est dans ce but que sous l'ère de Kiôhô (1716 à 1735), le prince Nabéshima fit élever un four à *Okavadji*, village situé dans le même district qu'Arita ; là, au lieu de l'article commercial fabriqué à Arita, vint se produire une fine porcelaine d'amateurs dont le blanc est à tel point irréprochable que tout atelier de décor fut jugé inutile; seuls, de légers dessins d'un bleu pâle sont tolérés sous la blanche couverte.

Nabéshima, qui possédait le titre de prince de Hizen, n'avait cependant pas sous sa domination la totalité de cette province dont un district important, celui de *Hirato*, était soumis au prince Matsoura.

Celui-ci, piqué d'émulation, conçut à son tour le désir de fabriquer la porcelaine et, en conséquence, sous l'ère de Horéki (1751 a

1763) il fit ériger au village de *Mikavadji* un four dont les produits ne le cédèrent en rien à ceux d'Okavadji qu'ils dépassèrent peut-être encore en finesse. Il y a d'ailleurs une telle ressemblance entre les produits de ces deux localités, qu'il est souvent fort difficile d'en faire la différence. Aussi a-t-on accepté l'habitude de se servir du même nom de Hirato pour désigner les objets de l'une ou de l'autre de ces deux provenances; tout au plus le nom d'Okavadji est-il, à tort ou à raison, employé de préférence pour désigner les pièces qui offrent un émail brun sur une partie de leur surface.

Nous conformant à la dénomination consacrée pour désigner l'ensemble de cette fabrication, disons que la porcelaine de Hirato constitue un produit charmant dont la matière est si épurée, et le fini du modelage

CACHET EN PORCELAINE DE MIKAVADJI.
(Collection de M. Louis Gonse.)

si parfait que tout décor de couleur aurait altéré l'exquise distinoncti des objets et que l'on fit sagement de le proscrire. Parmi les objets les plus estimés, nous citerons les *Midzousashi* en blanc ou bleu et blanc : des pots à parfums dont les couvercles ajourés sont des chefs-d'œuvre de grâce et de légèreté, des boîtes à parfums sous forme d'oiseaux au plumage finement détaillé et des

statuettes d'enfants, servant en général de godets à eau pour
délayer l'encre de Chine. De cette même fabrication on trouvera
dans l'eau-forte n° XIII un faucon aux allures hardies qui est la
reproduction d'une pièce importante appartenant à M. H. Cernuschi.

Les éloges décernés plus haut aux porcelaines de Hirato ne
leur sont applicables que pour le temps où toutes les productions
d'Okavadji et de Mikavadji étaient exclusivement réservées à
l'usage des princes, lesquels en ornaient leurs palais où en faisaient hommage soit au Shiogoun, soit à quelque grand seigneur
de leurs amis. Depuis cinquante ans environ, ces fabriques ont
commencé à travailler pour le commerce, et l'on comprend que,
dès ce moment, les soins apportés à la fabrication aient cessé d'être
aussi minutieux; aussi, bien que le genre soit resté le même, peut-on
distinguer aisément les objets anciens de ceux de fabrication plus
récente.

Indépendamment des fours mentionnés plus haut, la province
de Hizen en contient d'autres encore, mais de minime importance.
Il paraîtrait cependant que, dans une localité du nom de *Matsou-
gatami,* on aurait, au xviii° siècle, fabriqué un certain nombre de
porcelaines très soignées, mais dont la ressemblance avec celles
de Hirato est trop accentuée pour qu'il soit permis de les distinguer les unes des autres.

En dehors de Hizen, la seule contrée où l'on ait fabriqué
anciennement de la porcelaine proprement dite est la province de
Kaga.

Le centre de cette fabrication se trouve dans une localité nommée *Koutani* qui doit son existence à cette industrie. Un prince de Kaga, jaloux de la grande réputation que venaient d'acquérir les porcelaines de Hizen, résolut, vers l'an 1620, de doter ses domaines d'un bienfait analogue et chargea un samouraï, nommé *Tamoura*, du soin de réaliser ce projet. Tamoura se mit aussitôt en campagne et, après de laborieuses recherches, finit par trouver les matières propices dans les flancs d'une montagne. C'est là que les fours furent établis et l'on raconte que le nom de Koutani, qui signifie neuf vallées,

DAÏKOKOU, LE DIEU DE LA RICHESSE, SUR SON SAC DE RIZ.
(D'après Hokkeï.)

fut donné à la localité par allusion au nombre de vallons dont on avait vainement fouillé le sol avant d'aboutir à la précieuse découverte.

Il ne suffisait pas, cependant, d'être en possession de la matière première, encore fallait-il savoir l'utiliser de la bonne manière et, sous ce rapport, on n'obtenait que des résultats médiocres.

Le prince songea dès lors à faire appel à l'expérience des ouvriers d'Arita; mais, tout suzerain considérant comme son propre patrimoine l'industrie qui s'exerçait dans ses États, chacun tenait

aussi à ce qu'elle ne se répandît pas au dehors. Plus que tout autre le
prince Nabéshima, de qui dépendait la majeure partie de la province
de Hizen, était ombrageux sur ce point, car il tirait, comme nous
l'avons dit, grand profit des bénéfices réalisés par l'exportation de
la porcelaine.

Le prince de Kaga résolut en conséquence de recourir à la
ruse pour arriver à ses fins. Il ordonna à un potier nommé *Goto-*

KOUTANI.

Saïjiro de se présenter comme ouvrier dans les
fabriques de Hizen et celui-ci, afin de mieux dis-
simuler l'objet de sa mission, demanda la main
de la propre fille de Kakiyémon, l'habile et le
savant organisateur des fabriques d'Arita.
Kakiyémon, croyant avoir mis la main sur un
digne continuateur de son œuvre, s'efforça d'in-
culquer à son gendre tous les principes de l'art
qui lui était cher, et certes il ne pouvait avoir de plus ardent dis-
ciple. Tout à coup, un jour de l'année 1650, le nouvel initié dis-
parut, emportant dans sa province tous les secrets du métier; et
l'on pense s'ils tardèrent à être mis en usage avec empressement.

Mais les fours de Koutani, n'ayant pas été, comme ceux
d'Arita, créés dans un but commercial, étaient de dimensions
modestes et, de même que les productions d'Okavadji et de Mikavadji, étaient destinés à fournir le prince, le Shiogoun et par
exception aussi quelques tshiajins renommés.

En donnant place ici à la petite aventure romanesque qui se raconte au Japon pour expliquer l'origine des porcelaines de Koutani,
nous devons constater cependant que d'autres facteurs encore ont
dû entrer en jeu en cette occurrence. Cette conviction s'appuie sur
plusieurs faits, sur lesquels nous n'avons pu malheureusement
obtenir aucune explication et que nous devons nous borner à
livrer tels qu'ils s'imposent d'eux-mêmes.

ANCIENNES FABRIQUES DE KIOTO ET DE YATSOUSHIRO

Bols pour la cérémonie du thé.

(Pièces de la collection de M.S.Bing)

Il est incontestable que certaines productions de Koutani accusent une affinité étroite avec des produits similaires de Hizen, et
il existe des échantillons qu'on ne peut classer dans l'une ou
l'autre catégorie sans se livrer à un examen approfondi (voir le
dessin que nous donnons page 297). Mais ce sont là des excep-
tions. Dans ses grandes lignes, la porcelaine primitive de Koutani

JAPONAIS PEIGNANT UN BONHOMME DE NEIGE.
(D'après Hokousaï.)

a infiniment moins de ressemblance avec le genre Arita (fabrication essentiellement typique, nous l'avons dit), qu'avec les véritables porcelaines de la Chine dont Koutani s'est bien certainement
inspiré directement pour une bonne part. Le ton de certains émaux,
comme aussi la disposition des décors, révèlent cette parenté d'une
façon saisissante, et comme dernière preuve nous trouvons, reproduites à l'envers de nombreuses pièces, des marques chinoises de la
dynastie des Mings.

Concurremment à la tradition chinoise et aux réminiscences de
Hizen, nous voyons se dégager des créations originales, œuvres de
haut goût où l'éclat des émaux devient incomparable et dont les
décors, tracés par la main du peintre *Kano Morikaghé,* ont une
saveur particulièrement artistique. Nous ne saurions mettre sous
les yeux du lecteur une meilleure représentation de ce genre de
productions que le grand plat reproduit planche I (voir le premier
volume de cet ouvrage, page 226). C'est une œuvre capitale, où
le dessin magistral du grand artiste est vivifié par les tons magi-
ques d'émaux étincelants. Une petite boîte à parfums qui se
recommande également par sa coloration vigoureuse est reproduite à la planche VIII, sous le n° 2.

A cette époque les matières changent d'aspect et, soit que les
carrières aient cessé d'être productives, soit qu'elles n'aient plus
été exploitées avec le même soin, toujours est-il que la porcelaine
pure revêtue d'un émail mat et lisse au toucher, qui avait distingué les premières époques, est remplacée par une substance où
le grès tient plus de place que la porcelaine. En même temps on
renonce à la sobriété primitive des décors, et les surfaces des objets
disparaissent sous un revêtement presque total de chatoyantes couleurs. Les émaux présentent alors une vigueur éblouissante, qui
nous fait tenir cette fabrication en haute estime, bien qu'elle n'offre
pas à vrai dire les qualités solides qui distinguent les Koutani des
premières époques.

L'exploitation des carrières de kaolin se ralentissant de plus en
plus, on recourut à l'importation pour remplacer les matières qui
allaient faire défaut dans la région. Les carrières de Hizen d'abord,
et, plus récemment, celles de la province de *Mino* furent mises à
contribution, et il en résulta pour les Koutani l'emploi des
matières les plus diverses.

A côté des décors dont il est question plus haut, il a été créé.

plus récemment un principe d'ornementation qu'on pourrait appeler la famille rouge du Koutani. Des motifs en rouge de brique sont tracés en lignes serrées et fines, semblables à des dessins à la plume et relevés d'or. Par endroits seulement quelques taches

LÉGENDE DU VOLEUR D'HUILE.

(D'après Hokousaï.)

d'émaux verts, jaunes ou violets, forment une heureuse diversion à l'uniformité du ton. L'usage s'est introduit chez les marchands de désigner ce dernier genre sous le nom de *Kaga,* en opposition avec celui de Koutani réservé aux décorations polychromes. Nous avons à peine besoin de faire ressortir le non-sens d'une pareille distinction, ces différentes sortes provenant toutes deux de Koutani-village situé dans Kaga-province.

On a vu que la fabrique de Koutani avait été établie comme

institution exclusivement princière ; ce caractère lui fut conservé
pendant cent cinquante ans durant lesquels tous les ouvriers étaient
aux gages du daïmio, et prit fin vers le déclin du siècle dernier
où la fabrication tomba en décadence. Entre 1812 et 1815, deux
ouvriers nommés *Yida* et *Yoshida* entreprirent de reconstruire les
fours dans la ville de *Yamashiro*, non loin de Koutani d'où l'on
continuait à s'approvisionner de matières premières. A partir de
ce moment, la fabrication de Koutani s'est transformée en une
entreprise commerciale qui a pris une extension considérable. On
dit que Yoshida s'est principalement adonné aux émaux employés
en épaisseur, tandis que Yida a perpétué le décor rouge.

Nous avons décrit les types de Koutani les plus généralement
connus. Mais il en existe un petit nombre qui, par des qualités
exquises et par le sentiment personnel qui a présidé à leur création,
échappent aux classements que nous avons établis. Quelques-unes
de ces pièces proviennent d'une fabrication rendue particulièrement
précieuse par l'emploi, en épaisseur, de l'or et de l'argent, de façon
assez habile pour donner l'illusion des métaux mêmes, incrustés à
l'état pur dans la pâte.

Pour parfaire un ensemble d'une richesse et d'une puissance
saisissantes, l'artiste complétait le décor par des rouges très intenses
distribués avec un goût parfait. Nous connaissons dans cet ordre
une petite boîte à parfums à décor de damiers dont les champs
sont formés d'or, d'argent et de rouge alternés, et nous reproduisons ici une autre pièce plus remarquable encore : c'est une coupe,
dont le décor, à lambrequins, est cerné d'applications d'or et d'argent en relief auxquels le feu a communiqué l'éclat le plus métallique.
La porcelaine blanche qui porte cette ornementation, et qui paraît
dater de la fin du XVIIe siècle ou du commencement du XVIIIe, est
pure et fine comme une belle « coquille d'œuf » de la Chine et
l'émail doux et crémeux donne à la matière l'aspect d'une pâte tendre.

On trouvera divers autres échantillons de fabrications exceptionnelles reproduits sous les numéros 6 et 7 de la planche VII et surtout sous le n° 5 de la planche IX.

COUPE EN PORCELAINE DE KOUTANI A ÉMAUX D'OR ET D'ARGENT EN RELIEF.

(Collection de M. Louis Gonse.)

Nous ne pouvons quitter la province de Kaga sans faire mention d'une fabrication qui n'a aucun point de contact avec la porcelaine de Koutani et qui se produit dans un faubourg de la ville de
Kanazava, du nom de *Ohi*. C'est une poterie d'une matière très
poreuse et en tous points semblable à celle qui sert à Kioto pour la

fabrication du *Rakou* dont elle émane. Cette industrie a été implantée à Ohi il y a deux cents ans environ par Tshozaïyémon frère d'Itshiniu (quatrième Rakou).

Les objets sont faciles à distinguer par le cachet *Ohi* dont chacun d'eux est revêtu et par les nuances de l'émail où dominent le vert et le rouge feu. Ajoutons qu'au lieu de s'en tenir presque exclusivement à la fabrication des bols, à l'exemple des artistes de Rakou, ceux d'Ohi n'ont pas craint d'aborder des productions plus variées.

Plus que toute autre branche de la céramique japonaise, la poterie artistique de *Satsouma* doit son origine à la grande expédition du Taïko-Hidéyoshi dont le souvenir revient si souvent sous notre plume.

Le prince Shimadzou-Yoshihissa, qui à cette époque était à la tête de la province de Satsouma, avait en 1598 ramené de Corée dix-sept familles de céramistes qu'il établit dans le village de *Naéshirogava*, où pendant longtemps on fabriqua des objets presque en tous points semblables aux productions coréennes. Les poteries grises, ornées de dessins noirs ou bruns, de même que les incrustations d'émail blanc, faisaient le fond de cette fabrication, ou bien encore, c'étaient des spécimens qui tiraient simplement leur effet du mélange contrastant de leurs couvertes diversement teintées.

Dans le cours des années *Kouanghéï* (1624 à 1643), un certain

CHAT ENDORMI, BRULE-PARFUMS EN ANCIEN SATSOUMA, AUX ARMOIRIES DES TOKOUGAVA.

(Collection de M. Louis Gonse.)

Bokouteïyen découvrit une pâte blanche à *Housouki*, et en même
temps composa un émail d'un ton clair et fin avec des matières
provenant de Kaséda.

C'est de cette époque que date la délicate poterie truitée qui
a rendu le nom de Satsouma célèbre chez nos amateurs. Les premières pièces du genre étaient sans aucun décor et même plus tard
ce n'est que très discrètement encore que se trouve employée l'ornementation par-dessus couverte. Au cours de la seconde moitié du
XVIIIe siècle seulement, deux ouvriers, *Kin-Zenkaï* et *Kouhabara-
Jiouzayémon,* se sont rendus à Kioto pour apprendre à rehaus-
ser les belles matières produites dans leur province par de riches
décorations.

Les détails qui précèdent sont empruntés à une étude très
intéressante communiquée par M. E. Satow à l'*Asiatic Society* de
Tokio. Malgré ces renseignements nous devons cependant avouer
que notre curiosité demeure en éveil devant ce fait étonnant que
du premier coup les ouvriers de Satsouma ont dépassé tout ce qui,
avant eux, s'est fait de beau en ce genre de travail. Il n'y aurait
dans ce fait rien de surprenant s'il s'agissait d'un groupe d'ouvriers dès longtemps préparés à une telle transformation par des
travaux d'un caractère à peu près analogue; mais ici, c'est tout le
contraire : on nous dit que jamais à Satsouma la fabrication n'est
sortie des mains des Coréens, lesquels ont conservé intact le génie
primordial de leur patrie, se mariant constamment entre eux et ne
souffrant l'intrusion d'aucun élément japonais. Pendant des siècles,
ces sectateurs opiniâtres de la tradition n'ont produit que d'après
des prototypes légués par les fondateurs de leur colonie, et c'est de
cette production primitive et sombre d'allures qu'est sortie, sans
transition, une création remplie de la grâce la plus aimable et la plus
raffinée qu'il soit possible de rêver dans le domaine de la céramique.

On n'a pas oublié l'effet magique produit par les premières

faïences de Satsouma qui parurent en Europe et, n'étaient les
nombreuses imitations dont les Japonais ont encombré nos marchés depuis lors, l'engouement de la pre-
mière heure aurait certainement pris des proportions plus considérables encore. Ce n'est
en effet que depuis leur révolution de 1868
que les Japonais ont consenti à nous livrer
leurs véritables pièces d'amateurs, celles qui
avaient été confectionnées pour l'usage des
Daïmios et des Shiogouns et qui donnent la
note de ce que l'aristocratique distinction du
goût japonais a pu enfanter de plus
élevé.

Dans ces petites pièces la pâte est
ferme et lourde; sa couverte, sillonnée
de fissures extrêmement fines et serrées, présente les nuances délicates
qui, depuis le ton légèrement enfumé
du vieil ivoire, s'étendent jusqu'au
blanc de la crème. Sur ces fonds harmonieux et doux s'enlèvent des décors
tantôt vaporeux et tendres, tantôt s'accusant dans un dessin ténu et précis
où des rouges éblouissants, savam-
ment distribués, éclatent au milieu
d'ors en relief d'une extrême pureté;
des émaux d'une limpidité exquise

H. Guérard.

BOUTEILLE EN ANCIEN SATSOUMA.
(Collection de M. S. Bing.)

viennent compléter un ensemble qui tient de la bijouterie presque
autant que de la céramique.

La planche VI nous offre quelques jolis échantillons sous les
numéros 3 et 5. Un autre spécimen, qui se trouve reproduit ici,

mérite une attention toute spéciale, à cause de son grand caractère artistique aussi bien qu'en raison de l'histoire qui s'y rattache et qui fixe nettement la date de son origine. C'est un brûle-parfums sous forme de chat endormi. Cet objet avait été offert vers 1780 par le prince de Satsouma à la princesse Tayasou-Tokougava; par suite de la révolution de 1868, il a passé aux mains d'un banquier d'Osaka, pour être plus tard acquis par M. Wakaï. Il appartient aujourd'hui à M. Louis Gonse.

En dehors de ces sortes de productions qui ont rendu populaire le nom de Satsouma, les fours de la province ont produit des spéci- mens divers qui constituent des genres exceptionnels et ne présen- tent généralement d'autre ornementation que la couleur de leurs couvertes. Parmi les types les plus dignes de remarque dans cet ordre, nous citerons des pièces émaillées mi-parties noir et mi-parties blanc. Les deux tons si différents qui forment ce singulier con- traste se touchent, et la ligne de démarcation est d'une netteté par- faite; la partie blanche offre les fines gerçures que nous avons décrites plus haut, tandis que la surface formée par l'émail noir est lisse et opaque.

Nous avons sous les yeux d'autres échantillons très variés : un bol à thé dont l'émail épais et velouté imite l'écaille de la tortue ; un vase flambé de bleu aux tons dégradés; un petit pot à thé portant un ton verdâtre maculé de bleu et sur la partie supérieure duquel s'étend une coulée d'argent qui semble s'échapper de l'orifice ; un bol revêtu d'un émail vert d'eau moucheté, de la plus limpide transparence.

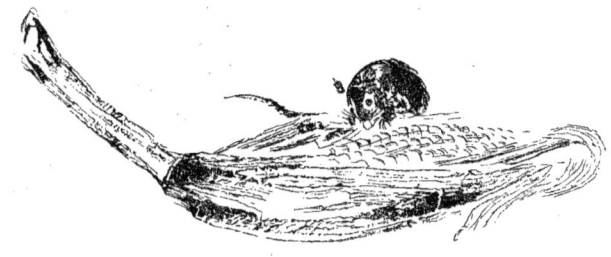

V

YATSOUSHIRO, AGANO, TAKATORI, ODO, HAGHI, IDZOUMO, TAMBA,
ZÉZÉ, OWARI, MINO, IGA, SHIGARAKI, MINATO, BIZEN,
SÔMA, SHIDORO, ASAHI, AKAHADA, KOSOBÉ-SANDA, AVADJI,
KISHIU, BANKO, YÉDO ET DIVERS.

Il nous faut compléter la liste des établissements de potiers fondés par les ouvriers coréens en 1598.

Un rôle dominant dans l'histoire de ces
entreprises appartient au prince Kato-Kiyo-
mosa, seigneur de Higo, ami fidèle de Taïko-
Hidéyoshi et l'un de ses généraux les plus
renommés. Il avait ramené un certain nombre
de céramistes dont le plus célèbre, *Kizo*,
érigea les fours de *Yatsoushiro*, nom d'un district de la province
de Higo.

Les poteries de Yatsoushiro offrent une particularité curieuse.
Tandis que la composition de leurs matières et l'ordonnance des
dessins se sont progressivement pliées aux exigences du raffinement
japonais, les procédés d'exécution sont restés invariablement soumis
aux préceptes purement coréens.

C'est au système des incrustations dans la couverte que sont

empruntés tous les effets de décoration qui ornent ces objets. Ce
sont des frises, feuillages ou fleurs, armoiries princières, etc., qui
ressortent en émail blanc encastrés dans le fond d'un gris sombre se
colorant parfois de la teinte rouge de la pâte.

Les plus jolis spécimens de cette fabrication, ceux qui se recommandent par la finesse de leur pâte et l'éclat de leur émail, ont été
produits dans l'espace des cent dernières années. De ce nombre
est le bol n° 2 dont la planche VIII nous offre une jolie reproduction.

Le même Kizo, à qui l'on doit l'établissement de Yatsoushiro,
passe pour avoir fondé aussi les fours d'*Agano* (province de Boungo)
dont les produits sont cependant d'une nature bien différente ; la
matière en est très rugueuse et l'émail, appliqué par couches
épaisses, est dépourvu de décors.

Les poteries d'Agano n'en jouissent pas moins d'une réputation
justifiée par le goût et le soin qui ont présidé à leur fabrication.

Le prince de Tshikouzen, autre général sous les ordres de Taïko,
avait de son côté ramené un ouvrier coréen du nom de *Hatshijo*,
lequel établit la réputation des poteries de *Takatori*, village de la
province de Tshikouzen.

Les conseils de Yenshiu, le fameux tshiajin de l'époque, ont
exercé une influence considérable sur ces produits ; et les tasses
comme les pots à thé, fabriqués sous l'inspiration du célèbre amateur, se distinguent par le bel éclat de leur émail. C'est une qualité
qui s'est d'ailleurs perpétuée depuis lors dans les productions de
Takatori, lesquelles nous frappent par leur couverte brillante, de
tons bruns souvent rompus par des mélanges de colorations différentes. Voir la gourde reproduite à la planche IX, sous le n° 4.

Outre les ustensiles de ménage, Takatori a, plus tard, fabriqué de nombreuses figures d'hommes ou d'animaux modelées avec un art parfait.

Nous aurons épuisé la nomenclature des immigrations coréennes survenues à la suite de la grande expédition, après avoir dit que le

SINGE ATTAQUANT UN CERF, EN GRÈS ÉMAILLÉ DE TAKATORI.
(Collection de M. S. Bing.)

prince de Tosa avait ramené *Shiohakou* le céramiste qui fut chargé d'établir des fours au village d'*Odo,* province de Tosa, et enfin, lorsque nous aurons relaté que le prince de Nagato créa les poteries de *Haghi* en installant dans le village de *Matsoumoto* un artiste qui allait acquérir une grande célébrité sous le nom de *Koraïzayémon*.

L'*Odo-Yaki* est une poterie fine qui se distingue par une terre rougeâtre recouverte d'un émail gris pâle; des dessins bleus sous émail y sont fréquents; d'autres spécimens portent des décors de couleur au feu de moufle.

Quant aux *Haghi-Yaki,* ils offrent également un fond clair, mais recouvrant une pâte infiniment plus dure.

C'est dans la beauté de l'émail que réside la qualité dominante de ces objets, et seules des marbrures de tons opposés viennent souvent compléter une ornementation qui séduit par la sobriété même et impressionne par ses effets doux et harmonieux. Il a été modelé à Haghi des figures dont l'exécution témoigne d'un art consommé et dont un spécimen remarquable se trouve reproduit à l'eau-forte planche XII.

Gombeï, l'un des élèves de ce même Koraïzayémon, qui fut le fondateur de Haghi, était allé s'établir à Hakouzan, village de la province d'*Idzoumo,* pour y créer une fabrication qui n'est pas sans analogie avec le Haghi. Les spécimens du vieil Idzoumo sont assez rares; la fabrication n'a pris un certain développement que dans les derniers temps depuis qu'elle a été transférée au village de *Matsouiyé* situé dans la même province.

Nous avons décrit l'intervention des artistes coréens du XVIᵉ siècle, en tant que nous avons pu en dégager l'histoire d'après des données précises. Il nous est impossible de ne pas faire entrer dans la même série un certain nombre de fabrications qui nous frappent par un caractère de parenté bien prononcée avec plusieurs d'entre celles que nous venons de décrire, bienque l'histoire ne fasse aucune mention des liens qui les y rattachent.

Les produits de Takatori notamment ont deux similaires presque exacts, à savoir les poteries de *Tamba* et celles de *Zézé,* avec cette différence qu'à notre connaissance il n'existe pas de figures de ces dernières provenances.

Les *Tamba-Yaki* ont été fabriqués dans le district de Taki, province de Tamba; ils sont représentés principalement par

H. GUÉRARD

Imp. A. Quantin.

OUDZOUMÉ, PORTE BOUQUET EN TERRE ÉMAILLÉE DE HAGHI (XVIIᵉ SIÈCLE).
COLLECTION DE M. LOUIS GONSE.

des pots à thé éclatants et très harmonieux de tons, sans autre décor. Les *Zézé-Yaki* se produisaient dans le village de Zézé, situé dans la province d'Omi; la fabrication n'en a pas été continuée et, par suite, les spécimens en sont assez rares. Ainsi que nous l'avons dit plus haut, ils sont de la même nature que les Takatori ou les Tamba, et nous avons vu les connaisseurs les plus émérites hésitants pour ranger certains produits de cette nature dans l'une ou l'autre de ces diverses catégories.

Minato est le nom d'un village situé au sud du port de Sakaï, dans la province d'Idzoumi, et d'après la tradition c'est au prêtre Ghioghi que la poterie fabriquée dans cette localité devrait son existence. Les productions de Minato étaient très recherchées par les amateurs du xvie siècle, et cette faveur n'est pas pour nous étonner, si nous en jugeons par un spécimen que nous avons sous les yeux. C'est un pot à thé, dont le biscuit noir est en majeure partie revêtu de

GRAVURE TIRÉE D'UN ROMAN
COMPOSÉ ET ILLUSTRÉ PAR KYODEN.

larges placages d'émaux polychromes offrant une extrême chaleur
de ton dans des colorations peu communes. Au commencement de
notre siècle un genre tout différent a été créé à Minato par des
céramistes immigrés de Kioto. Ce sont des objets très finement
façonnés et revêtus de couvertes unies où généralement dominent
le vert et le jaune. Cette fabrication n'a pas été continuée pendant
longtemps, et partant les spécimens en sont rares et fort estimés.

Nous avons expliqué dans la première partie de notre travail
que c'est la province d'*Owari* qui peut revendiquer le mérite d'avoir
produit les premières poteries fines.

On se rappelle que Toshiro, artiste de Séto, au retour d'un
voyage d'instruction qu'il fit en Chine au XIIIᵉ siècle, réussit à produire des pots à thé d'une grande perfection et que l'on a conservé les noms de quelques-uns de ses successeurs immédiats, qui
avaient suivi les errements du maître.

La suite n'a pas tenu ce que d'aussi heureux débuts avaient
semblé promettre et nous ne rencontrons au cours de la longue
période qui s'est écoulée depuis lors le nom d'aucun grand artiste
ayant illustré la province d'Owari. On s'y est beaucoup adonné à la
confection d'ustensiles de toutes espèces pour servir à la consommation courante du pays, dotant ainsi l'industrie locale d'une activité considérable, mais sans grand profit pour la tradition
artistique.

Celle-ci a trouvé un refuge dans une fabrication plus restreinte
d'objets d'amateurs perpétuant d'une part le genre inauguré par
Toshiro, sans toutefois le maintenir à une égale hauteur, et créant
en outre des productions d'un ordre différent.

La caractéristique de la seconde manière réside dans une pâte
de ton clair et revêtue d'une couverte extrêmement vitreuse. Elle a
fourni des pièces intéressantes, notamment dans ce qu'on appelle le

Ki-Séto (Séto jaune), et nous citerons de petites boîtes à parfums qui séduisent par une composition originale et une exécution ab-
solument artistique.

Il est, parmi les productions
d'Owari, une autre classe de poteries dans lesquelles on trouve des
réminiscences très fidèles de la
Corée; ces objets, d'un goût robuste, sont formés d'une matière
pierreuse, peu épurée et revêtue
d'une couverte fortement craque-
lée. Nous avons à relever
les noms de deux céra-
mistes qui se sont parti-
culièrement distingués en
ce genre : le premier en
date est *Shinnô*, qui vivait
au XVII° siècle et dont les
travaux les plus intéres-
sants se recommandent
par des incrustations d'é-
maux, cuits au même feu
que la couverte. Le même
artiste a produit aussi des
statuettes accusant une
connaissance profonde de

AIGLE DE MER, EN GRÈS DE BIZEN.
(Collection de M. Ph. Burty.)

la sculpture. Une eau-forte de M. Guérard [nous représente une
statuette du Dharma empreinte du caractère le plus artistique.

L'autre artiste, qui s'appelait *Oribé*, a créé un genre différent,
lequel se distingue par des qualités d'un ordre tout spécial. Ses

productions frappent par de grands placages d'un émail vert émeraude de la plus grande beauté, laissant généralement transparaître
une première couche de couverte à larges craquelures et venant se
joindre à des dessins en brun au grand feu. L'impression saisissante provoquée par ces objets est souvent complétée par une
irrégularité voulue dans les formes, qui ajoute au pittoresque de
l'ensemble.

Quelques autres spécialités signalent la province d'Owari à l'attention des amateurs. Le village d'*Ynouyama* a produit une poterie
intéressante par ses décors de couleurs au feu de moufle, qui sont
d'un arrangement artistique. Notons aussi que, dans le district
d'Aïtshi, il a été fondé au commencement du siècle actuel, par un
céramiste du nom de *Toyosouki,* une poterie poreuse et friable à
laquelle on a donné le nom de *Horakou,* à cause de sa grande
ressemblance avec le *Rakou* qui se fabrique à Kioto. Nous reproduisons de cette fabrication un joli bol à thé, planche VIII, n° 1.

Enfin, depuis quatre-vingts ans, on s'est adonné à *Akadzou,* village des environs de Séto, à la fabrication en grand des sométsouké
(porcelaines blanches à dessins bleus sous couverte). On y a fondé
depuis quelque dix années de véritables manufactures qui ont
encombré nos marchés de leurs produits.

C'est un nommé *Kitshizayémon* qui, au retour d'un voyage
d'études accompli à Hizen, implanta cette branche d'industrie dans
la province d'Owari, dont la capitale Nagoya devint le principal
marché pour la vente des nouvelles porcelaines. A peine les artistes
d'Owari avaient-ils commencé à produire des sométsouké, lorsque
dans l'année 1804, les secrets de cette fabrication se transmirent à
la province de *Mino* pour être exploités dans un village du nom de
Koujiri et dans quelques autres localités des environs. Seulement,
au lieu de viser les besoins du commerce, à l'exemple de leurs voisins d'Owari, les artistes de Mino concentraient leurs efforts sur

une production tout à fait supérieure et dont, pendant longtemps, la cour impériale a seule bénéficié. Cette fabrication est remar-

BRULE-PARFUMS A JOUR, EN GRÈS DE BIZEN BLANC.

(Collection de M. Georges Petit.)

quable par la perfection de son émail aussi bien que par l'extrême finesse des dessins bleus, témoignant d'une habileté consommée dans l'exécution. Les beaux échantillons de Mino sont en droit de prétendre à une place honorable dans les collections les mieux épurées.

Il nous reste à parler d'un certain nombre de poteries dont le caractère exclusif accuse une origine purement japonaise, qui éloigne l'idée de toute influence étrangère.

L'une des plus anciennes de celles qui appartiennent à cet ordre de productions est, sans conteste, celle qui se poursuit depuis des siècles à *Imbé*, dans la province de *Bizen*.

De tout temps, on a confectionné dans cette localité les grès que tous les amateurs connaissent; mais c'est au cours des derniers siècles seulement que la matière a acquis le degré de finesse qui lui donne du prix à nos yeux.

La cassure de la pâte est essentiellement rouge et comme la cuisson s'opère à un feu très violent en raison de la consistance de la matière, il s'en dégage une sorte de vernis naturel produit par la fusion des parties vitreuses et qui donne la coloration extérieure aux objets. Disons cependant, bien que le fait ait été contesté, que dans bien des cas la main de l'ouvrier a dû compléter, par l'addition d'une légère glaçure, l'effet naturel du feu. Il a été obtenu par ces procédés une série de tons des plus intéressants, rouges, verdâtres, gris, voire même presque blancs, ainsi que nous le prouve un échantillon récemment arrivé en Europe. Nous reproduisons ici cette pièce qui représente un brûle-parfums à jour de forme sphérique et surmonté d'une chimère.

Si la terre offre des qualités exceptionnelles, il s'est trouvé également à Bizen des artistes de grand mérite pour la modeler. Il est impossible en effet de représenter avec une vérité plus saisissante des oiseaux pleins de vie et de mouvement, ni de doter d'accents plus caractéristiques les figures humaines ou fantaisistes.

Les poteries connues sous le nom d'*Iga* et de *Shigaraki* peuvent compter parmi les plus anciennes du Japon. Ces deux

espèces ont beaucoup de ressemblance entre elles et les endroits
où elles sont fabriquées sont très voisins, bien qu'appartenant à
deux provinces différentes. Les poteries d'Iga se font dans la province du même nom, au lieu appelé *Maroubashira*, sur la limite
frontière d'Omi, tandis que Shigaraki est un village situé sur le
territoire de cette dernière province.

Les objets fournis par ces lieux de production ont peu varié
depuis des temps très reculés; ils ont conservé leur aspect rugueux
et primitif et les amateurs japonais les aiment ainsi. La pâte est
excessivement pierreuse, notamment dans les Shigaraki; on l'a
fait quelquefois passer au tamis pour la confection de certaines
pièces, surtout pour les pots à thé qui ont été commandés ainsi
par le tshiajin Yenshiu; mais le plus souvent, on se plaît à laisser subsister dans la matière tous les cailloux dont elle est mélan-
gée, et ces pierres, une fois vitrifiées, produisent véritablement des
effets très curieux, en donnant aux objets un caractère tout particulier. Les Japonais, qui sont des raffinés à leur manière, s'amusent
beaucoup des accidents toujours variés qui apparaissent dans
ces sortes de pièces dont bon nombre sont simplement façonnées
à la main et recouvertes d'un vernis naturel qui se dégage de la
matière par la seule action du feu.

Il est une autre sorte de poterie qui frappe par la rugosité
de sa pâte. Elle se fabrique depuis huit cents ans environ à Naka-
moura dans la province d'Ivaki et on l'appelle *Sôma-Yaki*, du nom
du prince de *Sôma* qui avait anciennement possédé ce territoire.

Ce ne sont pas des pierres que nous rencontrons ici dans la
matière, mais plutôt le mélange d'une forte partie de sable, à
peine dissimulé parfois sous une mince couche d'émail. Beaucoup
de poteries de Sôma sont ornées d'un décor de chevaux qui est
tantôt dessiné en noir sous l'émail, tantôt modelé en relief, et
l'on dit que le dessin de ces chevaux aurait été fourni pendant la

période Tenshio (1573-91) par un peintre du nom de Kano Shosin.

D'autres spécimens de Sôma offrent sur toute la surface extérieure une imitation de la peau de chagrin, figurée par de petites
gouttelettes d'émail très serrées; d'autres variétés enfin ont été
produites suivant l'inspiration personnelle des artistes.

Non loin de Shigaraki se trouve le village de *Shidoro;* les
productions de ces deux localités ont également un air de parenté,
avec cette différence que les matières de la première sont plus
épurées et que la cassure de la pâte est d'un ton plus rouge.

Du temps de Yenshiu, on a commencé à Shidoro la fabrication des pots à thé dans le genre de ceux de Séto, et, depuis lors,
on s'en est tenu principalement à cette spécialité. Beaucoup
d'échantillons offrent une couche d'émail composée de tons
mélangés, au milieu desquels un jaune d'or aux reflets chatoyants
produit des effets très heureux.

C'est encore à Yenshiu que la fabrication de *Asahi,* dans la
province de Yamato, doit les perfectionnements qui la rendent
intéressante aux amateurs, notamment en raison des tasses à thé
que ce Mécène a fait exécuter et qui tiennent une place honorable
au milieu des collections japonaises. Pourtant, ces productions sont
loin de mériter la faveur qui s'attache avec raison à une autre
espèce de poterie fournie également par la province de Yamato
et connue sous la désignation d'*Akahada,* d'après une montagne
de ce nom située près du village de Gojo.

Les objets de cette provenance frappent par la belle qualité et
les beaux tons de leur glaçure, laquelle présente souvent un blanc
laiteux accidenté de hachures brunes ou bien encore contrastant avec
des émaux de couleurs foncées et même quelquefois presque noirs.

A la même famille que les variétés ci-dessus vient se rattacher une poterie d'origine très ancienne qui se fabrique dans la province de Setsou au village de *Kosobé*, district de Shimogami.

Le seul spécimen de *Kosobé-yaki* qui nous soit connu ressemble par la matière aux productions d'Akahada. La couverte blanche, mate et opaque a l'aspect de la chaux, et sur ce fond l'ornementation se détache en émail brun, formant des dessins d'un style archaïque.

BOL D'AVADJI, PAR MIMPEÏ.
(Collection de M. Louis Gonse.)

La même province de Setsou fournit aussi des céramiques d'un ordre bien différent. Le lieu de fabrication s'appelle *Sanda* et produit une belle porcelaine finement émaillée du céladon le plus pur, qu'on pourrait aisément confondre avec des productions analogues de la Chine. — Une marque caractéristique de cette porcelaine se découvre dans le ton rouge que l'effet de la cuisson communique à la pâte aux endroits non revêtus de couverte.

Les poteries d'*Avadji* sont de création très récente et leur réputation s'appuie presque exclusivement sur les œuvres personnelles produites par le fondateur de cette fabrication. Ce fut un nommé *Mimpeï*, qui, après avoir fait des études sur la céramique à Kioto, était venu s'établir à Ignano, province d'Avadji, dans le dernier quart du XVIIIᵉ siècle. Les objets fabriqués par Mimpeï touchent à des ordres très variés; mais une seule qualité les unit tous, c'est le merveilleux éclat de leurs émaux au grand feu, appliqués sur une pâte généralement fine. Le beau bol que nous donnons ci-dessus et la bouteille à saké de la planche IX, nº 3, peuvent donner une idée de cette fabrication.

Nous ne connaissons aucune production de grand mérite provenant des successeurs de Mimpeï.

Plus modernes encore que les poteries d'Avadji sont celles de *Kishiu* (trad. province de Kii). C'est en 1804 que les premières pièces auraient été produites; mais cette fabrication ne doit l'éclat qui l'a plus tard entourée qu'à l'intervention de *Zengoro*, dont nous avons parlé au chapitre qui traite des artistes de Kioto. Nous avons expliqué à cette occasion que le four se trouvait dans l'enceinte même du palais princier de Kii, et que le cachet d'Yeïrakou servit à marquer les œuvres de l'éminent artiste. Un grand nombre d'autres pièces de Kishiu portent la marque *Kaïrakouyen* qui a la même signification que l'expression plus populaire d'*Oniva-yaki* (poteries faites dans le jardin), bien que la traduction littérale soit différente.

La production de Kishiu est presque exclusivement composée de porcelaines à pâte blanche recouverte d'émaux au grand feu en turquoise, violet, jaune et autres tons à l'imitation du genre chinois. S'il était permis de reprocher quelque chose à ces émaux d'une grande finesse, ce serait un éclat peut-être trop intense et produisant un miroitement un peu dur.

Nous avons déjà noté plusieurs sortes de poteries qui emprun-

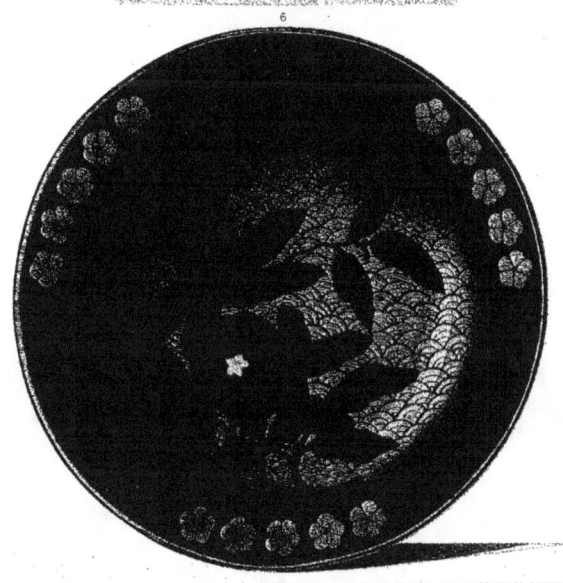

A Lefèvre pinx

Imp.Lemercier & Cᵉ Paris

A Lefèvre lith

GRAND PLAT DE KOUTANI (XVIIIᵉ Siècle)
Bols des fabriques de Koutani, Kioto et Icé (Banko); Grand vase de Kioto (Kinkosan)
(Pièces de la collection de M. Henri Cernuschi).

tent leurs noms à des cachets dont les daïmios gratifiaient parfois les artistes de leur choix. Les grès de *Banko* tirent leur qualification d'une origine de cette nature, et ce fut un prince d'Iga qui y donna lieu en conférant dans l'année 1736 un sceau portant les caractères *Ban* et *Kô* au céramiste *Namiζayémon*. Celui-ci adopta dès lors cette marque comme nom patronymique pour en signer ses œuvres, et alla s'établir à *Kouana* (Icé) où l'avait appelé Matsoudaïra, le chef éclairé de cette province.

Banko était élève de Ken-zan, dont il s'éloigne cependant sensiblement. Il créa un genre qui lui appartient bien en propre. Tandis que les œuvres de Kenzan s'imposent surtout par la maîtrise du dessin, nous admirons dans les poteries de Banko la belle qualité de la matière, l'éclat et la finesse de l'émail, dont

PIÈCE DE TOKIO
EXÉCUTÉE PAR UN ARTISTE AMATEUR.
(Collection de M. S. Bing.)

l'opacité forme un corps solide avec la pâte au grain serré et dur. On trouvera la reproduction de deux belles pièces fabri-

quées par ce céramiste sous les nos 6 de la planche VI et 6 de la planche IX.

BANKO.

L'artiste est mort sans laisser de descendant; mais la fabrication qu'il avait créée a été reprise en 1830 par un nommé *Mori-Yousetsou*. Ninagava raconte que ce dernier était marchand de vieux papiers à Kouana et que le hasard fit tomber entre ses mains des paperasses où étaient détaillés tous les secrets de fabrication du vieux Banko. Dès lors, notre homme ne songea plus qu'à tirer profit de sa trouvaille et, après s'être livré

à des études approfondies, il réussit à faire revivre l'industrie
perdue. Yousetsou obtint facilement l'autorisation d'adopter à son
tour le nom de Banko pour en marquer ses produits, qui diffèrent

cependant assez sensiblement du
Kô-Banko (vieux Banko).

Yousetsou s'est adonné avec
un goût raffiné à la confection de
petites théières qui rappellent les
Boccaro de la Chine, avec cette
différence que les nouveaux produits se distinguent par une invention toujours nouvelle dans les
formes, et par des détails d'une
finesse et d'une grâce exquises,
librement modelés au bout des
doigts.

Malheureusement, la fabrication des poteries de Banko a, dans
ces dernières années, glissé, comme
la plupart des productions japonaises, dans le domaine du commerce.

En parlant d'Ogata Kenzan de Kioto, nous avons dit que cet
artiste établit, au commencement du xviiie siècle, dans la ville de
Yédo, un four à poterie qui reçut le nom d'Imado. L'exploitation
de ce four a été continuée après la mort de Kenzan, et ce sont
les mêmes principes de fabrication qui ont été maintenus. On
trouvera reproduits deux spécimens de cette production portant
les numéros 2 et 12 sur les planches VI et VIII.

Dans le Tokio actuel et ses environs, il existe plusieurs fabriques de porcelaine et de poterie; mais, à l'exception d'Imado, nous
ne rencontrons rien d'analogue pour ce qui concerne le vieux

Yédo. Par contre, la ville des Shiogouns a vu naître, sous l'influence d'un maître de premier ordre, *Ritsouô,* un art tout spécial où la céramique n'entre qu'à titre d'appoint. Mais l'apport qu'elle fournit est empreint d'un caractère si particulier qu'il est impossible de le passer sous silence dans ce chapitre, bien qu'il ait déjà été question de l'ensemble de la fabrication à laquelle nous faisons allusion

COUPE EN TERRE CUITE, MODELÉE PAR KÔREN.
(Collection de M. Louis Gonse.)

dans une autre partie de cet ouvrage[1]. Nous voulons parler d'ornements en faïence, qui, sous forme d'oiseaux, de branches fleuries ou d'autres motifs, viennent décorer des objets en bois laqué formant des petits meubles, plateaux ou panneaux décoratifs. Le jet hardi et l'ample liberté du dessin, les colorations harmonieuses et merveilleusement raisonnées qui animent ces bas-reliefs, les rendent dignes de toute l'admiration qu'ils excitent chez les amateurs.

Pour la confection de ces faïences destinées à être mélangées à d'autres matières, Ritsouô et ses successeurs, parmi lesquels il faut citer en première ligne Hanzan, ont construit dans leurs demeures

1. Voir le chapitre des Laques.

des fours à céramique de dimensions restreintes, où ils ont également produit, à l'occasion, de petites pièces de poterie. Les Japo·
nais estiment beaucoup ce genre d'objets dont nous reproduisons
ici un spécimen dû à Ritsouô lui-même.

A cette nomenclature déjà bien longue des centres de fabrication et des familles de potiers, il faudrait ajouter celle des artistes
amateurs qui ont fait accidentellement des pièces de céramique, et
qui, dans une heure propice et sous l'empire d'une inspiration
heureuse, ont parfois égalé les productions des maîtres rompus à la
pratique du métier. Il conviendrait aussi de dire quelques mots de
la célèbre Kôren, la modeleuse en terre, actuellement vivante, dont
les œuvres pleines de verve sont très prisées des Européens. Mais ceci
nous entraînerait trop loin. Le champ de l'art japonais est tellement vaste qu'on pourrait y faire à l'infini de nouvelles découvertes.

CHAPITRE X

LES ESTAMPES

LES ORIGINES. — HOKOUSAÏ ET SON ŒUVRE.

Les Japonais doivent les procédés de la xylographie aux Chinois. On sait que ces derniers ont pratiqué, depuis un temps immémorial, l'impression sur des planches de bois gravées en relief. Bien qu'il y ait tout lieu de penser que l'art de graver et d'estamper des caractères et des images ait été importé au Japon, il y a plus d'un millier d'années, les preuves positives de ce fait nous manquent cependant encore. Il nous est impossible de remonter au delà du xvᵉ siècle. Comme le dit M. Duret[1] dans un intéressant travail auquel nous renvoyons le lecteur, l'art de l'impression est resté longtemps au Japon quelque chose d'assez primitif. Il est certain que la gravure est le plus tardif des arts japonais. Il a fallu, pour les livres illustrés en par-

---

1. *Les Livres japonais illustrés*, par M. Théodore Duret. *Gazette des Beaux-Arts*, t. XXVI, 2ᵉ période, p. 113 et suiv.

ticulier, qu'il se créât des graveurs en bois à côté des dessinateurs, et ce n'est qu'après de longs tâtonnements que l'art de la gravure est parvenu à se perfectionner.

Les rares livres illustrés du XVIᵉ siècle que j'ai rencontrés sont d'une exécution grossière et d'un style absolument chinois. L'un des premiers ouvrages ayant une réelle importance xylographique date du milieu du XVIIᵉ siècle et a été imprimé à Kioto; c'est un recueil, en dix gros volumes, de spécimens d'anciens dessins et d'anciennes écritures. La taille des bois dénote déjà une certaine habileté; elle est sortie des langes de l'archaïsme.

JAPONAIS SE CHAUFFANT LES MAINS.
(D'après une ancienne gravure en couleurs, de Hokousaï.)

La première apparition d'une imagerie en couleurs peut être constatée dans un tout petit volume carré qui se trouve conservé au Cabinet des manuscrits de la Bibliothèque nationale de Paris et qui provient de l'ancien fonds. C'est un recueil de contes intitulé *Oura-Shima;* il porte la signature de son possesseur avec la date 1653. Il est, par conséquent, antérieur à cette date. M. Hayashi le fait remonter au XVᵉ siècle. Ce serait, dans ce cas, un bien précieux monument. L'impression, sur un papier épais et mal fabriqué, en est barbare; le coloriage, enfantin, est plaqué comme dans nos anciennes cartes à jouer.

Quoi qu'il en soit de cet antique et timide essai, l'estampe japonaise ne mérite de nous arrêter qu'à partir de l'extrême fin du XVIIᵉ siècle ou du commencement du XVIIIᵉ. Le premier centre de cet art est à Kioto; la petite encyclopédie illustrée, publiée à Kioto,

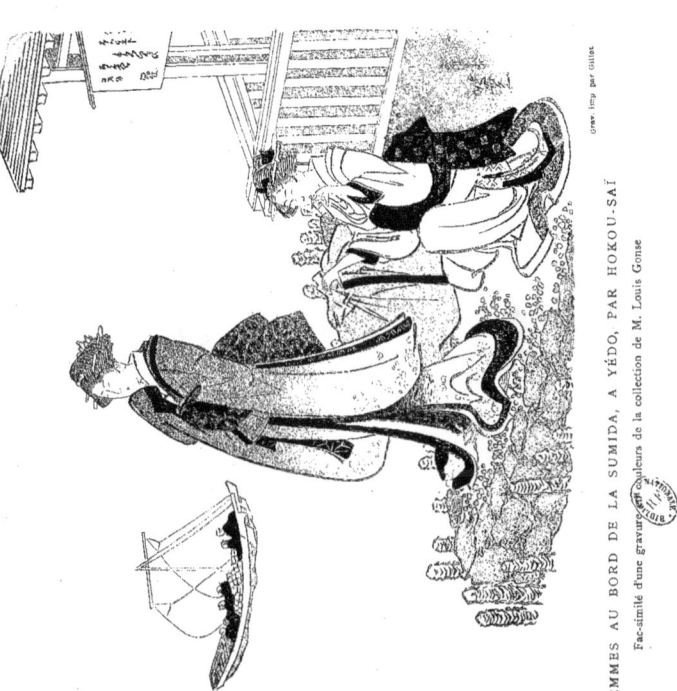

FEMMES AU BORD DE LA SUMIDA, A YÉDO, PAR HOKOU-SAÏ

Fac-similé d'une gravure en couleurs de la collection de M. Louis Gonse

en 1661, mérite déjà quelque intérêt; celle de 1696 est plus digne de fixer l'attention, malgré la naïveté d'exécution des petites images qui l'illustrent. On trouve un exemplaire de ces deux ouvrages dans l'admirable Bibliothèque de l'Académie de Leyde [1].

Mais à partir du xviiie siècle les progrès de la xylographie deviennent très rapides; le goût de l'image se répand; d'habiles graveurs commencent à interpréter les dessins des maîtres de l'école vulgaire. C'est à la ville de Yédo que revient l'honneur de ce brusque et éclatant mouvement. Vers 1750, l'art de l'estampe est en pleine floraison. Quelques années plus tard, deux centres de productions ayant un caractère personnel se développent à Osaka et à Nagoya.

Je citerai, parmi les plus remarquables spécimens de la xylographie pendant la première moitié du xviiie siècle : divers

1. Cette collection, qui comprend plus de 3,000 volumes japonais, dont un grand nombre sont illustrés, est, d'une part, formée par les fonds de Blomhoff, Overmeer Fissher, Hoffman et Curtius, agents des Pays-Bas à Décima, et par celui, beaucoup plus important, de Siebold. Le baron de Siebold (né à Wurtzbourg en 1796 et mort à Munich en 1866) s'est rendu célèbre par ses travaux sur le Japon. Ses grands ouvrages sont trop connus pour que j'aie à les rappeler. Son titre le plus sérieux à la reconnaissance des japonisants se trouve dans la vaste collection de livres qu'il a réunie pendant ses deux séjours au Japon (1823-1830 et 1859). Il se montra ardent et avisé bibliophile. A cette époque on pouvait acquérir au Japon, pour presque rien, les plus beaux livres. C'était le moment où Hokousaï publiait ses chefs-d'œuvre. Siebold les achetait dans toute la fraîcheur de leur nouveauté. On conçoit donc que la Bibliothèque de Leyde renferme aujourd'hui la plus belle et la plus précieuse collection de livres illustrés japonais qui existe au monde, et dans un état de conservation telle qu'il serait impossible de rencontrer ailleurs l'équivalent de ces exemplaires.

La Bibliothèque nationale de Paris vient en seconde ligne; elle possède un certain nombre de très beaux volumes illustrés offerts par Siebold, et qui sont venus s'ajouter à son ancien fonds. Les Bibliothèques de Vienne, Berlin (Cabinet des estampes), Munich, Wurtzbourg et Londres (British Museum) offrent aussi un choix plus ou moins précieux d'ouvrages japonais. Les livres rapportés par Kaempfer sont conservés au British Museum. Parmi les plus riches collections particulières je citerai celles de MM. Th. Duret et Ph. Burty.

Siebold a publié, en latin, un catalogue analytique de sa bibliothèque japonaise, sous le titre : *Catalogus librorum et manuscriptorum qui in museo Hagano servantur*. Leyde, 1845, un volume in-folio.

grands albums ayant trait aux costumes et aux occupations des femmes (la bibliothèque de M. Théodore Duret nous en offre

HOKOUSAÏ, SOUS LE COSTUME D'UN GUERRIER JAPONAIS, ÉCRIVANT SON NOM ET SON AGE SUR LE TRONC D'UN ARBRE.
(D'après une gravure du « Sakigaké ».)

quelques spécimens), dont un des plus intéressants est certainement celui des *Portraits des dames du Japon*, d'Ishikava Soukénobou; — plusieurs ouvrages des plus curieux, gravés d'après des dessins de l'école de Tosa, poésies, romans, itinéraires de province (il existe de rares et précieux spécimens de ces sortes d'ouvrages dans la Bibliothèque de Leyde); — quelques albums de dessins industriels et des recueils de copies d'après les dessins des grands maîtres anciens, dont les plus importants sont le *Yehonte-Kagami* (1720) et le *Gouashi Kouaiyo* (1745)[1].

En 1772, 1774 et 1776 nous voyons apparaître coup sur coup de magnifiques monuments de la gravure polychrome. La gamme des tons employés est encore restreinte; les couleurs posées en à plat vigoureux sont de la plus remarquable intensité. Les rouge

1. Il en a été, à plusieurs reprises, question dans le chapitre de la Peinture.

feu, les verts rompus sont d'une qualité que l'art plus moderne semble n'avoir pu atteindre. Les chefs-d'œuvre sortis de l'atelier de Shiountshio comptent parmi les plus nobles et les plus mâles

créations de l'imagerie en couleurs, et même de l'art japonais tout entier. Ses grands albums de femmes sont aujourd'hui introuvables au Japon, même à prix d'or. On pouvait voir à l'exposition de la rue de Sèze une série de ces grandes compositions où il a déroulé, en d'opulentes théories, les scènes de la vie des femmes à Yédo; on ne saurait décrire l'harmonie, l'élégance de ces figures, enluminées dans les tons puissants des vieilles tapisseries.

GRAVURE DE HOKOUSAÏ, TIRÉE D'UNE « MÉTHODE ABRÉGÉE DE DESSIN GÉOMÉTRIQUE ».

On cite, parmi les œuvres accomplies et les plus importantes de Shiountshio, les trois volumes du *Miroir des beautés de la maison verte* (Yédo, 1776)[1], exécuté en collaboration avec Kitao Highémasa, et le livre illustré des *Cent poètes* (Yédo, 1774)[2], dans lequel ce grand artiste a cherché, comme il le dit lui-même dans la préface, à rendre, pour chaque personnage, le costume exact et le caractère de l'époque.

1. Collection de M. Ph. Burty.
2. British Museum et collection de M. Louis Gonse.

Du même genre, mais inférieurs aux œuvres de Shiountshio, je signalerai encore deux précieux volumes ornés de grandes compositions en couleurs. L'un, publié par Toyofoussa, en 1774, se trouve dans la collection Duret ; l'autre, gravé d'après les dessins de

BATTEURS DE PAILLE DE ROSEAU.
(D'après une gravure de Hokousaï.)

Toriyama Sekiyen, 1772, est conservé dans la bibliothèque de Leyde.

A l'époque de Shiountshio la gravure en noir avait atteint un haut degré de perfection ; quelques-uns des volumes de cette époque comptent parmi les plus remarquables productions de la librairie japonaise, mais c'est à cet éminent artiste qu'il convient de faire honneur des perfectionnements et du grand essor de la gravure en couleurs. Hokousaï, dont le génie fécond allait communiquer à cet art une puissance d'expansion inattendue, n'est que l'élève et le continuateur de Shiountshio et la plus brillante étoile de l'atelier de Katsoukava.

Il n'est pas inutile, puisque je viens de prononcer le nom de

FEUILLES DE CALADIUMS GÉANTS.
(D'après une gravure de Hokousaï.)

cette première et célèbre officine d'imagerie en couleurs, de dire quelques mots des procédés de la gravure au Japon. Toutes les estampes japonaises en noir ou en couleurs sont gravées sur bois, le plus ordinairement sur cœur de cerisier. Le dessinateur et le tailleur de bois sont presque toujours deux artistes différents. Hokousaï avait ses graveurs attitrés, auxquels il tenait d'une façon toute particulière ; ils étaient plus ou moins habiles ; il est aisé de

s'en apercevoir en feuilletant les œuvres du maître. Le dessinateur
traçait donc son dessin sur une feuille de papier pelure d'oignon

que le graveur collait
à la surface du bois et
qu'il gravait suivant
les indications du
peintre; son travail
d'interprétation pou-
vait aller quelquefois
très loin. Ceci est
l'opération la plus
simple de la gravure
en noir. Pour la gra-
vure en couleurs, on
procédait à peu près
comme procèdent
chez nous nos chro-
mistes avec les épreu-
ves de report. Après
avoir gravé le trait,
on tirait une épreuve
du noir sur une feuille
de papier mince, col-
lée à son tour sur une

SUJET COMIQUE, PAR HOKOUSAÏ
(D'après une gravure du xiie volume de la « Mangoua ».)

planche de bois. Puis on gravait en réserve la première couleur,
en recommençant cette opération pour chaque ton.

　　Les graveurs japonais étaient et sont encore d'une adresse de
main incomparable; le bois de cerisier, tendre, souple, résistant,
se prête aux travaux les plus fins, les plus déliés; il convient aux
tirages gras, estompés et moelleux. Du reste, le travail de gravure
lui-même n'était rien en comparaison des soins minutieux qui étaient

apportés aux tirages. C'est par les côtés techniques de l'impression que l'estampe japonaise apparaît aux gens du métier comme un

COUP DE VENT, PAR HOKOUSAÏ.
(D'après une gravure du XIIe volume de la « Mangoua ».)

objet d'art sans rival. Dans les travaux de luxe, la nature du papier, pulpeux et épais comme une moelle de sureau, le choix des encres, — on n'emploie que l'encre de Chine délayée, — la qualité des

II.   44

couleurs à l'eau, tout est objet de recherche pour le raffinement de
l'ouvrier japonais. Aussi certaines gravures japonaises en couleurs
ont-elles le charme, l'éclat, le fondu des plus brillantes aquarelles.
Le fac-similé atteint un degré d'illusion qu'on ne peut soupçonner si
on n'en a pas vu d'exemples.

CROQUIS DE HOKOUSAÏ.

L'impression se fait à la
main et au frotton, comme
celle de nos *fumés* artistiques. Le repérage, qui se
répète quelquefois pour
dix, douze et quinze tons
différents, est d'une netteté, d'une perfection qui
feraient paraître grossiers
les meilleurs travaux de
nos chromolithographes en renom. Les tons se superposent, se
complètent avec une telle justesse qu'il est impossible d'apercevoir,
même à la loupe, le passage de la retiration.

Le graveur japonais arrive par des moyens très simples, presque primitifs, mais où le tour de main conserve toute sa valeur,
à des tons lavés, dégradés, estompés, rompus, à des chatoiements
et des gaietés de coloris que le coup de pinceau semble seul pouvoir exprimer. Entre les miracles de l'art japonais celui-ci est peut-
être le plus surprenant.

Mais je reviens à Hokousaï. Son œuvre et sa personnalité dominent à tel point l'histoire de l'art japonais au XIXe siècle, et par suite
celle de l'estampe, qu'il est nécessaire de s'y arrêter.

Nous l'avons vu comme peintre débuter dans l'atelier de
Shiountshio. Ses premiers essais pour le dessin des gravures sont
assez timides et il est souvent assez difficile, lorsqu'ils ne sont pas
signés, de les distinguer des travaux de son maître, dont ils rap-

pellent à grands traits le style. A-t-il gravé lui-même, à l'époque

ESQUISSES DE CORBEAUX ET D'OIES SAUVAGES SUR LA LUNE, PAR HOKOUSAÏ.

(Gravure tirée de l' « Ippitsou Gouafou ».)

de ses débuts? C'est possible, mais nous n'en avons pas la preuve.

Il n'est pas douteux que, dès 1780, à l'âge de vingt ans, il ait composé des images pour la gravure en couleurs et illustré des

romans populaires. M. Hayashi m'a communiqué un précieux petit volume, illustré de scènes religieuses, qui est signé de son premier nom de jeunesse : *Tokitaro.* Il se compose de seize planches d'un dessin déjà très vivant, quoique un peu fruste ; certaines attitudes de personnages, certains traits expressifs, apparaissent à travers la manière de Shiountshio et révèlent à un œil attentif la griffe du futur Hokousaï. Quelques petites planches en couleurs, dites *sourimonos,*

CROQUIS DE HOKOUSAÏ.

conservées dans un recueil factice d'anciennes impressions appartenant à M. Duret, portent la signature de Hokousaï et les dates de 1787 et 1789.

Il n'est pas sans intérêt d'introduire une parenthèse pour définir cette locution japonaise. On appelle *sourimonos* de petites feuilles dessinées ou gravées par des membres de sociétés d'artistes, de poètes et de buveurs de thé. La vogue de ces sociétés se répandit surtout à Yédo vers la fin du xviiie siècle et au commencement du xixe. Au retour de la nouvelle année, les membres de ces sociétés avaient généralement

CROQUIS DE HOKOUSAÏ.

l'habitude de s'offrir quelque présent. Il était aussi de bon ton de composer quelque dessin de circonstance que l'on faisait graver, et que l'on tirait à un nombre limité d'épreuves de choix. Ces épreuves, dites sourimonos, perpétuaient entre les mains des sociétaires le souvenir de leurs réunions périodiques. Les sourimonos sont les plus merveilleuses estampes que l'on puisse imaginer ; des gau-

frures délicates, des tons d'or, d'argent, de bronze et d'étain en rehaussent générale-ment l'éclat. La rareté de ces épreuves est telle qu'il n'en est point venu d'autres en Europe que celles, en très petit nombre, que la révolution de 1868 avait jetées entre les mains des marchands. Quelques amateurs ja-

FAISEUSES DE CHAPEAUX EN PAPIER.
(D'après Hokousaï.)

ponais ont collectionné ces épreuves et en ont fait des recueils factices. Ce sont une demi-douzaine de ces recueils, renfermant quelques centaines d'épreuves, qui se trouvent précieusement con-servés dans deux ou trois collections parisiennes. J'ai constaté en les étudiant qu'on n'y rencontrait pas une seule gravure répétée ; le nombre des épreuves tirées était donc des plus restreints.

Les sourimonos sont, avec les laques et les broderies, les plus séduisantes merveilles de l'art japonais, celles, entre toutes, qui étonnent les indifférents. La difficulté vaincue est là tellement évidente, si en dehors de toute comparaison avec nos productions similaires, que les plus récalcitrants doivent se rendre. Les sujets de ces estampes à l'adresse des raffinés sont toujours d'une extrême fantaisie ; il semble que l'imagination des Japonais y ait fait avec délices l'école buissonnière. C'est un assaut, entre gens de goût, de

grâce, d'esprit, de sentiment poétique, d'ingéniosité. La plupart des
motifs qui décorent ces feuilles de présent sont assaisonnés de
petites pièces de poésie en rapport avec les sujets eux-mêmes.
Kyoden, le grand poète, n'a pas dédaigné de dessiner quelques sourimonos et de les enguirlander de *concetti* de circonstance. L'un
d'eux que j'ai sous les yeux est accompagné de ces mots :

> La fleur du prunier pour l'odorat,
> Le chant du rossignol pour l'oreille,
> Le fruit du kaki pour le goût,
> Voilà les bonheurs que je te souhaite pour l'année 1796.

Nous donnons ici un certain nombre de reproductions en couleurs de sourimonos, exécutées avec une grande perfection par
M. Gillot, à l'aide de procédés héliographiques nouveaux.

J'en ai choisi deux ou trois qui sont de la jeunesse de Hokousaï.
Du reste, jusque vers 1810, le maître s'est adonné avec passion à
cette occupation récréative. Il a dû dessiner un nombre bien
considérable de sourimonos, puisque, dans les seules collections
parisiennes, j'en ai relevé plus de deux cent cinquante. Il en a
certainement exécuté sur commande. Dans un des recueils qui sont
entre mes mains j'ai compté plus de vingt Hokousaï, des plus admirables comme style et comme exécution et datés de cette fameuse
année 1804, première d'un cycle, pendant laquelle le Japon semble
avoir été tout entier en fête.

Hokousaï travailla tout d'abord pour l'un des plus importants
éditeurs de l'époque, Yeïrakouya Toshiro, de Nagoya, qui possédait
en même temps une succursale à Yédo. La très grande majorité des
œuvres de Hokousaï, sauf quelques volumes publiés à Osaka, a été
éditée par cette grande maison, les Hachette du Japon, qui existe
encore aujourd'hui à Nagoya. C'est un descendant de Toshiro qui
a publié les réimpressions modernes de la *Mangoua*. Yeïrakouya

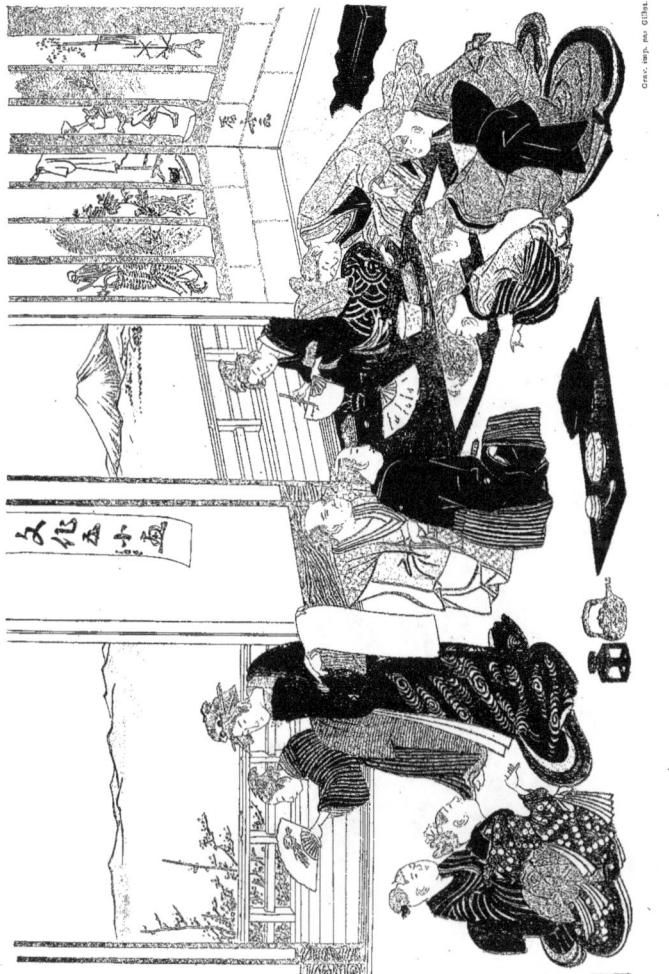

Grav. imp. par Gillot.

RÉUNION DE FAMILLE AU JOUR DE L'AN A YÉDO, PAR SHIN-SEÏ

Fac-similé d'une gravure en couleurs de la collection de M. Louis Gonse

Toshiro a été le premier éditeur des œuvres de Kôrin, Keisaï-
Yeïsen, Boumpô, etc.

On peut citer, parmi les plus intéressants des premiers ouvrages
de Hokousaï, qui, pour
la plupart malheureu-
sement nous sont in-
connus, le volume de
paysages et de figures
(*Yehon Riôbitsou*), en
40 planches, qu'il publia
chez Toshiro vers 1790,
en collaboration avec
un peintre du nom de
Riou-Kosaï. Il en existe
un exemplaire en cou-
leurs à la Bibliothèque
nationale de Paris ; j'en
possède un tirage en
noir dont j'ai extrait un
certain nombre de re-
productions , notam-
ment celle de la page
268 du présent volume.

CROQUIS DE HOKKEÏ, TIRÉ DE LA PETITE « MANGOUA ».

En 1799, Hokousaï
est déjà en pleine activité de production ; il fait paraître en l'espace de quatre ans les trois séries en couleurs des *Promenades
de Yédo* (Yédo, 1799, 1800 et 1802). Ces dates sont importantes
et nous les avons relevées sur des exemplaires de premier tirage.
Elles suffiraient, sans autres preuves, à démontrer, contrairement
à l'opinion courante des auteurs européens, que Hokousaï s'était
déjà distingué par des œuvres de premier ordre bien avant l'ap-

parition du premier volume de la *Mangoua*. Le *Yama Matayama*
(1ʳᵉ série) et surtout le *Tôto Shokeï Itshi-*
ran (2ᵉ série, beaucoup plus rare que la
première), comptent parmi les plus écla-
tantes manifestations du génie de Hokousaï; la troisième série (*Adʒouma As-*
sobi), presque entièrement composée de
paysages, est moins bien gravée et moins
intéressante. Encouragé par le succès
qu'obtinrent à Yédo ces admirables tableaux de la vie japonaise, il publia
presque aussitôt une quatrième série,
l'*Adʒouma Meïshio*, qui est d'une délicatesse charmante. Le coloris de ces premiers tirages est d'une saveur étrange;
les jaune d'or, les verts passés, les
rouge feu y jouent dans une gamme
sévère. L'éditeur réunit ensemble ces
diverses séries et en publia un nouveau
tirage, extrêmement soigné, sur papier
fort, en 1815; un dernier tirage en a
été fait vers 1840 avec des couvertures
spéciales; on peut les reconnaître aux
attributs de Daïkokou, gravés en bleu,
que Hokousaï y a semés.

DESSIN DE HOKKEÏ.
(Collection de M. Duret.)

L'idée de publier de petits cahiers de dessins à l'usage de ses
élèves, des écoles populaires et des ouvriers industriels paraît avoir
germé dans le cerveau de Hokousaï, vers 1810. A ce moment son
nom était déjà connu des habitants de Yédo; il avait à sa disposition un excellent éditeur et des graveurs de choix. Les quatorze
cahiers de la *Mangoua* ou *Recueil des dix mille esquisses* ont paru

séparément en l'espace d'une quarantaine d'années. Le premier cahier parut, non pas en 1810, comme on le croit généralement, mais en 1814; la préface qui accompagne le premier tirage porte la date de 1812; l'éditeur, Katano Toshiro, de Nagoya, fils de

Yeïrakouya, dit dans la postface du XVe volume (supplément), publié il y a quelques années avec ce qui restait de dessins non utilisés, que le premier volume avait été publié en 1814. Les XIIIe et XIVe volumes, interrompus par la mort de Hokousaï et par celle de Yeïrakouya, survenue peu après, ne parurent qu'en 1849 et 1851. Les premiers ont été, en partie, gravés par l'excellent graveur Tamékiti, auquel succéda Yégava Santaro.

POÈTE, PAR HOKKEÏ.
(Gravure tirée des « Cinquante poètes satiriques ».)

L'immense succès qui accueillit ce premier volume détermina Hokousaï à continuer. Il publia coup sur coup les IIe, IIIe et IVe volumes; au Ve il avait déjà, pour l'aider dans sa tâche, quelques élèves : Bokousen, Hokououn et Outamasa, à Nagoya, qu'il qualifie de « collaborateurs et élèves à Owari » et Hokkeï, à Yédo[1]. Le VIIIe volume paraît dès 1819 et le maître signe *Katsoushika Taïto*. Après le Xe volume, la publication se ralentit. En 1830, époque où Siebold revenait du Japon, les XIe et XIIe volumes, qui sont parmi les plus remarquables, n'étaient pas encore parus. Cela s'explique par la multiplicité extraordinaire des publications de

1. Note relevée sur l'exemplaire de premier tirage de la Bibliothèque nationale.

Hokousaï de 1820 jusqu'à sa mort, et des demandes qui l'assail-
laient de toutes parts.

A partir de 1820, ses ouvrages de luxe ont été publiés sous
sa direction, à Yédo, par des libraires associés à la maison de
Nagoya. L'un des plus célèbres, parmi les derniers, est le *Fougakou Yakoukei*, les Cent vues du Fouziyama, trois volumes en
noir et gris, parus successivement en 1834, 1835 et 1836. La gravure des deux premiers volumes a été exécutée par Yégava Tamékiti, le principal graveur de la *Mangoua*, et le troisième par son
successeur, Yégava Santaro. Le premier tirage du premier volume
est d'une rareté extraordinaire, et je n'ai pas encore rencontré
d'autre exemplaire que le mien; il est d'une netteté merveilleuse.
J'ai donné en substance, au chapitre de la Peinture, la préface
dont il est accompagné. M. Duret possède un tirage un peu posté-
rieur, en noir et bistre rosé, qui est également très rare.

Les premiers tirages des cahiers de la *Mangoua* se reconnaissent à l'épaisseur du papier, à la beauté des impressions, faites
de deux et trois tons gris, noir et bistre rosé tirant sur le rouge
feu, à la netteté extrême des contours qui ont tout le nerveux du
dessin de Hokousaï, à la légèreté des demi-teintes. Quelques
exemplaires d'essai ont été tirés en un seul ton rouge ou noir;
le XIIᵉ volume, dans le premier tirage, est toujours en noir, sans
aucune couleur. Ces tirages sont d'une rareté excessive, même au
Japon, où l'usage, le manque de soins, les incendies, les ont presque
complètement détruits. Une suite, bien complète et en bon état,
des quatorze cahiers est à peu près impossible à réunir aujour-
d'hui. Il faut ajouter qu'il est peu de productions graphiques qui
offrent autant d'intérêt et de variété.

Du reste, toutes les œuvres de Hokousaï, même les dernières,
sont presque introuvables en premier tirage. Une œuvre complète
serait la gloire de n'importe quel cabinet d'estampes et pourrait-

être placée à côté de celui de Rembrandt, au sommet de la curiosité iconographique ; mais il n'existe nulle part, sauf peut-être à la bibliothèque publi-que de Tokio, ali-mentée comme la nôtre par le dépôt légal. La plus pré-cieuse collection de publications illustrées de Ho-kousaï qui existe en Europe est celle de la bibliothèque de l'Académie de Leyde, formée par Siebold ; encore s'arrête-t-elle à 1830, et même jus-qu'à cette époque est-elle fort in-complète. Elle ne contient guère que vingt-cinq ouvrages diffé-rents, mais tous de la plus grande beauté, en premier tirage et dans un état de conservation irré-prochable.

OISEAU SOUS UNE AVERSE.
(D'après Bairei, artiste moderne de Tokio.)

La collection poursuivie avec une persévérance infatigable par M. Duret est également des plus remarquables (elle contient près de quarante ouvrages différents parmi lesquels des romans très rares) ;

celle du docteur Anderson, aujourd'hui au British Museum, n'est guère moins importante. Grâce à des circonstances heureuses et tout exceptionnelles, j'ai pu former une suite de près de cinquante ouvrages différents de Hokousaï en premier tirage, sans compter les épreuves de sourimonos.

Si l'on réunissait ces diverses collections, on serait encore loin d'avoir formé une œuvre complète de Hokousaï. Ce que cet homme prodigieux a créé dépasse toute imagination. Il n'existe pas dans l'histoire de l'art un autre exemple d'une fécondité pareille. Et je ne parle pas d'une fécondité courante, banale, à la façon des Luca Giordano, je parle d'une invention toujours forte, personnelle, grandissante, d'une activité toujours en éveil, d'une imagination toujours éprise de nouveauté et de sincérité.

Le chiffre des *ouvrages* illustrés par la main d'Hokousaï dépasse certainement la centaine, et celui des *volumes* atteint au moins cinq cents. J'estime que le nombre des motifs et compositions de toutes sortes gravés sur les dessins de Hokousaï s'élève à plus de trente mille.

La variété des sujets n'est pas moins étonnante. Hokousaï a illustré des livres de toute nature : romans (quelques-uns ont quarante, cinquante et même quatre-vingt-dix volumes), poésies, livres humoristiques, albums comiques, itinéraires, topographies, descriptions de pays, traités d'éducation et d'enseignement, etc.; il a dessiné des couvertures de livres, des affiches de théâtre, des enseignes; il a même composé des suites érotiques, comme beaucoup d'autres artistes de l'école vulgaire. Il a créé un monde où tout est animé d'une vie intense. Son œuvre est un tableau complet du Japon, une véritable encyclopédie expressive et pittoresque.

Voici, telle qu'il m'a été possible de l'établir, la bibliographie des ouvrages que j'ai vus moi-même dans les collections précitées, ou dont les titres se trouvent relevés dans des prospectus de librairies japonaises. Cette liste reste certainement bien incomplète.

Yehon Riôbitsou, 1 vol. en couleurs, en collaboration avec Riou-Kosaï (*circà* 1790). — *Sogoua Itshiran,* grand album en couleurs de la plus grande beauté (le seul exemplaire signalé est à Leyde), même époque. — Les quatre séries en couleurs des vues des environs de Yédo dont j'ai parlé plus haut. — Une série de six portraits de sociétaires représentant les six poètes célèbres, 1797 (Duret). — *Denshin Gouakiyo,* le « Dessin du cœur », 1 grand vol. orné de superbes illustrations en noir, 1813. — *Yehon Ayabiki,* dictionnaire de dessin, en 2 vol., orné de figures au trait minuscules, 1817-1819. — Une série, en six grandes planches gaufrées et dorées, de figures de *Gen* (Leyde). — La topographie en couleurs du Tokaïdo, avec une vue du Fouzi, 1818 (Leyde). — Deux petits albums en couleurs, du plus grand caractère, représentant des scènes de guerre (Leyde). — *Hokousaï Sogoua,* 1 vol. de légers croquis en noir et bistre rosé. — *Santaï Gouafou,* 1 vol., en gris et bistre rosé, orné de petites compositions, fleurs, oiseaux et personnages, genre *Mangoua,* très délicates, 1815. — Les quatorze cahiers de la *Mangoua,* avec son supplément, formant le XVᵉ vol. — Une méthode de dessin, publiée à Osaka en 1819. — Un recueil de poésies d'amour relatives à la maîtresse de Minamoto Yoshitsouné, 1 vol. en noir, illustré de compositions du style le plus exquis, 1814 (Leyde). — *Inshitsou mon,* « légendes anciennes », 1 vol. en noir, 1818. — *Tshiashin Gouafou,* quinze grandes compositions du plus beau caractère, chef-d'œuvre de gravure et d'impression, édité à petit nombre, en 1819, par Tsourouya, à Yédo (Leyde et Bibliothèque nationale). — Un autre *Hokousaï Sogoua,* grand vol. en gris et rose, l'un des plus admirables sortis de la main de l'artiste, 1820. — *Ippitsou Gouafou,* « Esquisses d'un seul coup de pinceau », 1 vol., premier tirage en couleurs pâles, Yédo, 1823 (87 compositions esquissées avec une liberté incomparable, imprimées sans texte sur 56 feuillets). — *Hokousaï Gouashiki,* séries de compositions imprimées à trois tons, du plus beau style, 3 vol., 1828 (un premier vol. en noir et rouge, contenant un choix de ces compositions, avait déjà paru en 1820). — *Yenjiou Dʐouyé,* 1 vol. d'impressions en noir et rouge, représentant les anciens héros (Leyde). — Une petite *Mangoua,* parue sous le nom de Hokououn, mais certainement de Hokousaï, ainsi que l'indique la suscription du premier tirage, publiée vers 1820. — Les 53 stations du Tokaïdo, admirable suite en couleurs (Leyde). — Une autre série des 53 stations, également en couleurs. — Une autre suite des plus belles vues de Yédo, en grand format et en couleurs (Leyde). — Deux séries en couleurs des costumes de Yédo (Leyde). — *Hokousaï Dôtshiou Gouafou,* autre série des stations du Tokaïdo, en 2 vol., tirage noir et rose, 1830. — *Yehon Souikoden,* « Histoire des héros chinois », 1 vol. en noir, 1820. — *Yehon Sakigaké,* 1835,

Vakan Omaré, 1836, *Yehon Mousahi Aboumi*, 1836, trois autres volumes de
même genre et de même format; dans le Sakigaké, publié en 1835, se trouve
l'inscription : « Écrit par moi, Hokousaï, au mois d'avril, à l'âge de 76 ans ».
— Le *Taïkin Araï*, encyclopédie en 2 vol., dont le premier a paru séparément,
formant un tout complet, en 1828. — *Shin Hinagata*, « Construction des char-
pentes et ornementation des maisons », 2 vol. en noir, 1836. — La série des
douze mois de l'année et des quatre saisons en couleurs. — Les « 36 Vues du
Fouziyama », admirable série de grandes planches en couleurs dont le seul exemplaire complet, signalé en Europe, se trouve dans ma collection. — Trois autres
séries faisant suite à la précédente, les « Cascades des environs de Yédo », les
« Ponts célèbres » et les « Trois éléments de poésie, la Neige, les Fleurs et la Lune ».
Ces diverses séries ont précédé le *Fouyakou Yakoukeï* et ont été publiées vers 1830.
— Une autre série de grands paysages en longueur, également en couleurs, et une
suite de quelques planches d'un caractère extraordinaire, de format grand in-folio,
représentant des vues de Yédo (Cabinet de Berlin). — Une série de grandes figures
satiriques en couleurs (Berlin). — Une suite de compositions de grand format tirées
en bleu (Berlin). — Une suite de grandes planches de fleurs, du style le plus admirable (Berlin et collection Duret). — Les « Maisons de thé », 2 vol. en couleurs (Berlin). — Un volume de petits paysages en noir (Berlin). — *Shiounkio Jiô*, « l'Amu-
sement du printemps », 1 vol. orné de trois grandes planches en couleurs,
personnages dans des paysages (Berlin). — *Laïki Yedʒou*, 1 vol. de dessins d'oiseaux dans le style de l'école chinoise (Berlin). — *Toshiʒen Yehon*, les « Poésies
chinoises de Tô », deux séries de 5 vol. chacune, illustrées de près de 100 compositions en noir d'un très grand style, 1833 et 1836. — Plusieurs grands romans,
illustrés de compositions tirées en noir : la « Biographie de Nitshiren », 5 vol.,
1858; le *Shakia Ishida*, « Biographie de Bouddha », en 5 vol.; le *Sayouki*,
« Voyage fantastique en Occident », en 40 vol.; le *Nishiki Hakkenden*, en 90 vol.;
l'*Atsouma Foutabano*, en 5 vol.; le *Sonoma Youki*, en 5 vol.; l'*Ogouri Gouaïden*,
en 16 vol.; le *Hidano Takoumi Monogatari*, en 6 vol., et divers romans de Bakin.
— Une série de figures de poètes en noir, gravées pour une société. — « Lettres
choisies », 1 vol. en noir, 1828. — *Jôjô Hitogotogousa*, 1 vol. de dessins sur des
sujets variés, en noir. — *Riakouga Hayashinan*, « Méthode abrégée du dessin géométrique », 1 vol. en noir. — Une suite de sujets érotiques, en couleurs, de format
oblong. — *Hokousaï Kioga*, « Dessins comiques », 1 vol. — *Taïto Gouafou*, 1 vol.
« Nouveaux modèles de dessin », 1 vol., 1836. — *Banshiokou Dʒouô*, « Dessins
pour les divers métiers », 5 vol., 1835, qui comptent parmi les plus remarquables
sortis de la main de Hokousaï. — *Oma Imagava*, le « Moral des femmes », 1 vol. en
noir. — « Fleurs et oiseaux », 2 vol. en noir et rouge, 1848. — Les « Devoirs envers
les parents », 2 vol. en noir, 1850. — Abrégé d'éducation, 1 vol. en noir, 1828. —

Les « Héros célèbres », 1 vol. en noir et rouge, paru vers 1830. — *T'shioukiô*, les
« Devoirs envers le souverain », 1 vol. en noir, 1834. — *Senji Mon*, le « Livre des
mille caractères », 1 vol. en noir, 1835. — Les « Bienfaiteurs de la Chine et du
Japon », 1 vol. en noir, 1840. — Les « Vingt-quatre exemples de fidélité envers les
parents », 1 vol. en noir, 1822. — Un petit album de gestes d'acteurs, auquel nous
avons emprunté la tête de page qui orne ce chapitre, 1 petit vol., 1826. — Le
« Décor des pipes », 1 petit vol. oblong, 1823. — Une petite *Mangoua* en couleurs,
1843. — Une petite *Mangoua*, de format oblong, en noir, 1845. — *Koushi Hinagata*, le « Décor des peignes », 2 petits vol. oblongs, 1822. — Enfin les onze
ouvrages suivants, postérieurs à 1834, dont la mention se trouve dans un prospectus
de librairie collé sur la garde du premier volume de mon exemplaire du *Fougakou
Yakoukeï : — I̧o Hiakkoua Sen*, « Cent fleurs choisies des diverses herbes »; *Kio-
goua Sôhitsou Hiakougan*, « Cent yeux sur dessins comiques et grossiers »; *Meïkiyo
Hiakkeï*, « Cent paysages de ponts célèbres »; *Hiakka Kijitsou*, « Art prodigieux
de 100 artistes »; *Hiakoujiou Hiakoufoukou*, « Cent longues vies et cent bonheurs »;
Gioka Hiakkeï, « Cent paysages de maisons de pêcheurs »; *Gekka Hiakkeï*, « Cent
paysages sur la lune »; *Noka Hiakkeï*, « Cent paysages de cultures »; *Ippiako
I̧ysaï Souyé*, « Réunion de dessins dans la manière libre »; *Hiakouba Hiakou-
ghiou*, « Cent chevaux et cent bœufs »; *Hiakkin Hiakoujiou*, « Cent oiseaux et
cent animaux ».

Après Hokousaï, il me faudrait parler de tous ces virtuoses
de l'imagerie en couleurs qui marchent à sa suite et comme dans
son orbite : d'abord de ses élèves, les Hokouba, les Hokoujiou,
les Hokoumeï, qui ont dessiné d'admirables albums de théâtre, —
les chefs-d'œuvre du genre, pour la noblesse du style et la perfection de l'exécution, — presque tous publiés à Osaka, et surtout
de Hokkeï, le plus grand d'entre eux, qui a laissé une œuvre très
considérable, pleine d'élégance et de charme. Je me contenterai
de citer, parmi les ouvrages de Hokkeï les plus caractéristiques :
les *Cinquante poètes satiriques* et les *Cinquante poétesses célèbres*,
deux volumes d'une grâce toute féminine, et la petite *Mangoua*,
en un volume en noir. Je devrais aussi parler de tous ces maîtres
qui, à côté de l'astre de Katsoushika, ont encore su labourer
leur propre sillon. Les deux Keisaï, Hiroshighé, Hanzan, Takékiyo,

Kaiseï d'Osaka, Yeïsan, Koua-Setsou, Yosaï[1], Shinko, Kihô, Boumpô et toute son école comique mériteraient bien plus qu'une simple mention.

J'aurais enfin, en remontant plus haut, à louer, comme ils le mériteraient, les admirables travaux des élèves et adeptes de Shiountshio, les Shiounyeï, les Shinseï, les Shinman, etc., surtout du plus illustre et le plus habile d'entre tous, Outamaro. Ceux de Hôhitzou, l'éditeur des œuvres de Kôrin, et tous les produits de cette féconde école du vieux Toyokouni, dont la robuste imagerie en couleurs, imitée par les Kounisada et les Kouniyoshi, a fait les délices du Japon pendant cinquante ans, ne mériteraient pas moins de nous arrêter. J'ai, sur ces infatigables producteurs, bien des indications que je voudrais mettre au jour, et, sur les bibliothèques japonaises de Londres, Paris, Leyde, Berlin et Vienne, bien des notes qu'il me serait agréable d'utiliser; mais déjà les limites que je m'étais assignées pour ce deuxième volume sont dépassées, et mon éditeur me fait signe depuis longtemps de mettre le point final.

1. L'impression de ses *Héros célèbres,* en 20 volumes, monument admirable d'art et d'érudition, a été achevée en 1836; celle du supplément, en 3 volumes, en 1852.

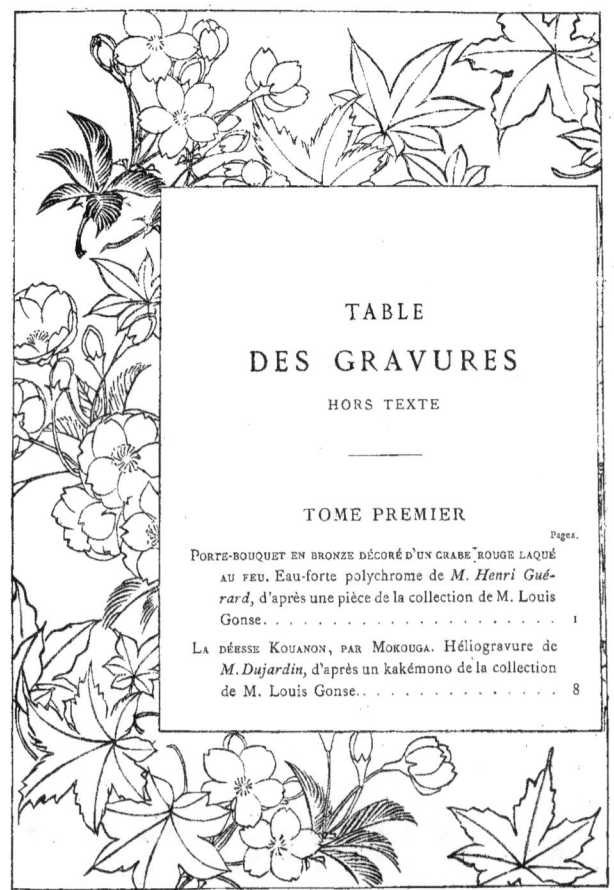

TABLE
DES GRAVURES
HORS TEXTE

TOME PREMIER

TOME SECOND

TABLE DES MATIÈRES

DU SECOND VOLUME

CHAPITRE X

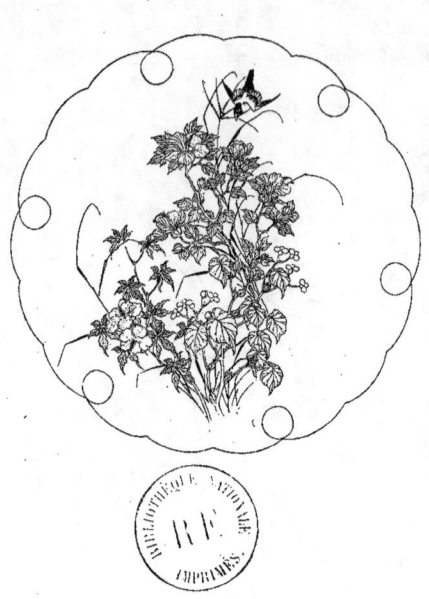

A. Quantin imprimeur
E. Benoit, 7, à Paris

www.ingramcontent.com/pod-product-compliance
Lightning Source LLC
Chambersburg PA
CBHW070756030726
47504CB00003B/579